心理大师悬疑系列 **大结局**

心理大师

深渊

钟宇 著

上海社会科学院出版社
SHANGHAI ACADEMY OF SOCIAL SCIENCES PRESS

目录

前　言　001

引　子　001

第 一 章　第一个病人

退休的检察官　006

韩晓的微笑　010

秘云水库命案　016

第 二 章　苏勤与蒋泽汉

天使长的堕落　022

人格　028

高架桥　033

第 三 章　最后的时日

凶徒的另一面　042

送给梯田人魔的礼物　046

因为他是古大力　051

第 四 章　梯田人魔的微笑

来自苏门市的病友　058

炭化的女尸　063

岩田来信　067

第 五 章　脑部寄生虫

弓形虫 076

安静 082

铁链的声响 087

第 六 章　我与邱凌的关系

你与我之间 094

杀戮时刻 099

乌列 104

第 七 章　只有半张脸的女人

屠戮前夜 112

刑满释放人员 116

心理师的职业素养 123

第 八 章　令邱凌兴奋的事

开往医院的汽车 130

攻击行为 134

弓形虫寄生体 142

第 九 章　18个精神病人

偏执型人格 148

关于医学研究 151

抓捕开始 155

第 十 章　超忆症患者

像条狗一般的死法　164

囚车后厢　172

邱凌的记忆　176

第十一章　颈动脉中枪

邱凌的爱　182

燃着的香烟　187

没事的　191

第十二章　心理大师

一个叫乐瑾瑜的女人　198

一个叫邱凌的男人　212

一个叫沈非的男人　222

尾声　234

后记　236

送给吾儿钟龙帆！

你的征途是星辰大海！

前言

我们在儿童时期，最先要掌握的事便是对于对错的分辨，以及什么是善？什么是恶？

这对于刚涉世的孩子来说，是一个根本不可能完成的任务。实际上，我们所有人耗尽一生，也未必能够真正将对错与善恶看个清楚。两者之间的分界是互相渗透，且模糊不清的。

弥尔顿的《失乐园》里，大天使路西法一度是上帝最为宠爱的天使，是光的守护者。因为一次叛变，他与他的战友们丧失尊贵的身份，沦为恶魔。于是，他开始重新审视世界。以往，他以为光明能够抚慰万物，感恩之心是所有人都必须要有的品德。之后，他终于明白——善与恶是交织在一起的，以往如此，现在如此，未来也一定如此。

路西法有了一个新的名字——撒旦。他扬起头对上帝说道："在天堂为奴，不如在地狱为王。"为了报复，他将目光望向了上帝最为疼爱的人类。但即使撒旦引导着亚当、夏娃做出再多有悖于上帝意愿的举动，甚至走向罪恶，上帝仍宣称，只要人们心中有神，就依然能够得到救赎。于是乎，路西法所做的一切，在上帝眼里，便只是一个孩童吸引长辈注意的拙劣表演而已了。只是，上帝并没有准备原谅他，更别说救赎。也就是说，他被打入了看不到一丝丝未来的深渊，永世不可能再次拥有光明。

不得不承认，很多时候，我会有一种错觉，认为邱凌就是路西法的化身。他在光明与暗影中来回穿梭，最终落入了深渊。

路西法的罪孽，被思想家认为是“贪爱”。诗人但丁对于“贪爱”的定义是——涌现的罪恶如猛兽般的任意妄为，精神深处有着黑暗的深渊，用再多欲念都无法将之填满。犯贪爱之人，要归入第九层地狱，被冰湖冻结。那颗贪得无厌的心，将永远冻结在自我囚禁的湖水里。也就是说，他们将会永远活在以自我为中心的世界里。

我是沈非。我一度以为我眼中的天堂便是天堂，也一度以为我眼中的地狱便是地狱。但最终，我开始明白，白色的天使也会翱翔在黑暗的夜空，长角恶魔也会在地狱中点起光芒。天使与恶魔最大的区别不是对于善恶的理解，而是……

而是对于牺牲的诠释。

《失乐园》里这么写道：心灵拥有其自我栖息之地，在其中可以创造出地狱中的天堂，也可以……也可以创造出天堂中的地狱。

引 子

他将黑框眼镜往上推了推，环抱着那一叠厚厚的稿纸，朝外面走去。身后诗社的同学们还在传阅着彼此的作品，大声朗诵。声音此起彼伏，令他的心情无法平静。但今晚，他只能对大伙说抱歉。因为，他还有另外一个社团的活动要参加。尽管那个社团没有诗社这么热闹，也尽管那个社团连一个像样的教室都没有。但，那社团里的每一个人，都有着在他看来独特的人格魅力，并自带光环。

他加快了步子，朝着学校外面跑去。眼镜又开始往下滑了，于是，他抬起手，将眼镜摘下。其实，他视力很好。但每每照镜子，他都觉得自己的眸子深处，有着洪水猛兽在那狰狞咆哮。他不希望人们看到，更不希望人们知道他流淌着什么样沸腾的血液。

快到校门口时，他放慢了脚步。他抬头，看了一眼大门上方的摄像头，明亮的镜片蔓延向某位穿着灰色制服的保安视线。他感觉不适，低下了头，朝着旁边走去。

他不喜欢被人注意到，能够湮没，在他看来就是很好。尽管，他又会在深夜羡慕着站在辩论台上慷慨激昂说话的另一位男生。

好吧！人是矛盾的，从他们出生开始，就被矛盾所缠绕。

他加快了脚步，穿过马路……最终，他推开了那扇位于民居顶层的小房间的木门。果然，另外三位乌列社的同学已经围坐在火炉边说着话了。戴着眼镜瘦瘦高高的是陈蓦然教授的研究生蒋泽汉，他之前发表在《心理学》杂志上的两篇论文写得很棒，被教授大力推荐。坐在他旁边的是和蒋泽汉高中开始就一直同窗的苏勤，他也是研究生，同样也是陈蓦然教授的得意弟子。

坐在最边上微笑的姑娘，是医学院那边的学生。这一刻的她，正微微笑着，望着身旁侃侃而谈的两位师兄。她的头发微微卷着，随意地扎成一个马尾。从门口角度望过去，侧身的她颈子很白，且很长，就好像高贵的白天鹅。只是，在他心里，任何女人再如何的好看，都敌不过他心中那穿着红色格子衬衣曼妙的可人儿。

这时，白天鹅般的她扭过头来了。她的笑容依旧如花，可不知道怎么回事，这笑容又让他莫名害怕。他总隐隐觉得，对方这笑容背后，有着火焰，有着岩浆，有着雷霆万钧与洪水猛兽。

“邱凌，我们今晚的活动都已经快结束了。”她开口说道。

“是吗？”不安的这位男生正是当日的邱凌，他一边应着，一边有点慌忙地将眼镜重新戴上，“可是……可是今晚也是我们在苏门大学诗社的最后一次活动，所以……”

邱凌说到这，突然看见了苏勤那微微皱起眉头的脸，于是，他连忙改口道：“嗯！对不起了各位。我本来想着只是到诗社那边看看，大三的学弟们今晚专门给我们这些即将毕业的师兄们举办了欢送诗会。我多聊了几句，就兴奋了起来，忘看时间了。”

他避开师兄苏勤那不悦的眼光，冲女孩撇了撇嘴：“瑾瑜，我和你不一样，你们医科生要读五年。可我……”他笑了笑，“我下周就要离开学校了。”

扎着马尾的乐瑾瑜这才扭头望向蒋泽汉和苏勤：“是啊，邱凌就要离开学校了，他没啥爱好，就喜欢在文学社那边读几首诗而已。”

“好了，今晚乌列社的活动到此结束了。”苏勤站了起来，“最后，让我们用掌声欢送即将离校的诗人邱凌。”

邱凌愣住了，对方之前和自己关系一直都不差，也并不是一个会在这种小事上生气的人。但今晚……

今晚的苏勤好像有点奇怪。

和苏勤一起站起来的，是蒋泽汉。他没有板着脸，相反的，他甚至在苏勤身后冲邱凌撇了一下嘴。紧接着，苏勤自顾自地拍了两下手，然后朝着木门大步走去。

“苏勤师兄，今晚不是还要分享我们四个人上周拍的脑部扫描吗？”乐瑾瑜也站了起来，冲着大步走着的苏勤说道。

“我们一起交流分享的时间还很多，不急。”苏勤回头说道，继而往楼下走去。蒋泽汉再次冲邱凌撇了撇嘴，小声说了句，“你就不能不提诗社吗？”

说完这话，他朝着苏勤追去。

10分钟后，已经走进了苏门大学的蒋泽汉和苏勤开始了对话。

“为什么不让邱凌知道自己的脑部扫描图里，额叶和颞叶功能低下呢？”蒋泽汉问道。

苏勤没吭声，自顾自地望着远处操场上奔跑着的学生们发呆。

“喂！苏勤。”蒋泽汉将声音提高了点，“你今天怎么了？在拿到那四张脑部扫描图后，就一直这样奇奇怪怪的。”

苏勤这才扭过头来：“泽汉，你觉得乐瑾瑜会是一个天生犯罪人吗？”

“确实不像。”蒋泽汉摇着头，“不过，从她脑部结构的图片看来，或许算是。”

“但她的心灵是干净纯洁的，不是吗？”苏勤说道。

蒋泽汉点头："同样，我觉得邱凌也是个挺单纯的人，怎么也想不到他的脑子也会那么奇奇怪怪啊。"

苏勤打断了蒋泽汉的话："泽汉，其实一直以来，我都对邱凌这个人抱有好奇。他的潜意识世界里，不可能像我们所看到的那样死气沉沉。相反的，我始终觉得那里会是一座随时要爆发的火山。"说到这，他顿了顿，"泽汉，你有没有注意到刚才邱凌进门的时候，是没有戴眼镜的。"

"好像是。"蒋泽汉点头。

"所以，那一刻我在他那没有了屏障遮盖的眼睛里，看到了一些奇怪的东西……"

"苏勤……"这次是蒋泽汉将对方的话打断，"塞缪尔的观相学究竟是不是一门伪科学，至今都有着很大争议。你这样用观相来定义身边人的方式，是不是有点偏执呢？"

"那他的脑部扫描图岂不正是有力的论据。"苏勤一本正经地说道。

"我想，你在心理学这门学科上某些方面的看法，似乎有点跑偏了。"蒋泽汉再次摇了摇头，"如果我们对每一个人都用我们所掌握的心理学知识来审视的话，那么，我们还算是具备着平常心态看待悲喜好恶的普通人吗？"

说完这话，蒋泽汉没有再搭理苏勤了，转身径直朝着研究生楼那边走去。

苏勤没反驳，也没跟上。他左右看了看，朝着距离自己最近的垃圾桶走去。他一边走着，一边从背包里拿出薄薄的几张纸，来回撕扯着。最终，成了碎片的白纸如同蝴蝶，被他撒进了垃圾桶。

"泽汉，只有你一个人不是。"苏勤自言自语道，"除了你以外，我们乌列社的另外三个人，其实都是天生的犯罪型人。"

第一章

第一个病人

退休的检察官

我到现在都还记得我的第一个病人。

他姓秦，是一位退休的检察官。老秦之前几十年做的刑案很多，工作是对犯罪嫌疑人提起公诉。每一次走上法庭，他手里的案卷卷宗里那些凶徒所犯下的罪恶，总是在他脑海中如同幻灯片一般轮番播放。他开始深恶痛绝，并慷慨激昂。他最喜欢对法官说的一句话就是：“每当我想到那些被被告伤害的人们，心都被揪得生生疼。”

最终，犯罪嫌疑人受到了应有的惩罚。老秦迈着沉重的脚步走出法院，虽身心疲惫，但感觉功成身退。正义能够得到伸张，罪恶被打入深渊，对于老秦来说，这便是最好的。

于是，惯性的将人定罪的思维方式，在他退休后，开始蔓延到他的整个世界。以往，他能够将工作与生活区分开来。但现在，他混乱了。接着，他开始怀疑，总觉得身边的某些人，可能便是罪恶的雏形，或者原罪的萌芽。

老秦很沮丧。他双手抱头小声地说：“我觉得一切都不好了，那么多应该被惩罚的人，在这世界上横行。可怕的是，我却老了，无法将之揪出放到烈日下唾骂指责了。”

是的，老秦有苦恼，但他也只是私底下纠结，并没有丧失理智。他知道自己的位置，纵有再多的愤怒，他将之深藏。他在公园的长椅上沉思，他在日暮的夕阳下漫步。他说：“罪恶依旧在世间肆虐，而我却无力改变任何了。”

当时面对他的我有点紧张，甚至惶恐。毕竟他是我的第一个病人。我用书本上教给我的微笑微笑着，假装成熟地耸了耸肩：“或许，你需要的是更多的社交，你必须要开始习惯退休后的生活。”

老秦点头，叹了口气：“是吧？”接着，他开始沉默。半晌，他自顾自地说道："我们那年代的人，总是将自己比作螺丝钉，而这个社会便是有着我们各自位置的大机械。终于有一天，我们不再属于这个大机械了，免不了要担心，害怕大机械因为少了我们这一二部件后，要出纰漏。"

我应着："实际上，更多的新的螺丝钉也都出炉了，他们会接替你的位置，就好像你走上工作岗位的时候一样。"

我顿了顿，站了起来："我是刚从苏门大学毕业的沈非，今天，也是我第一天走进诊疗室面对病人。而你，便是我的第一个病人。"

最终，我冲他微微颔首："所以，很荣幸今天能为你提供咨询服务。"

老秦笑了："孩子，祝福你！你一定能够成为一名优秀的心理咨询师的。"

那天后，我又是否真的成为了一名优秀的心理咨询师呢？快10年了，从我毕业到现在快10年了。3 000多个日日夜夜，从男孩到男人又岂止是翻页那么简单？但曾经，我以为这个过程，只是某个日出时分振一滴晨露的时间。

太多太多的不可测，爱与恨交织，又缠绕……

乐瑾瑜在看守所外离开后的那几个夜晚，我一反常态地没有失眠。我每晚静静地躺下，望了望窗帘缝隙间隐约的夜色。几年的经历，让我明白了自己的渺小。无法改变世界，也无法改变自己的命运，更不可能改变周遭的众生。

就比如……

比如我无法改变乐瑾瑜。

三天后，是周一。早上，我给诊所的佩怡打了个电话："佩怡，我是沈非。"

佩怡在话筒那边停顿了几秒钟："嗯！沈医生，你怎么这么早就打电话过来了，有什么事吗？”

“哦！我只是想让你将我的接诊牌重新挂上去。”

“啊！”佩怡再一次停顿，紧接着，她欣喜起来，“沈医生，你真的能再次回来接诊吗？太好了。对了，我想我现在就可以打电话给韩小姐，安排她今天就过来找你。”

“韩小姐？”这时轮到我愣住了，“哪一个韩小姐？”

“可能是慕名而来找你的吧？上月月初就打电话过来想要你给她提供心理辅导。我当时说沈医生休长假，她似乎挺失望的，接着这段时间里，她打了好多次电话过来反复叮嘱我，说等到你再次回来上班，一定要第一时间通知她。”

“我以前给她做过心理咨询辅导吗？”我越发迷糊起来，脑子里开始搜索姓韩的病患。

“我马上就要到诊所了，过一会我把她的名字发信息到你手机上吧。”佩怡说道，“或许，你看到她的名字就会想起是谁。”

我应着，挂了线。我没有去细想对方到底是谁，因为经历了太多后我终于明白——身边人，来了去，去了来。无常，且都是随缘。于是，我将身上晨跑的衣裤褪下，走进浴室，眯着眼睛迎向莲蓬头。冰冷的水刺激着我的皮肤，也企图唤醒我的所有感官……

临出门的时候，我才再次拿起手机，去看上面佩怡发来的信息。

一直在等我接诊的病人叫韩晓，信息里还写着：韩小姐听说你重新开始接诊了很高兴，约了10点到你诊疗室。

我发动汽车，朝小区外驶去。我可以肯定之前的病患里没有这个叫韩晓的女人，也懒得去揣摩对方是谁。

9点10分，我将车停到了诊所外。我习惯性地朝马路对面望去，却没有看到邵波的车。一辆进口的黑色吉普停在那里，应该是一辆新车，牌照也还没安上去。假如我没记错的话，这辆车落地价应该是260万元左右。

我笑了笑，寻思着今天邵波可能又有一个大客户登门了，让人头痛的是，他自己反倒迟到了。

我合上车门，将衬衣袖口轻轻扯了扯，朝诊所里走去。推开门的刹那，我发现诊所的所有人都站在前台位置，连本应该下午才回来做清洁的霍大姐也在。陈教授微笑着说："听佩怡说你今天开始重新回来上班，大家都很开心。"

我也笑了，觉得心里暖暖的，却又不知道应该说些什么？最终，我耸了耸肩："谁请我吃个早餐吧？"

大伙笑了。

我的诊疗室还是和我离开前一模一样，甚至连味道都没有变过。我站在精油架前发着呆，最终拿下了迷迭香。我并不知道几十分钟后要走进来的韩小姐适用什么精油，但这一刻的选择，与其说是为我的病患准备，不如说是为我自己。

迷迭香，理智的女神。她在空气中缓缓掠过，使人头脑冷静，条理清晰。

是的，这一刻的我有一点点紧张，就好像10年前我面对我的第一个病人老秦时一样。但是，和当日一样，我又相信，自己一定能够做到最好。

因为……

因为我是沈非。

就在我刚把精油滴入香薰炉的时候，从我身后传来了敲门声。我连忙把精油瓶放到架子上，墙壁上的时钟指向9点50分。

应该是那位预约好的叫作韩晓的病人吧？看来，她挺守时的。

"请进！"我大声说道。

房门被打开了，眼前人竟然是……

“沈医生，再次见到你很高兴！”这位叫韩晓的女人微笑着说道。

我愣了一下，接着也笑了：“我应该想得到是你才对，经历了那一场，你妈妈肯定会想方设法给你换个新的开始。嗯！换个姓确实挺好的。”

我朝前迈出一步，手指向沙发：“坐吧！岑晓……哦，坐吧！韩晓小姐。”

韩晓的微笑

韩雪是一位优秀的女企业家，同时，她也是一位很强势的女人。在之前我所接触过的诸多人与事中，我发现一个很奇怪的规律——这类强势女人的女儿，也先天有着强势的基因，控制欲与支配欲就算暂时没能爆发出来，但到了某一个时刻，她便会快速切换，从而复制出她母亲的强悍人格来。

所以，这一刻我所看到的岑晓，似乎已经完成了这一切换。当日的她虽然为抑郁症所困扰，但眸子里时不时释放出来的依旧是燃烧着的坚定火焰。2 年过去了，曾经的那个女大学生似乎已经不见了，干净利落高扎着的马尾，灰色大衣下是条黑色牛仔裤，以及一双低调的渔夫鞋，俨然是她母亲的翻版。但她与她母亲最大的区别在于，她的笑容还能够保持简单，不像韩雪那般的世故。

“沈非！以后你还是叫我韩晓吧。我妈说的也对，或许翻页后，一切都会有新的开篇。”她边说边将大衣脱下挂到旁边的衣架上，白色的打底衫显得她的身材凹凸有致。

我收拢思绪，拿起书桌上的笔记本和笔，朝着弗洛伊德椅对角的沙发走去：“我们有两年没见了吧？”我寒暄道。

“田五军案后，我就去了美国。因为去得匆忙，也没有和你道别。”已经叫韩晓的她并没有坐下，她用手指在那张弗洛伊德椅上掠过，似乎是在感受上面曾经坐过的灵魂们留下的余温。

“我是作为交换生过去的，所以在美国只需要读两年，就可以拿到包括海阳大学在内的中美两个文凭。沈非，你能猜猜我在美国的文凭是什么专业吗?”她用手肘托住身体，倚在弗洛伊德椅上微笑着问道。

“猜不到。”我耍玩着手里的笔套，“实际上，你当时在国内读的什么专业，我也并不知晓。”

“是吗?”她继续微笑着，望向我的眼神中，似乎慢慢多了一些什么，“沈非，你今天有点反常。在我进门的时候，你看了两次时钟。我可以理解成为——这是因为我提前了十分钟过来，让你猝不及防。很明显，这不是专业的你会有的毛病。接着，你快速拿起了笔记本和笔，因为手里有了工具后，你会收获到安全感。但很可惜，这两样心理咨询要用到的工具并没有发挥你着急握紧的目的。于是，你开始耍玩着笔套，以此来让自己平和。”

她站直，朝我走了过来，嘴里继续着：“沈非，你是有点变了。我记忆中的你安静内敛，眸子里有着睿智但又不会张扬。而这一刻的你……”她看了看我放在茶几下的双脚，“现在的你甚至抗拒与一个曾经熟悉的病患对话。”

我有点尴尬，避开她的眼光，也快速将自己的脚移了移。而在这之前，我的脚尖确实是对着那扇开着的窗。也就是说，我身体的潜在语言是想要迈步，走向那个出口并离开房间。

韩晓转身，径直过去将那扇窗关上，并拉拢了窗帘。我突然觉得眼前的这一幕很熟悉，就好像是两年前，面前的韩晓还叫岑晓的时候。她第一次走进我的诊疗室后，我曾经专门将窗户关上。而我当时关窗的原因，就是因为对方那指向窗户的脚尖。

“沈非，现在你应该可以猜到我读的是什么专业了吧?”她依旧微笑着望向我。

这一段关于窗户的过往回忆，也让我嘴角上扬了。甚至，因为重拾这一段过去，我有了些许的豁然开朗。于是，我迎上了她的目光，就像当日面对每一个病患的时候一样的坦然："看来，你学了两年心理学回来了。"

"嗯！"她有点愉快地点着头，就好像一个在长辈面前表功的小姑娘，"以前我因为自己的心理问题，就翻阅了大量的关于心理学方面的书籍，也算是无师自通地入了门。接着在美国的校园里，两年的学习，让我获益匪浅。"

"考证了吧？"我问道。

"国外的那个初级证在你面前就不敢拿出来显摆了。再说我才刚毕业，回国后也只拿到了三级助理心理咨询师资格证书。这趟过来找你，除了和你聊聊以外，其实也还有点小事想要你帮忙，就是希望加入'观察者'里开始从事心理咨询师的工作，不知道沈医生能不能收下我这个应届的小丫头？"说完这些后，她总算坐到了那张弗洛伊德椅上。

"这个问题……"我卖着关子。而也就是在这时，我放在身后书桌上的手机响了。

我连忙站了起来。要知道心理咨询师在与病患作咨询服务的时候，手机都是要直接调成静音的。而两年时间没有执业，竟然让我疏忽了这一点。

"没关系，沈非，你看看是谁，需要接的话接就是了。毕竟我也不是那些普通的病患。"韩晓笑着说道。

我有点尴尬，走到书桌前一看，竟然是陈蓦然教授打过来的。我犹豫了一下要不要挂掉，但紧接着看到韩晓的神情，自然而又随意。她的率性似乎感染了我，让我觉得自己也没必要在她面前太过死板。

我接通了电话："老师，我在做咨询。"

"啊！"教授应了声后连忙说道，"你看我，那……那你忙完后回复电话给我。"

"什么事直接说吧！"我又看了一眼冲我笑着的韩晓。

“方便吗?”教授压低了声音。

“嗯!”

“是这样的，你记得上次我跟你说有两位师兄到了海阳市吗?”

“记得，你还说周二要和他们一起吃饭。”我应着。

陈蓦然:“对，不过刚才他们打电话过来，说今天就在我们诊所附近，希望中午能叫上我俩一起过去聊聊。”

“今天中午……”我犹豫了一下，“行吧，不过可能要晚一点。”

“没关系。苏勤说他俩现在就在愉悦西餐厅里喝咖啡，要我们午饭前直接过去就是了。”教授似乎挺激动，他顿了顿，“你先忙吧！我现在给他们回个电话，你忙完后喊我。”说完他挂了线。

“嗯！沈医生有饭局?”韩雪歪着头，“我本来还想着中午请你吃个饭，好好公关你一下，让你答应留我在你的‘观察者’里实习来着，看来这计划泡汤了。”

“之前就约了的，两位师兄，也都是从事心理学与精神科学方面研究的。”我解释道。

“要不……”韩晓眨了眨眼，“沈非，要不你领我一起过去吧！就说我是……就说我是你的私人小助理，新招的美女助理来着。”

我就近坐到了书桌后的椅子上，微笑着看着她，并不急着说话。

“说是新招的司机也成。”韩晓一本正经地说着，“而且是自带好车的那种。”

她说到这儿，我脑子里突然闪过了之前看到的马路对面停在邵波公司门口的那台黑色的吉普。于是，我故意撇了撇嘴:“是新车吗?”

“嗯!”韩晓点头。

“吉普吗?”

“嗯!”

“你妈也过来了吧？而且你们出发得有点早，于是你们顺道去接了邵波，然后在邵波公司里喝茶。等到 8 点 45 分的时候，你才挎着包不紧不慢地走过来的对吧？至于，至于韩雪，这会应该正和邵波在那继续说笑才对。”我望着她的眼睛缓缓说着，注意力伴随着每一个字节的吐出瞬间，快速收集着她眼神中闪动的东西。最后，我自信地微笑了，因为通过她的眼神与微表情，我可以确定自己的这一段分析完全正确。

“看来，沈医生还是和以往一样神奇。”韩晓点头称赞道。

我深吸了一口，心底积压着的不安终于消散。是的，我回来了，我终于回来了。

20 分钟后，我和韩晓走向马路对面。因为今天是周一的缘故，教授在整理上周病患的资料，要晚 10 多分钟出来。于是，我正好用这点时间和韩雪也见一下，毕竟再次开始工作，也需要她这样的海阳市名媛多多帮助。

因为韩晓有给她打电话，所以韩雪径直走出了邵波的办公室。我们在那台硕大的吉普车旁边客套了几句后，邵波才钻了出来。今天不是很冷，所以他只是穿了件圆领 T 恤，是那种有点复古味道的蓝白条纹的海军衫。邵波身材匀称，穿啥都好看。一件这么简单的海军衫穿在他身上，也有模有样。

“八戒呢？还没过来？”我冲他问道。

“刚才打电话说就要到了，这胖子和古大力最近开始晨跑了。”邵波边说边抬起手看了看表，“都快 11 点了，他们还晨跑？估计是想直接跑去哪个饭店吃午饭吧。”

正说到这儿，韩晓就指着马路另一头说话了：“邵波哥，那不就是你的那个搭档吗？”

我们一起扭头，朝着韩晓指着的方向望去。确实是八戒和古大力，两人满头大汗一扭一扭小跑着冲我们这边过来。但同时，邵波开始傻眼了。

因为……

因为那渐行渐近的两人，居然都穿着和邵波一模一样的海军衫。

“嘿！三人演唱组合吗？”韩雪乐了，冲邵波问道。

邵波本就没脸没皮，也没否认，径直迎上前去：“你俩怎么也穿着这么件 T 恤啊？”

八戒与古大力已经到了我们身前，用毛巾擦着汗。八戒翻着白眼：“不是你上次去参加那个什么商会活动领了一件吗？我和大力瞅着挺好看，也过去参加了一次活动，一人领了一件。”

古大力在旁边一边喘着一边应道：“是……是啊！反正……反正又不要钱。不拿白不拿。”

“你小子就跟着八戒学坏吧。”邵波很气愤，“之前为啥从没有见你们穿过呢？”

“横条纹不是显胖吗？”八戒很认真地说道。

“那今天怎么又穿上了呢？”邵波也开始较真了。

“不为啥啊？就是今天跑步，我和他不约而同翻出了这件 T 恤穿上了而已啊。”八戒答道。

“行了！只能说你们哥仨心有灵犀。”我笑着为他们总结道。

见邵波还在愤愤，韩晓也补上一句：“邵波哥，这种撞衫的事是极小的概率，尤其是三个人撞衫到了一起，应该觉得挺有意思才对。”

话刚说完，一辆公交车正好停到了马路边。从里面哗哗啦啦走出了十几个叽叽喳喳说着话的中老年妇女，为首的两个还提着个小音箱，朝着不远处的广场走去。

我们几个同时笑得弯下了腰，因为……因为这十几个去跳广场舞的大妈们，今天竟然穿着统一的服装——和邵波八戒古大力身上的条纹一样的海军衫。

“嘿！这是小到了什么程度的概率了。”古大力一本正经地嘀咕道。

秘云水库命案

邵波闷哼了一声，一扭头，拽了拽我的衣角，往旁边走去。我会意，快步跟上。到其他人听不到我们说话声音的位置，邵波掏出烟来，我俩一起点上。

“你知道了吧？”邵波问道。

我有点迷糊：“知道什么事？”紧接着又想起了什么，连忙补上一句，“你说的是月初邱凌接了判决书的事吗？”

“不是。”邵波摇头，“那家伙横竖是个死，早死晚死而已。我说的是张金伟……”

“张金伟？独眼屠夫？市精神病院重度危险病患一号病房的那个？”我一边说着，脑子里闪出那个站在铁窗后的健硕而又有点笨重的魁梧身影。

“是他。”邵波点头，“他昨天下午被人劫走了。”

我越发迷糊了：“被人劫走？人家劫他干吗？”

“昨天下午，他在精神病院突发急性阑尾炎，被送到了市人民医院治疗。5点左右，有三个医生戴着口罩、推着担架去了他的病房，说医院还是决定要将张金伟送去手术室做阑尾切除手术。当时精神病院跟着过去的医生也没多想，便让那三个医生将严严实实固定在担架上的张金伟给推出去了。之后的监控显示，那三个穿着白大褂的医生直接把张金伟带去了地下停车场，抬上了一台白色的救护车。嗯！我知道这事后就打给了李昊，又被他骂了几句。最终，昊哥还是跟我说了，那台救护车是套牌车，用天网监控系统追踪到那车到了郊区，便再也找不到了。”

“哦！”我应着，并想了想，“可是，劫走他的人是什么目的呢？”

邵波扭头看了一眼不远处还在闲聊着的韩雪母女与八戒等人，最终压低了声音：“昨晚我也在为这事犯着迷糊，你知道，我是身在曹营心在汉。人不在警队，整天操心着他们市局那些破事。琢磨了一会，觉得似乎也没啥惊天阴谋。可是……”说到这，他再次看了一眼不远处，声音也压得更低了：“沈非，今天早上秘云水库那边发现了一具无头男尸，身上穿着的据说就是竖条的医院的病服。”

“你的意思是这两件事又能够串联到一起？”我的眉头也皱了起来，紧接着冲邵波反问道，“嘿！你都是从哪里打听到的这些消息啊？李昊他们队里的大小事务你怎么都知道啊？”

邵波白了我一眼，冲着自己事务所那块招牌指了指：“我不是干商务调查的吗？”

我点头——这商务调查所调查的范围也着实有点广泛：“那……邵波，你这么神神秘秘给我说道这些，是不是又想要我给李昊打电话，问一下无头案的情况？”

“是！”邵波倒也坦白，“你看，昨天我已经为了打听张金伟被劫事件，主动打给李昊被他削了一顿。今天是不是得轮到你打给他了呢？”

我乐了：“我压根就不关心这事。”

“哦！”邵波点头，“那你关心一个前几天刚刚重获自由的叫乐瑾瑜的女人的事吗？”

我瞪大了眼。邵波也没卖关子了：“带走张金伟的那三个医生是两男一女，都穿着白大褂，戴着口罩和帽子。在病房里的精神病院派过去的医生事后说，总瞅着对方三个人中间的那个女医生有点眼熟，似曾相识的样子，有点像乐瑾瑜。于是，他当时就盯着女医生多看了几眼，发现对方似乎也在故意回避着自己。这时，他发现了一个细节……”邵波边说边将手里的烟头掐灭，扔进旁边的垃圾桶里：“他发现那女医生帽子边缘露出了的黑色长发深处，似乎有着不少银白色的发丝。”

我表情也凝重起来，沉默了几秒，继而说道：“邵波，我希望你所说的这些都不是道听途说来的。并且，那个精神病院的医生，观察真有这么仔细吗？”

“昨晚我挺闲的，听说了这事后，便领着八戒去了一趟医院。要知道八戒在医院这种地方，朋友总是挺多的。所以，昨晚给我们描述这些的，是内科的护士长张大姐，号称市院大喇叭。我当时也问了你刚才问的这个问题。大姐的回答是——那个看精神病人的小医生才二十几岁，一脸的痘痘，一瞅着就是雄性激素分泌得很旺盛的主，逮个女人在身边，不多看几眼，难不成还盯着那两个男的去看吗？”邵波说到这笑了笑，“我寻思着，张大姐这话说得也挺有道理。”

“是吗？”我随口应着，脑子里开始凌乱起来。这时，邵波将手机递了过来，他已经按了李昊的号码：“喏，你现在打过去，李昊一看是我的号码，就知道是我要你打的，要骂也是骂我。然后，你把今早秘云水库的无头尸案给问上几句，看在你的面子上，他应该会透露点东西让咱知道的。”

这时，乐瑾瑜前几天转身离开时那冷漠的表情，在我脑海中又一次闪过，我按下了呼叫键。

“你烦不烦？”李昊很快就接通了电话，“我在出现场，有啥事之后再说。”说完这话，他似乎就准备挂机。

“李昊，我是沈非。”我沉声说道。

“啊！邵波这家伙又说服你打过来了？”李昊说完这句话后还补了一句粗口。

“秘云水库的无头尸是张金伟吗？带走他的人里面，是不是真有乐瑾瑜？”我没有绕弯，直接说道。

李昊在那边顿了顿，接着有风“呼呼”的响声，应该是他在空旷的水库上走动着，最终选了一个相对来说旁边没人能够听到他说话声的地方。

“沈非，我和赵珂都在现场，可能之后这案子也会用到你，因为……”他说到这儿再次停顿了一下，“因为什么我晚一点过去找你时候再说吧，现在我直接回答你的问题得了——死者确实是张金伟，尸体浮在水库上，不过头没了。至于你说的第二个问题。”

他开始了第三次停顿，似乎是在考虑我是否能够接受得了他即将说出的事实。

“说吧！”我深吸了一口气。

“医院的监控探头拍到了一次那三个劫走张金伟的人中的女医生的正面，我们放大对照了，确实是乐瑾瑜。”李昊说道。

我闭上了眼睛，嘴里应着：“好的，我知道了。”

李昊：“我先过去现场那边了，你电话保持畅通，我从现场回来就过去找你，然后接上你一起去一趟市看守所。”

“去市看守所？”我追问道：“还要去市看守所干吗？”

李昊：“沈非，可能……嗯，我只是说可能而已。今天这张金伟的案子，可能与邱凌有关。”说完这话，他径直挂了线。

我将手机递给了邵波，感觉太阳穴的位置在微微发胀。我隐隐觉得，又有一张密不透风的网，正在朝我袭来。而这网中间有着的，竟然又是邱凌那张看似对任何人与事都无甚在意的表情。

邵波忙问道：“死者确实是张金伟吧？”

我点了点头，脑子里满满地又切换到了乐瑾瑜那张冰冷的脸。我突然觉得，我对于这张脸的记忆，在逐渐的模糊。尽管，她贯穿了我生命中的十几个年头，但实际上又始终遥远。甚至，我与她的相处，全数加起来又有多少时间呢？那么，我又如何能自以为是地认为我真的熟悉她呢？

这时，马路对面陈蓦然教授的身影已经出现，他左右看了看，最后看见站在马路对面的我们。

“我要走了。”我对邵波说道，并转身。

“可是……”邵波还想再问上几句什么。

我扭回头：“下午李昊可能要就这个案子找我，他过来的话，我打电话给你。”

邵波这才舒心笑开来：“行！等你电话。”

第二章

苏勤与蒋泽汉

天使长的堕落

我们坐上了韩晓的那辆黑色的新车，朝着两位师兄约定的地方驶去。车窗外美丽的海阳市依旧整洁悦目。放眼，能望见蔚蓝的天与零散的云，能听见远处海水的哼唱。我坐在副驾驶的位置上，左手抱胸，右手弯曲，用食指压在嘴边，静静思考着。渐渐地，我有了种莫名的惶恐，来源于对乐瑾瑜的担忧。然后，我又想起了邱凌，天空中变幻的云彩似乎也在拼成他的脸了。其实，我一直以来，都觉得他与乐瑾瑜之间，始终像有着一些什么，是我一直所未知的。只是，那一层未知，又藏得无比扑朔迷离。

教授坐在后排，一直没有吱声。他是位智者，看得出我在思考，自然不会打乱。而我身旁的韩晓，却不时扭头看我一眼。最终，她自顾自地笑出了声，紧接着，她轻咳了一声，小声念出了弥尔顿的《失乐园》里描绘撒旦的一段诗句：

霎时间，

他竭尽天使的目力，望断，

际涯。

但见悲风弥漫，浩渺无垠。

四面八方围着他的是个可怕的地牢，像一个烘炉的烈火四射，

但那火焰却不发光，只是灰蒙蒙的一片……

我抬起了头，望向身旁的她。韩晓也看了我一眼，接着做出了一个我喜欢经常做的动作。是的，她耸了耸肩："怎么了？我读得不好吗？"

"挺好的。"我点了点头，接着她的诗句继续读道：

可以辨认出那儿的苦难景况，

悲惨的境地和凄怆的暗影。

和平和安息绝不在那儿停留，

希望无所不在，

唯独不到那里……

“咳咳！”身后教授的咳嗽声明显是故意的，“我想，我要打断你们一下。毕竟……毕竟你们也不能真当我这老头子是空气吧？你们这么一唱一和的，我会有点尴尬。”

我和韩晓也都笑了。我再次扭头，望向车窗外，那远处的白云已变幻。之前拼成的邱凌那张脸，在这一刻已经变成了一个有着巨大翅膀的天神，飞翔的方向却是向下。我明白，邱凌的人生就正如那堕天使的命运一般，曾经光明，却只是因为一念之差，纵身地狱。

那么，瑾瑜呢？

她何尝不是曾拥有着白色的巨大翅膀，自带光芒万丈。尽管她在世俗中独孤拮据，但灵魂始终清澈，不曾随波逐流……

我摇了摇头……很多事情，并不是我辈能够左右的。大天使长的堕落，又是否只是他骨子里本就灰暗的灵魂最终得以释放的结果呢？

“沈非，快到了。”韩晓的声音再次响起。我缓过神来，发现车已经开进了愉悦西餐厅门前的停车场。我们三人下车，朝餐厅里面走去。刚到门口，就听见有人在2楼对下面叫唤：“老师，我们在楼上。”

我循着声音，和陈教授一起抬头，发现探头出来的是一个戴着眼镜的30多岁的男人。

“他就是蒋泽汉。”教授明显激动起来，迈向餐厅楼梯的步子也大了起来。

我和韩晓连忙跟在他身后，朝2楼走去。愉悦餐厅的2楼是个露天的平台，到夏天就只能晚上开放。而这个季节就不一样，有凉凉的微风，若能端杯咖啡坐在这楼上眺望不远处的朝夕公园，也有着一番滋味。

最里面的两位应该就是老教授的那两位得意学生了。只见他们早已站起，冲我们迎面而来。他们差不多是同时握住了教授的手掌，大声地说着客套话。我和韩晓站在他们身后，如同配角般有点尴尬。这时，教授转身了，指着我对那两位说道："喏，介绍一下。这位就是沈非医生，比你们晚了两届。你们都还读了几年研究生，沈非本科毕业后就直接进入了心理咨询行业，临床经验非常丰富。另外这位姑娘是……"教授卡壳了。

我连忙补上一句："新招的心理咨询师，刚从美国留学回来。"

韩晓也大方，微笑着半鞠躬："几位老师多多关照。"

之前那位探头喊教授的戴眼镜的男子冲我们点了点头，大声招呼道："先坐！先坐吧！"

我应着，和韩晓一起坐下。而另外那位学长却没有理睬我们，他继续紧握着教授的手，自顾自地拉扯着教授坐下，并喊服务员点单。

"沈非，这位就是蒋泽汉，大学和你一个专业，之后读研又去折腾了几年神经科学。"教授说着这番话的时候，戴眼镜的那位学长也冲我们微笑着点头示意。他的块头不小，敞开的衬衣领子里有着鼓鼓囊囊的肌肉，应该是有长期锻炼的习惯。和他这大块头并不相称的，是他小小的脑袋，以及已经有着明显脱发迹象的脑门。于是，他留着有点过时的边分，似乎是想要将自己的狼狈遮掩。

接着，我偷偷望向了他搭在桌子上的手。指甲修剪得非常整齐，甚至应该打磨过。手指虽然粗壮但稳定。他的西装很合身，在他现在这个坐姿下，法式衬衣的袖口正好显露出两寸左右。浅灰色的袖口上，精致的袖扣闪着光泽。

这是一个注重细节的男人，用当下最流行的九型人格来鉴定他的话，他便是典型的完美型人。

我微微站起，欠身，朝他伸手。他也重复着和我一样的动作，他的手掌干燥，有力。

"你好，多多指教。"我寒暄着。

"嗯！另外这位便是苏勤了。"教授转而指向了一直没有望向我的那位，"苏勤比较执着，心理学专业，读研时候更是一门心思在精神分析上。”

对方这才冲我微微点了一下头。他和蒋泽汉一样，个子不矮，但是没有蒋泽汉壮实。短发，显得很精干。让人印象深刻的是他的鼻子，很典型的鹰钩鼻。这一外貌特征有人认为是返祖的一种呈现，而我也觉得这种鼻子确实容易让人想起鹰隼。中国的面相学对这种鼻型也有微词，认为这类人性格计较，淡漠无情。

我再次欠身，朝他伸手过去。他有着很明显的犹豫神情，最终沉默了一两秒后，才抬起手来。他的手掌冰凉，如同体弱贫血的少女一般。

紧接着，他快速将手从我手里抽离，并再次对着服务台喊了一句：“服务员！怎么还没过来呢?”

一个高个子女孩连忙快步跑了过来：“不好意思，这会儿人比较多。几位要点什么?”

“给他们吧!”蒋泽汉接过餐牌朝我们递过来，“听说这里的牛排味道不错，尝尝呗!”

我应着，接过了餐牌翻阅着。韩晓也凑过头来，俨然跟我一起点餐的模样。她身上有一股牛奶的香味，很好闻。

“别点牛排，这家的牛排很烂。”她小声说着。

我“嗯”了一声。这时，教授和蒋泽汉开始闲聊起来，说的都是当年在校园里如何如何的琐碎话语。而苏勤却摸出手机，低着头看起来，并不时按几下，似乎是在和什么人聊天。这时，我的手机响了起来，一瞅屏幕，是李昊打过来的。

我冲他们几个微微点了点头，拿起电话朝着天台一侧没什么人的位置走去。心里暗暗寻思着李昊这性子确实也够急，才这么半个多小时，难道就出完现场了?

“你现在就要过来找我吗?”我按下接听键直接问道。

“没这么快。”李昊应道，“沈非，你现在方便说话吗?”

我意识到他可能又有什么不便于外人知晓的关于心理学的案情想要和我沟通，便再次朝着角落里移了移身体："嗯！你说。"

"十分钟前，我们覆盖全市各个角落的天网监控中心的同事，在五一北路的一个路口，捕捉到了昨天劫走张金伟的救护车经过的视频了。对手们连那假车牌都没换，大大咧咧地开向市郊的屠宰场大院。我们现在已经派了一组同事在过去的路上，可能有机会将那三个犯罪嫌疑人给逮个现行。"李昊说道。

"哦!"我认真听着这似乎与我没什么关系的案件进展，脑海中却又一次闪过乐瑾瑜的脸，"李昊，这种抓捕的活，也需要我帮手吗?"

"没……"李昊似乎在犹豫什么，半晌，他语气凝重了，"沈非，这次的监控拍到了救护车前排的两张清晰的人脸，其中一张是……"

"我知道了。"我将他的话打断，语气越发镇静地说道，"是乐瑾瑜对吧?"

李昊"嗯"了一声。

"李昊，能发个截图给我看看吗?"我继续不紧不慢地说道，"如果没有违反规定的话。"

"我一会就发给你，并且你现在也已经有权限了解这次案件的一些细节。"他继续说道，"汪局已经指定要我邀请你加入本次'秘云水库特大凶杀案'专案组，稍晚点就会有同事过去接你上市看守所提审邱凌。"

"哦!"我应了一声。

只是，在这一信息袭来的时候，这一刻的我发现自己似乎变得没有了太多应该有的纷扰情绪。甚至，对于扑面而来的巨网，我潜意识深处竟然开始了主动迎合，还有着一些期待。

挂了线，我没有马上走回到韩晓她们几个身边，而是自顾自地站在这大平台边上，朝着远处的朝夕公园望去。那整齐的树木郁郁葱葱，茂密得足以掩盖住树阴下的所有一切。就算有罪恶发生，此刻如我般鸟瞰其间的人们，也无从洞悉到。而我们唯一能够通过眼睛收获到的，是生命蓬勃的美好景象。

我嘴角上扬了，就好像邱凌面对我的时候的神情。我的手紧握着手机，等待着震动的再次响起，收到李昊发来的、有着乐瑾瑜出现的监控图片。

“心灵拥有其自我栖息之地，在其中可以创造出地狱中的天堂，也可以创造出天堂中的地狱。”我默默念着《失乐园》里的诗句，感怀着……

在乐瑾瑜的世界里，究竟是在构建着一个天堂，还是一个地狱呢？我总以为她的思想海洋里有着的是蔚蓝天际，为何又总是弥漫上了狰狞的硝烟呢？

手里的手机震动了，低头……是李昊发来的图片。我的拇指在屏幕上停顿，我知道图片里面会是什么，然而，我又发现自己将之点开，其实需要勇气。

最终，我吸了口气……图片有点模糊，应该是放大了很多倍后只截取了挡风玻璃前那一排而已。开车的是一个陌生的男人，副驾驶位上坐着的正是乐瑾瑜。她容貌依旧，但表情有点模糊，无法捕捉到这一刻的她是喜是悲。而在她与司机的身后，有另外一个秃顶男人欠着身，从后排探头出来望着汽车行进的方向。

我有着隐隐的揪心痛楚，但经历了太多太多后，似乎这点扯淡剧情，也无足挂齿。于是，我给李昊回了个信息，只有两个字——是她。

我将手机放入裤兜，冲着远处的公园再看了一眼。我深吸气、呼气，目的是要让自己情绪平静。但接着我发现，实际上自己早已如同一块被暴雨洗刷得光滑了的岩石，本就冰凉，无须淡定。

我转身，准备朝身后的餐桌走去。可是也就在这转身的瞬间，我看见一个人的目光正快速从我身上收拢回去。那犀利的眼神如同锋利的刀刃闪出的光芒，快速收到了刀鞘中。

是苏勤……他急忙地低下了头，继续耍玩着手机，好像之前几秒那望向我的炯炯眼神与他无关一般。

人格

九型人格是近十几年来风行全球的一门人格心理学理论，备受国际上诸多大学和国际著名机构的推崇与欢迎。弗吉尼亚大学威廉玛丽学院修读咨询教育学位的博士生萨拉·斯科特（Sara Scott）在其论文里对九型人格系统进行了科学测评，其结果认定九型人格是个非常精确的系统。

这一理论的历史及来源却无从稽考，象征着九型人格的符号是非常古老的，可以追溯到公元前 500 年古希腊的毕达哥拉斯时代，甚至更早的时期。

身世隐晦的神秘学家乔治·葛吉夫（George Gurdjieff）在 1900 年左右，将九型人格的符号引入西方世界。奥斯卡·伊察索（Oscar Ichazo）将其整合。精神病专家克劳迪·奥纳兰霍（Claudio Naranjo）将这一理论发扬光大。接着，更多的学者都对九型人格进行了研究，直至发展至今。

完美型、全爱型、成就型、艺术型、理智型、忠诚型、活跃型、领袖型、和平型这九型人格，适用于所有人。人格最健康的时候，随时会有人格整合的可能。例如和平型人格的人，出现了成就型的特征。那么，他会由原本的内向保守，变得充满活力，基本欲望得到满足，基本恐惧隐藏。

在第一眼看到蒋泽汉的时候，我就认定他是很典型的完美型人格。这类人有极强的原则性，不易动摇也不易妥协，黑白分明。他对自己要求很高，甚至苛刻。同样的，他对身边人也是如此追求完美，并不断改进。但这类人感情世界薄弱，喜欢控制，又极其护短，导致他会时不时的愤怒，并用对别人的放弃来宣泄怒火。

在窥探到苏勤有偷偷观察我的举动后，我反倒没有继续望向他。我视若无睹，假装不曾留意到他的这一细节。并且，对于这两位师兄，我也并没有太多好感，更别提是否有兴趣去了解。今天的饭局本也只是老师自以为好意的撮合而已。甚至，我还怀疑，在他俩最初约教授的安排里，本也没有对于我的考虑，一切都只是教授的一厢情愿而已。

于是，我将目光移向了正在微笑着与韩晓说话的蒋泽汉。从我这个角度望过去，所看到的蒋泽汉的侧面角度，正好可以看到他垂在椅子另外一边的右手手臂与手掌。我发现他的手里捏着一个好像是烟盒一般的小纸盒，他的手指在纸盒上来回翻动着、捏压着。他的动作很快，因为只用了单手的缘故，他想要完成的撕扯进展得并不顺利。所以，他的手掌偶尔会有着剧烈的，但是动作幅度又明显在压抑的很小的抖动。

我的心往下一沉……他那完美主义者的外衣下面，有着一颗具备着暴力倾向的内心。在我们所看到的道貌岸然的外表下，因为无法顺利毁坏事物而浮躁的他，正在变得躁动起来。但，从他的表情与言行中，却压根看不到任何端倪。

完美型人格的人一旦出现病态的恶化，将是极其可怕的。他们会过分膨胀，自我防卫机制出现，心理变得不平衡，甚至不惜伤害别人，并屈服于社会的阴影下。但是……但是蒋泽汉是一位心理学学者，对于这些他肯定是熟知的。况且，在自己内心深处无意间映射出来的撕裂纸盒的时候，他是懂得如何让自己的心理纠正，并进行自我引导的。那么，他现在细小的彰显破坏力的动作，便只可能解释成他对自己潜意识里的某些不好的情绪，在进行人为的放纵，也就是他在偷偷地减压？

我扭过了头。我对这两位师兄开始厌恶起来，我开始怀疑教授对他俩的看法是否有着某些错误。我缓步回到座位上坐下，再次拿起菜单翻着，心里开始期待着李昊所说的要来接我的同事，能够早点打电话过来。那么，我就有理由离开这个糟糕的聚会。

“对了，沈非。听说你和邱凌也打过好多次交道？”蒋泽汉突然朝我望了过来，开口问道。

“是！”我点头，“你也认识他？”

蒋泽汉连忙摇头：“教授说当时在学校时候我们应该见过他，但是我和苏勤都对这个人没啥印象。不过，这两年关于他的案例，成了行业内大家都很喜欢讨论的一个话题。所以，我们才开始对他有了一点兴趣。”

他说到这笑了笑：“也只局限于一点点兴趣而已。”

不知道为什么，我在听到他这番话后，脑子里首先想起的人，竟然是岩田介居。与岩田那一丝不苟的模样同时在我脑海中回荡的，却又是邱凌与我最后一次见面时说的那句话——“诸如岩田一般疯狂到极致的家伙会陆续出现在你的世界里……”

我也笑了，并用这个笑容迎上了面前的蒋泽汉。我耸了耸肩，就像我平日里很放松时习惯的那样。然后，我故意拿出手机：“刚才就是我市局的同学给我打了个电话过来，很快，他们就要接我去市看守所。”

我故意顿了顿：“所以，我可能要先告辞了！下次你们再来海阳市，我再好好请两位师兄吃饭吧！”

“看来沈医生每天都挺忙的。”说这话的是苏勤。我扭头望向他，发现他单手的拇指和食指捏着手机，手机屏幕看似无意，又似乎“看似”得过于无意一般地对着我。手机上有一张图片，竟然正是之前几分钟，李昊发给我的那张有着乐瑾瑜的图片。

在确定我看到了那张图片后，他更加“无意”地将手机收到了裤兜里。

“沈医生，你不觉得自己有点不礼貌吗？蒋泽汉问你一个很平常的问题，换回的是你阴阳怪气的一番对自己即将要做的事情的详细描述。实际上，我们并不关心你今天的行程以及你的同学在市局里做着刑警队队长的职务。蒋泽汉在你面前询问起邱凌，也不过是因为害怕和你没有话题，出于礼貌提起而已。”苏勤一本正经地说道。

“好吧！看来，是我没有表述清楚。”这一刻的我，心底有着震惊，因为他手机里为什么会有着同样是从市局发出来的嫌犯的图片。但我并没有显露一二，因为他的假装无意，实际上更多的像是在对我发起某种挑战。甚至，他可能还知道某些我并不知道的事。我缓缓将手里的菜单放下，缓缓站了起来：“好吧！那很抱歉。一会，我要去的地方就是邱凌被关押的地方。”我边说边对着身旁坐着的韩晓做了个挥手的手势，然后径直转身朝楼下走去。但走出几步后，我突然想起了什么，转而扭过头来盯紧了苏勤的眼睛问了一句：“对了，师兄，你是怎么知道我有一个在市局做刑警队队长的同学的？”

苏勤看我的眼神依旧轻蔑，他双手摊开，撇了撇嘴：“这是个秘密吗？沈医生是应同学的邀请才介入梯田人魔案这事，知道的人不少吧？”

“哦！”我点了点头，往楼下走去。

身后传来韩晓的话语声：“几位老师再见。”

我快步下楼，朝着外面停车场走去。韩晓追上我，在我身旁小声说道：“沈非，你刚才好酷。”

我应了一声，没说话。临上车的时候，我又扭头望了一眼二楼，并没有人探出头来。接着，我与韩晓上车，汽车发动。韩晓眉飞色舞，好像一个恶作剧的小孩一般激动：“你这两位师兄的德性确实不咋地，还装模作样说这一家的牛排好吃。我估计啊……他们也没吃过几次牛排吧！”

她边说边将方向盘一扭，朝外面马路开去。但是就在这时，我突然看见在停车场的角落里，有着一辆似曾相识的黑色的商务车，和之前接走乐瑾瑜的那辆车非常像。

“停一下。”我忙说道。

韩晓不明就里，一脚踩下刹车：“怎么了？忘拿东西吗？”

我伸长了脖子朝那边又瞅了几眼，发现那辆车的车牌并不是苏门市的。而之前接走乐瑾瑜的那辆车，是挂着苏门市的车牌。

“没什么，看错了。”我小声说道，“开车吧。”

“是吗？”韩晓收住了笑，没再说话，她似乎在思考什么。

她将车开上马路后，才再次开口：“沈非，你有心事，而且应该是关乎女人的心事。”

我将安全带扣上，故作轻松地反问道：“何以见得呢？”

“直觉吧……”韩晓目光望着前方，“女人对这一方面是有直觉的。”

“或许是吧。”我没有正面回答她的问题，岔开了话题，“找个地方去吃饭吧，这么久没见了，也是要请你吃一顿好的，权当欢迎你的回……”

已经到了嗓子眼的“回国”两个字没能吐出，就被韩晓打断了：“权当欢迎我加入观察者心理咨询事务所，对吧？”

我愣了一下，接着微微笑了笑：“也行吧！试用期三个月。”

“YES！”她右手握拳往下挥舞了一下，“那现在就让我带你去尝尝真正的牛排。”

我点了点头，没再说话。我双手再次环抱胸前，右手手臂往上举起，将食指触碰到自己的嘴唇。韩晓自然能读懂我是想要静静琢磨些什么，她双手把住方向盘，选择了安静。

苏勤，一个很奇怪的人……他看似对我漠不关心，但细枝末节中又能看出他在偷偷观察我。并且，他是在心理学专业有着一定造诣的学者，那么，他能够通过我的动作神情等，轻而易举地对我进行心理画像，从而揣摩出诸多信息的。那么，他又为什么要用如此低调的方式来尝试了解我呢？

他手机里面的那张图片，更是证明了他对我今天脑子里所塞着的东西有所掌握。可是，他又是怎么知道的呢？又是怎么拿到了那张并不被允许随意发给外人的图片的呢？

这时，我想起了之前教授对我说过，这两位师兄在心理学领域有着诸多光环与声誉。或许，是市局里的其他人，像求助我一样，对他俩也提出了协助办案的请求吧。

只能是这样……毕竟，我——沈非，早已经不再是一个能让市局放心的、情绪稳定的，并能理性看待人与事的心理师了。那么，苏勤与蒋泽汉，似乎正是这个位置最好的选择。

高架桥

韩晓把车开向了沿海公路，我将车窗打开，让有着微腥的海风袭入车内，很舒服。

我以为我会因为这个上午迎面袭来的诸多奇怪信息而思绪万分，但很奇怪的是，我依旧平静如同死水。这时，远处的高架桥再次出现……

汽车继续往前，继续往前，让文戈成为碎片的那一段高架上的铁轨，也终于出现在我视线中……

每个人，都会不断成长。一度，我们以为自己成熟了，觉得自己能够冷眼看浮沉，冷眼看众生。实际上，那也不过是成长到了一定阶段时候的一种意境而已。人生，又怎么可能会是一马平川呢？有高潮，也有低谷，就看你用什么样的方式去一路走过。最后，那么那么多的风景消失在你身后，得到与失去的，都不过是流沙在指缝中的短暂停留与快速滑落。

是的，没有真正的成熟，只有越发理智地看待世间人与事。

想到这儿，我微微笑了。如果，从今天开始，又有一场新的风暴朝我袭来，那就来吧！

我再次望向远方的高架桥……

“沈非，我觉得你变了。”韩晓说道。她声音不大，说明她对于我是否会和她就这么个话题搭话，并没有太多把握。

“也是需要变了。”我将车窗按了上去，朝她欠身，“韩晓，如果要说变化的话，你的变化应该要比任何人都大得多吧？”

“沈非，不同的。”韩晓嘴角往上扬了扬，“你之所以觉得我的变化很大，是因为当日在你面前所呈现的岑晓的那一面，是属于她最不为人所知的一面。于是，你才将她的那一面定义为她的全部。两年后，已经改名叫韩晓的这个我再次出现在你面前的时候，你脑子里所有着的我，还是定义在过去你唯一看到的那一面的我。我想，这也就是你之所以说我变化大的原因。”

我点了点头，没有反驳。因为每个人所看到的人与事都会不一样，这是角度不同，高度不同，甚至阶级不同使然。

“但你变了，确实很真真切切地变了。”韩晓继续说道。

“能给我描述一下吗？要知道，我们这个职业的人，能够看懂身边所有人，但是并一定能够看懂自己的。”我边说边将右手伸进了裤兜，在烟盒上摸索。我想抽烟了，但是我又似乎不想在韩晓面前抽烟。或许，骨子里的我，依旧想让曾经那个温文尔雅的自己，在对方的印象中保留得久一点吧？

“唉！”此刻的她却莫名地叹了口气，“我记得你以前说我就是个困在城堡顶端的小女孩，总期待着王子的到来。实际上我很小的时候就明白，怎么可能真的有王子呢？沈非，你与你妻子的故事很感人，包括你身边的所有人，在那两年里为了迎合你，陪着你一起小心翼翼保留着你亡妻没死的世界。于是，你就成为了这么一段童话里的王子，和你妻子的童话故事中的王子。我承认，这也是我之所以在当日答应了我妈妈而走进你的诊疗室的原因。我觉得，一个能够如此钟情的男人，一定足够感性。那么，他或许可以化成丝丝缕缕，融入我的世界，修补我的神经，最终拯救我。”

说到这儿，她自嘲般的笑了笑：“最终，你也确实拯救了。只是那个过程中，我亲眼目睹了你被人狠狠伤透到撕心裂肺的一幕。离开海阳市的这两年里，你再如何悲伤，但依旧对命运迎头而上的神情，总是在我脑海中出现，进而激励我一步步向前。但想不到的是，回国后，我发现我所认识的沈非，已经消失了。于是，我委托了一些人去打听，也知道了你现在的一二心境，感受到的是满满的伤痛。到你终于走出了迷乱，重新开始接诊后，我欣喜若狂，以为能够看到和当日一样的沈非。很遗憾，之前的那个你似乎不见了，取而代之的，只是一个对周遭任何事物都不为所动的你了。”

“能说得具体点吗?”我微笑着，职业地微笑着。

韩晓摇了摇头：“很多细节……我想我可以整理一下，出一个关于你的报告。”她扭过头来，“或许，我可以把你当成我的第一个病人来看待，你说呢?”

“韩晓……”我加重了语气，语速也放缓了，“但是你有没有想过，我——这个叫作沈非的心理咨询师，也始终不过是个普通的男人而已。当日你对我的定义里，或许，我如同救世主一般闪耀过。但那……同样也不过是你所看到的这个我的一面而已，就像当日我看到的你只是一面一样。”

“我只是个很普通很普通的男人。”我冲她耸了耸肩，“仅此而已。”

韩晓笑了：“我想，我大致明白你的意思了吧。”

说到这里，她将方向盘转了一下，下了沿海公路，朝着旁边的一个度假村开去。

“沈非，你在麦粒家吃过西餐吗?”韩晓换了个新话题，“他家的牛肉都是进口的，现在是月初，我们运气好的话，或许还能够吃到今天早上刚空运过来的新鲜货。”

“麦粒家……”我吞了口口水，“这个……这个餐厅我听说过，不过从来没有来过。”

是的，我从来没有来过。因为这个叫作麦粒家的私房菜并不对外营业，只接待本城的绅士名媛们。据说，这里的牛排是按照克数计费，最便宜的也是三四千一份，而我……好吧！而我只是个喜欢装得自己对生活有着一二要求的中产阶级而已。

我依旧放在胸前的手不自觉地动了一下，触碰着放在西装口袋里的钱包。看来，有一位上层社会千金小姐当下属，也不是一件好事。因为她对钱的概念与普罗大众可能并不一样，那么，也就意味着……意味着我今天会有点心疼自己的钱包。

跟在韩晓身后迈进这家坐落在海边装修别致的独栋餐厅后，立刻有一位高大的扎着马尾辫的中年男子迎上来："嘿！这不是岑晓吗？你妈呢？"说完这话他便伸长脖子往门外看，当看到只有我的时候，他似乎有点失望，但紧接着还是补上了一句："这位先生你好，我是麦粒家的掌柜，你叫我麦先生就是了。"

他的语调有着很明显的台湾口音，实际上很多台湾人，在来到大陆后，都会刻意不去改变自己的台湾腔调，似乎这样就能让他们显得与众不同。

我冲他微微点头："你好。"

麦先生并没有继续和我客套，他的注意力早就回到了韩晓身上："好久没看到你了，让我想想……嗯，岑晓，有一年了吧？或者更长时间。"

"麦先生，以后叫我韩晓吧，我已经改名跟了我妈姓了。"韩晓边说边朝着里面的隔间走去。

"韩晓……嗯，挺好听的，今天就你们两位吗？还是吃小牛排吗？"麦先生很热情地搓着手。

韩晓点头，掀开了里面一个隔间的门帘："是！所以，又要辛苦你亲自下厨了。"

"韩家二小姐来了，自然是我亲自下厨。你运气也挺不错，昨天早上刚到的日本神户牛肉，新鲜得很呢。"麦先生到这时才扭头看了我一眼，"这位先生贵姓？"

"免贵姓沈。"我继续保持着自以为是的优雅。

“沈先生先坐。”他对我的客套明显是因为韩晓，甚至连多看我一眼的工夫也没有。他边帮韩晓拉动椅子，边招呼韩晓坐下，接着叫唤服务员，并自顾自地问了韩晓是不是照旧，得到应允后，朝着后厨走去。

韩晓接过了服务员递上的菜单，随意地翻着，并对我说道：“主食我已经让麦先生给我们照旧了，我们点一下甜点这些就可以了。”

我看似平静地端坐在餐桌前。整个上午的各种狗血鸡毛的信息，都没有让我情绪出现太大起落。但这一刻看到这本菜单后，我发现自己的心脏似乎正在加快速度，并将菜单上随意的一个菜肴价位折合成自己出诊的钟点诊金，啧啧了一番。当看到主食牛排标价多少钱一克后，我的心往下一沉。嗯，是的，是往下一沉，脑子里的边缘系统驱使我如同在荒野中遇到了一头饿了好多天的雄狮……我想要连忙站起，迅速逃离。

韩晓随意点了点什么，然后服务员微笑着站到了我身边。我继续优雅着……继续翻着菜单。就在这时，我放在餐桌上的手机突然响了，是李昊打过来的。我愣了一下，继而按下接听键。

“沈非，我这边忙完了。你在哪里？我看看是安排同事过去接你，还是你自己开车直接过去？”李昊语速很快，显然这一刻的他情绪比较急躁。

“是去看守所吗？”我反问道。

“是的，直接提审邱凌。”李昊顿了一下，“案件或许和这家伙有关。”

“我直接去看守所。”我答道，并看了一眼对面盯着我看的韩晓继续道，“应该可以很快。”

李昊也没和我废话，直接应着，挂了线。

“我想，我们可能没时间吃这顿美食了。”我说的是实话，但不知道怎么的，自己总觉得有着什么不对。而且，内心深处的阴暗角落还有着一二窃喜，为自己的钱包能够有可能逃脱劫难而欢呼雀跃。

“你是要去见谁？”韩晓瞪大了眼睛，“不会真的是去看守所见邱凌吧？之前你对你师兄这样说的时候，我还以为你只是故意气他们而已。”

“确实是去见邱凌。”我点着头，并朝着不远处站着的服务员说道，“不好意思，我们有点急事要先走，下次再来尝你们家的美食了。”

“啊！”那服务员愣了一下，“可是……可是麦先生已经进后厨了，你们要的牛排可能已经下锅了。”

韩晓朝着后厨方向看了一眼：“你进去看看他做了没有，如果做了的话，那就直接给我切小块，我们打包带走路上吃就是了。”

“好吧！”服务员点点头，朝后厨走去。

所以不得不承认，绅士的风度，还是需要钱包进行辅助。我总觉得自己不算是一个小气的人，但就算是当日自己还能够正常出诊的时候，事务所每个月的收入去掉所有开支，也就只是2万元不到。而今天我硬着头皮将要请我的新员工——韩晓吃下的这顿西餐，价格估计会有1万元左右。

我想，这不管换谁，应该都会有点舍不得吧？

没等太久，那服务员就重新出现在我的视线：“小姐，真的很抱歉……”

我苦笑了一下，寻思着自己即将花不菲的价格，带走两个盛着来自日本神户牛肉的饭盒。

“真的很抱歉，麦先生刚才在厨房里滑倒摔了一跤，所以您与这位先生的牛排，都还没有下锅。”服务员满脸抱歉地说道。

“没关系，我们也着急走，给麦先生说一下，我们改天再来。”韩晓提起了放在旁边座位上的皮包，很有礼貌地说道。

“嗯！改天再来。”我也客套着，站起迈动步子之前，下意识地拿起了一张纸巾，擦了擦额头上的汗。这时，我发现面前的韩晓正微笑着看着我，并对旁边的服务员小声说道：“台费和服务费都在我妈充值在这里的卡里面扣就是了。”

我意识到学了两年心理学回来的这个女孩可能看出了什么……

我有点尴尬，冲她挤出微笑：“我欠你一顿牛排。”

韩晓点头："行！"接着她冲我笑道："下次换个地方请我。"

几分钟后，我俩再次上车，汽车朝着度假村外面开去。临走时候我扭头看了看那栋只有 2 层的漂亮的西餐厅，突然莫名涌出一番情愫来。我想起了文戈，想起了当日穿着红色格子衬衣的她来。她离开这个世界已经 4 年了，但我依旧会在经历的美好面前，想要有她的分享。我觉得，如果她还在的话，那么，我应该会开车领着她来到这漂亮的西餐厅，也会舍得花不菲的价格，让她尝尝来自海外的新鲜牛排的。

紧接着，乐瑾瑜那张当日还满头乌丝的脸庞也在我脑海中浮现，我的心开始被揪动起来……那么，我愿不愿意带着她一起来吃这么一顿昂贵的美味呢？

我自顾自地摇了摇头，为自己给自己设计的这种没有任何意义的假设性问题而感到羞愧。

是的，我总是不想辜负任何人，但，我始终在辜负着。

更多更多有着乐瑾瑜的画面，开始在脑海中放映了。也正是这一幅幅画面，让我这两年的日子里每天痛苦悲伤。乐瑾瑜对我有过的好，早已化成了千钧万钧的重力，让我无法呼吸，也无法释怀。最终，我想要偿还，想要赎罪。但未曾想到的是，我已经没有了这机会。

爱是一个人的事，与众生无关，也与世界无关……邱凌的这句话，开始在我脑海中回荡。那么，乐瑾瑜对我的爱，似乎并不是她一个人的事了。她的爱，就那么不经意间，丝丝缕缕般融入我的整个世界里。

突然间，我有了一种质疑，质疑自己对乐瑾瑜的情感了。是爱吗？抑或是……

我不敢往下去想，因为一旦细思这个问题，我就会有无穷的愧疚。

只是有一个词汇在我思海中荡过，这个词是……是补偿。

第三章

最后的时日

凶徒的另一面

在连环杀手的编年史里，泰德·邦迪应该是最为精英的一位了。他相貌英俊，有魅力，有教养。大学毕业后认真工作，周一早上去上班，周末修剪草坪，和朋友一起吃烤肉、喝啤酒。和那个时代的中产阶级一样，邦迪也拥有着一辆当时最受欢迎的甲壳虫汽车。接着，他用这辆甲壳虫汽车，将诸多受害者载到郊外，用棍子击晕，再实施杀戮。

因为受过比较良好的教育，所以泰德·邦迪会明确地知道自己所做的一切究竟是如何的恐怖。于是，他用心理学的观点来审视自己，并不断挣扎于压制。他用第三人称的手法描述过自己犯罪后的状态：

该做的他都做了。夜里，他没有出去和朋友们喝酒。整整一个月，他都无法摆脱这桩暴行。他审视自己的行为，但谋杀和欲望却越来越强烈，他意识到问题比自己想的要更为严重。

你可能觉得这是骗人，但有段时间里，他觉得错误的观念已经不存在了，自己也不会再杀人了……

但慢慢地，压力、紧张、不满很快就出现了。不过，即使没有这些压力，事情也会再次发生的。

大约 6 个月后，他再次想做同样的事情……

然后，他再次感到厌恶、反感、恐惧、疑惑。他会在某个时候发现自己的行为如此残暴，并发誓再也不做了。但几个月后……

这是一个典型的连环杀人犯的自白。他们在犯罪满足感得到后，或昏昏大睡，或如同新生，或内疚、懊悔、恐惧。这些阶段会持续一定的时期，之后他们又会再次进入游离阶段，脑子里开始不断回味上次作案时候的快感，并对下一次行凶开始幻想。但实际上，谋杀并不能让他们的情况变得乐观。相反的，他们同样会感觉心理压力更大，状态更加不稳定。于是，进入了一个恶性的循环——为了舒缓，他们只能更频繁与残酷的谋杀。

那么，邱凌对于死在他手里的受害者们，是否也有过内疚与惭愧呢？自始至终，似乎都没有人关心过这个问题，在他那很难显露出真实情绪的言行里，也根本无法感觉得到他是否会有忏悔。终于走到末路，一切即将尘埃落定。在惩罚时刻到来的日子，他，又会不会显露出某些不为人所知的一面呢？而这一面，会否也有懊恼与内疚呢？

一路上，韩晓并没有和我说话。她是个聪明的女孩，自然能够看得出我在思考，因为我即将面对我这一生所遇到过的最可怕的对手。半路上，我给邵波打了个电话，告诉他我即将要去市看守所见邱凌。可邵波却对我说道："不对吧！五分钟前，李昊让我把古大力叫到事务所里，他说今天下午要领着邱凌出来让我们大伙会一会，但他并没有说是要去看守所啊。"

正说到这儿，又有电话进来了。我看了一下屏幕，发现竟然真是李昊打过来的，便挂了邵波的线，另行接听。

"沈非，你还没到市看守所吧？现在掉头，去自己的诊所等我们。"李昊没头没尾地扔出了这么一句。

"不是去看守所吗？"我嘀咕着。

"邱凌不肯配合，他提出的要求是，必须去你的诊疗室里，也必须要你在场，他才会开口和我们聊上几句。否则，他连监房也不肯出。"李昊答道。

"哦。"我没有置评，应着。

李昊继续道："我刚才给汪局打了电话了，他倒是同意了。但是将死囚带出看守所的程序不是一般的麻烦，所以，我估摸着也没那么快。"

"李昊，我有点不明白。邱凌已经入狱快一年了，难道他还能在外面作恶吗？昨天发生的张金伟案，又能和他扯上很大的关系吗？非得在他身上撬东西吗？"我连续问了几个问题。

李昊："说来话长。这样吧，我安排赵珂和另外一个同事先过去你那边，具体是个什么情况，让赵珂给你说。另外我还通知了邵波和古大力，今天下午与邱凌的这次对抗，我觉得能多叫几个有着不同本领的帮手才稳妥。因为时间不多，我们今天必须把这家伙的嘴巴撬开，并一举拿下。"

"好吧！我等赵珂过来后，再直接问她具体情况好了。"我边说边对着身旁的韩晓做了个手势，示意她朝着观察者的方向开去。但紧接着，我突然逮住了李昊说的话里的某几个字，并连忙对着话筒问道："为什么说时间不多了？是今天这无头案还有什么连环案吗？"

李昊在话筒那头沉默了几秒，最终，他声音较之前更加低沉了："不是因为今天这案子才说时间不多了，而是……而是……"

他加重了语气："邱凌的终审实际上早就已经下来了。明天早上，就是邱凌被押赴刑场，执行枪决的日子。"

我出现了不应该出现的状况，在我听李昊说起邱凌在十几个小时后，就将要成为一具冰凉尸体的时候。

是的，我脑袋一片空白，举着手机的手甚至不知道是如何垂下的。

这个耍玩了我几年的卑劣凶徒，终于要被伏法了。那些个枉死在他手下的冤魂们，终于要得以瞑目了。可是，为什么这个万恶不赦的恶魔，又和我在同一个女人身上，有着同样深情的投入呢？

每个人都有他的很多面，这很多面，分别呈现给不同的人去看，并让对方在心里给自己定位。我不知道邱凌在给他的朋友、亲人，甚至给到他的未婚妻黛西的一面，究竟是什么样的。但他给我和文戈的，却是完全截然不同的两面。那么，作为同时见识到了这不同两面的我，又应该如何对他进行定义呢？

心理咨询师的首要准则，便是要客观理性地看待自己经手的案例与病人。但我对于邱凌这个个案，一直以来，都真正做到了客观理性吗？诚然，我没有做到，而让我没有做到的原因，就是因为我挖掘到了邱凌的另一面，有着爱，并为爱赴汤蹈火的一面。

真正了解一个人的，或许，确实只有他的对手。我想，这句话不单单只是放在我身上，同样，也应该放在邱凌身上。

“去我诊所。”我小声对韩晓说道。

她看了我一眼，点头，也没有再吱声。必须承认，她是个很聪明的姑娘。

我再一次扭头，望向远处那耸立着的高架桥。我苦笑着，为自己此刻情绪的巨大波动而感觉羞耻。最终，我咬了咬牙，打电话给诊所里的佩怡：“嗯！我是沈非。给我叫两个饭，放到休息室里，我很快就回来。”

“好的。”佩怡应着，并似乎是对旁边的人说了一句，“教授的诊室在那一边。”

我寻思着可能是陈蓦然老师的其他病人到了，而老师还和两位师兄在一起吃饭没回来吧。便对着话筒补了一句：“是找教授的病人吗？他在外面吃饭，应该也差不多要回来了。”

谁知道佩怡答道：“教授自己也回来了啊，不过他在门口和修理空调的师傅说话。”

“哦！”我应着，“那你安排病人进去他诊室就是了。”说完，我就要挂线。

“不是病人，是两位和教授一起回来的他的朋友。”佩怡答道。

我眉头马上皱了起来，连忙追问道：“是不是两个三十出头的男人？”

“是啊！”佩怡顿了顿，又补了一句，“好像都是教授以前的学生，开一辆黑色的商务车过来的。”

我没再细究，收线后暗自琢磨着——来的应该就是蒋泽汉和苏勤。只是，他俩为什么会在这么个即将不寻常的下午，来到我的诊所呢？

或许，只是巧合吧。我这样安慰着自己。

又或许……我想起李昊之前说的话——时间紧迫，他们需要更多的人在今天下午将邱凌一次性拿下。想到这儿，苏勤故意给我看到的那张手机上有着乐瑾瑜的图片的一幕也在我脑海中浮现。

我若有所思地点了点头，确实，在专业领域里，他俩可能比我要更适合分析邱凌。如果有需要，他们更是将邱凌那密不透风的嘴撬开的有力帮手。

送给梯田人魔的礼物

我和韩晓到诊所的时候，诊所外面已经停了一辆警车。两个没见过的穿着警服的警员，站在前台和佩怡说着话。他们并不认识我，在我进门的时候，他们似乎正要离开。其中一个看上去挺年轻的警员冲佩怡微笑着说道："好吧！一会沈医生回来，就麻烦你和他确定一下。"

这时，佩怡看到了我，但是我做了一个噤声的手势，示意她不要让对方知道，然后快步走进了休息室。

很快，佩怡就跟了进来："沈医生，一会昊哥他们又要给诊所拉警戒线你知道吧？"

我点了点头："下午病人多吗？"

"今天周一，影响倒是不大。有两位约访也都是接受了几个月咨询的老病人，我跟她们打个电话说一下，问题都不大。"佩怡说完便转身出去安排了。

我和韩晓很快就吃完了那两份并不是很贵的午餐，其间韩晓还打趣了一句："如果麦先生刚才帮我们煎好牛排了，那现在我们就多一份美味，多好。"

我选择了呵呵一笑，和她走向我的诊疗室。这时，身后传来邵波的说话声，以及一个熟悉的沉重的脚步声。一扭头，只见古大力正推开诊室的门，门外紧跟着的是邵波和一袭警服的赵珂，以及市局刑警队的小警花慕容小雪。

看见我，邵波便开口问道："是直接去你诊疗室里说话？还是在会议室呢？"

我犹豫了一下，朝着另一边老教授的诊疗室看了一眼。果然，那扇门被拉开了一条缝，有一双眼睛，正在从门缝里朝外张望。

我有点气恼，觉得在自己的诊所里依旧被人如此窥探的感觉太过狼狈。于是，我朝着旁边移了下步子，让自己能够看清楚对方的脸。

是苏勤。

我的目光与他交汇。按理说，他应该会露出尴尬神情才对，毕竟这是在我的主场，而他的偷看又被我逮了个正着。但苏勤并没有，他反倒是挺直了身体，冲我露出一个意味深长的笑容。

我轻咳了一声，回答着邵波的问话："都来我诊疗室吧，反正也够大。"接着我一扭头，朝着前台的佩怡喊道，"将预约的病人取消后，就通知诊所的各位老师下午休假吧。"

佩怡应着，我又瞟了一眼苏勤，转身拉开了诊疗室的房门。

"你们就只是通知了邵波和大力过来我诊所协助审邱凌吧？"我冲刚将门合拢的赵珂问道。

"是。"赵珂点头。她和李昊一样，并不喜欢说太多废话，"我们时间挺充裕，因为要将邱凌带出看守所的程序会相当麻烦。况且，就算手续都OK了，安保也不是小事。毕竟，邱凌有过脱逃的先例。"赵珂边说边走到了诊室的中间，坐到了那张弗洛伊德椅上。

"大概几点钟到呢？"邵波插话。

"最起码都要到5点以后了吧？"回答我的是慕容小雪。

"5点？"古大力选择了窗户旁边的位置靠墙站着，双手环抱胸前小声嘀咕道，“我市气象局 1 点 47 分发布了暴雨红色警报，估计在未来三到四个小时里，会有强降雨。而从看守所到我们位置的道路，在过往一年的四次暴雨中，有过三次都因为下水道问题而大量积水。那也就是说，就算押解他的车队，能够在 5 点钟准时出行的话，到这边的时间也应该是……”他那双小眼睛翻了几下，似乎是想要将用时计算得更为精确。几秒后，他正色道：“到这边的时间应该也要很久。”

众人也都知道他的情况，没人搭话。反倒是韩晓没忍住，笑出了声来。赵珂扭头看了她一眼，冲我问道：“沈非，这位是……”

“她是韩晓，诊所里新招的实习医生。”我照实答道，赵珂并没有见过她。

“哦……”赵珂点点头，“那是不是需要让这位新来的韩医生，稍微回避一下呢？”

韩晓连忙转头过来看我，我耸了耸肩：“实际上，一会邱凌进来后，他又真的会答应除了我以外的任何一个人待在房间里吗？”

“那么，你的意思是之后你也希望这位韩医生一起在监控画面中，欣赏邱凌即将与你开始的那场博弈吗？”赵珂依旧面无表情地说道，她见我因为她这话而露出疑问表情，便补上了一句：“我们市局的技术人员已经到了，他们会在外面拉几条线，然后给你的诊疗室装几个摄像头，保证今晚 360 度无死角的监控到邱凌在你诊疗室的一举一动。”

我皱起了眉：“赵珂，你这是询问我的意见呢？还是在通知我？我是心理医生，并不是刑警。这里也只是一个心理诊所，并不是你们公检法系统的审讯室。”

“可是，对方是邱凌。”赵珂加重了语气。

“那又怎么样呢？”我将双手分开放到了面前的办公桌上，将上半身撑起。这一动作是展示着自己在这一房间里的权力：“我不会答应的，绝对不会。”

“沈非，我想，在这个问题上，赵珂所代表的警方的做法是对的。”邵波打断了我想要继续宣泄的愤怒：“你记得吗？就因为你的这些坚持，在当日所造成的后果，需要我来提醒你吗？如果邱凌在最初就被定罪，被执行了死刑，那么，之后那些因为他死的人，又应该埋怨谁呢？”

我冷哼了一声，没有理睬他。

邵波朝前走出了几步，站到我的办公桌对面。他也将双手张开，撑在桌上，并紧紧盯着我的眼睛：“沈非，很多事情，你觉得你做的是对的，但实际上呢？结果呢？甚至，甚至……”他咬了咬牙：“甚至如果不是因为邱凌，乐瑾瑜会一步步走到现在吗？”

他最后一句让我一下被击溃了，我往后退了退，坐到了椅子上。半晌，我叹了一口气：“赵珂，邱凌的狡猾你是知道的。他想要让你们知晓的信息，迟早会让你们知道。而他不想让你们知晓的……或许，有再多的摄像头也无济于事。”

赵珂点了点头：“我们知道。但是情况紧急，我们只能尽全力。”

我没再吱声，权当默许。邵波也没再冲我瞪眼了，他转过身：“开始吧，赵珂，说说早上你们在秘云水库到底发现了什么？”

“你们确定让这位韩小姐参与吗？”赵珂再次看了一眼韩晓。

我愣了一下，扭头看到韩晓那热切的眼神。或许，这也是一次便于让她观测我的工作状态的好机会吧？我这么想着。

见我点了点头后，赵珂往后靠了靠：“让小雪说吧。”她这一刻坐着的弗洛伊德椅本就能让人感觉舒服，想要放松。赵珂那黑色的眼圈，也证明了她又经历了连轴的日夜工作，需要稍微的休息片刻。

“案情是这样的……”小雪连忙站了起来，“今晨 7 点 14 分，我们接到秘云水库工作人员的报案，发现水库中有浮尸。8 点 10 分，李大队带领我们市局刑警、法医等 12 人赶到现场，将尸体捞上岸。死者系男性，年龄在 50 岁左右……”

“还是我来说吧。”赵珂那刚合拢的眼帘又张开了：“给沈非、邵波、古大力他们说这些细节，本就没什么意义。”

她将身子直了起来：“死者基本上可以确定是前一天在医院被人劫走的精神病人张金伟，他的头颅被割掉了，在现场周围并没有找到，应该是被凶手带去了其他地方。因为死者死亡时间与被抛尸时间都是在十几个小时之前，所以很难在这么短的时间里在尸体身上找到更多的线索。不过，他的手腕上套了一个松紧腕带，腕带里有一张用塑料薄膜密封着的内存卡。我们将内存卡进行读取，发现里面有一张照片……”

赵珂说到这里的时候，小雪打开了随身携带的公文包，从里面拿出了一叠 A4 纸大小的相片，并分派给房间里的我们。

“有点血腥，希望你们不要害怕。”赵珂沉声说道。

于是，我朝着身旁不远处站着的韩晓看了一眼。她手里已经拿到了那张相片，但低头看的她并没有露出惊恐的表情。我放心了不少，接过了小雪递过来的薄薄的相片纸。

照片最中间是一张长条的桌子，上方有着黄色的射灯往下照射，让桌子上的东西显得额外突出，也让周遭的一切显得越发暗淡。一个满脸血污的头颅孤零零地摆在上面，旁边放着一个之前我见过的用来盛放人体器官的玻璃容器，以及一个精致的手术刀包。

我的胃里一阵翻腾。因为，尽管我帮助刑警们处理过不少案件，但却没有真正接触过凶案现场以及这些尸体。我再一次瞟了一眼身旁的韩晓，她皱着眉，情绪依旧没有波动的痕迹。我苦笑了一下，寻思着可能现在的女性反倒比我们男人的神经都要粗大很多吧？于是，我深深吸了口气，再次望向照片。

实际上真正抢眼的，并不是让人揣测联想摆拍者接下来要对这一头颅所做的事情，而是照片背景——一堵灰色水泥墙壁上，用红色的油漆写上的两行字。上面一行的字大一点：屠戮，发生在梯田人魔覆灭的凌晨。而下一行的字明显不是同一个人写的，小很多，且字体有点奇怪——送给恶魔的礼物。

送给梯田人魔的礼物？我皱起了眉，紧接着，我发现第二行字让我觉得有点奇怪的原因了。因为……因为这行字纤细，且每一个笔画的最后一半，都有着明显的上扬。

是的，这字迹是我见过的。

它们属于……

它们属于那颠倒黑白是非的凶徒——邱凌。

因为他是古大力

“那张内存卡里的图片像素并不是很高，所以我们的同事做了技术处理，并调到了最好的尺寸打印出来。李昊之所以让我提前拿给你们看看，就是想要听一下你们的意见。”赵珂环视着我们几个，继续说道，“实际上，我们市局刑警们也有自己的解读。这，像是一份来自罪恶世界的战书，对手很可能是想要告诉我们，他们即将在邱凌被执行枪决的前一夜，做一些骇人听闻的事情。当然，对于这一战书是否只是危言耸听，我们不敢随意地下定论，但也不能置之不理。明天，就是梯田人魔的末日，很多媒体实际上都已经提前收到了消息，他们的长枪短炮都准备好在明天进行追踪报道，并通过此案的圆满收官，来诠释正义的强大。那么，如果……嗯，我们目前还只能说是如果。如果真的有人在明天邱凌被枪毙之前，做出一场更为骇人听闻的凶案来……”赵珂说到这闭上了眼睛，“我想，你们应该知道后果吧？”

“我们需要的是人民群众对于安全的信心。”赵珂再次睁开了眼睛，“这，本也是我们警方的职责所在。”

“赵珂，或许，对方并不是危言耸听。”邵波将手里的照片放到了旁边的茶几上，他看了我一眼，然后尝试性地拿出了烟盒，见我没有摇头，便快速点上了两支，并将其中一支递给我。我犹豫了一下，伸手接过。其实这些年来，我一直想要问邵波，为什么总喜欢将烟点上以后再递给别人？每每想要开口问的时候，周遭场合又不太方便，或者他并不在身旁。

这时，我笑了。我突然想明白了一个问题——我们总是有着很多想要琢磨明白的很小很小的事，总是疏于剖析，总是没有得到过答案。但实际上，有些答案本就无关紧要，尽管背后可能还牵引着其他故事。

我深吸了一口烟，扭头发现韩晓正盯着我手里的香烟。我冲她耸了耸肩。邵波的声音再次响起："张金伟的死，就是他们想要展现的手段。实际上从昨天张金伟被送到医院开始，应该就是一个完整阴谋的序幕被开启。"

"是的。"赵珂点头，"尸检的同事中午打电话给我了，张金伟的急性阑尾炎，或许是因为有人故意在他昨天中午的午饭中，掺入了某些药物导致。当然，死者死亡时间与他最后一次用餐时间中间的间隔太长，导致胃部里面的残留物并不能给出一个肯定的答案。但尸检同事们这么多年的经验，我还是比较有信心的。"

"你所说的经验，是他们通过嗅觉，近距离闻死者胃里面的残留物与黏液，最终来进行判断的方法吗？实际上，古代的仵作在判断死者是否中毒时，基本上也都是靠嗅觉。"古大力说这话的时候，将左脚勾到了右脚前面。他靠墙站着双手环抱的模样，似乎显得优雅与睿智了不少："现在很多电视电影里面，仵作们用银针到处扎几下，便满脸神秘地说是中毒，那都是扯淡来着。"

赵珂冲他点了点头，古大力便明显地兴奋起来，他声音大了不少，继续说道："这个……嗯，这个法医毒物鉴定，是指运用法医毒物学的理论和方法，结合现代仪器分析技术，对体内外未知毒物药物及代谢物……"

"打住！"邵波将尾音拉长，"大力，别又跑远了。目前我们在讨论这张相片，没人和你扯法医学的理论和专业知识。”

“啊?”古大力扭头看赵珂：“刚才不是你开始说的法医学吗？我们现在讨论的问题难道不是张金伟胃里面、致使他出现急性阑尾炎的药物问题吗?”

赵珂愣住了，尽管她也听说过古大力的种种，但是真正面对，或许今天才是头次。于是，她和我们当日初次接触古大力的时候一样，不知道如何接话。最终，她很客套地笑笑：“嗯！我们之前确实在讨论张金伟胃里面的药物问题。”

“哦!”古大力舒了一口气，自顾自地念叨道，“我还以为我又脱节了。”

这时，邵波重重地咳了一下：“说点不脱节的事吧！赵珂，能查出是谁给张金伟的饭里面下了药吗?”

“目前还没有线索。不过有一点可以肯定，下毒的人对海阳市精神病院应该是非常熟悉的。所以，我们将怀疑对象初步锁定在医院内部员工身上。”赵珂答道。

“乐瑾瑜还算不算医院的内部员工。”我小声插嘴问道，声音低沉。

所有人的目光同时望向了我。我扭头，尝试着避开，但很快又重新转回来，迎上了大伙的注视。我努力挤出笑，想让自己显得自然，因为我希望这份自然，会让自己在这一刻依旧是专业的，没有把过多的感性思维牵扯进案情里。

很遗憾，我努力的结果，只是一个苦笑。

我继续着：“乐瑾瑜基本上已经可以确定是劫走张金伟的那三个人中的一位了，那么，她参与了整个事件，似乎也并不让人觉得意外。大伙必须要记得，她一度是海阳市精神病院的院长助理，对医院的熟悉自然是不在话下的。”

“医院?”古大力冷不丁地重复了一下这个词，并开始抬起他肥大的左手在后脑勺上挠了几下，“医院……”他一边念叨着，一边再次举起了他手里的那张相片。我们几个也都连忙望向他，不再吭声，害怕干扰了他的思考。毕竟这个有点奇怪的家伙，尽管有着各种不靠谱，但是他那惊人的记忆力与逻辑分析能力，却是远远在我们这些人之上的。

他在继续念叨着“医院”这两个字，几秒后，他举起了手里的相片，将相片对着我们，并眨了几下那双门缝般的眼睛：“我想……嗯！我想我知道这个相片是在哪里拍的了。”

说到这，他指向了相片背景里那堵墙壁的某处：“这里我去过，是海阳市精神病院老院区的食堂。喏，这里的墙壁上有着三颗红色的图钉，是我在那里……在那里实习的时候，亲眼看到一个叫作王伟的精神病人按上去的。”

他的话还没落音，赵珂便扭头冲着她身旁的小雪沉声说道：“慕容警官，你现在就给队里打电话，让他们安排一组人过来，接上你赶过去。这里到市精神病院也就 40 分钟左右的车程，我希望你在 4 点钟以前能够有消息反馈回来。”

“是！”小雪点头，快步往门外走去。

“不会吧。”韩晓小声嘀咕道，“古大力这么凭着印象随便估计了一下，你们警队就火急火燎开始派人过去，也未免太草率了一点吧？”

“因为他是古大力。”邵波笑着抢答道。

我也扭头望向韩晓：“是的，因为他是古大力，没有出现过错误判断的古大力。”

古大力笑了，笑容灿烂如三月的花：“确实，我很少出现错误判断。况且，这个老院区的食堂上的三颗红色图钉，本就有着一段让我胆战心惊过的记忆被烙在里面。如果你们不介意的话，我还很想将这段故事说给你们听听。”

“SORRY！”邵波摇着头：“我们实在没有什么兴趣听你说……”

“让他说吧!”我打断了邵波的话。

“大力，说吧!”赵珂看了下表，“我们时间还挺充足，可以听你聊下那个能够让你也能胆战心惊的故事。”

“好吧!”古大力应着，右手好像变戏法一般从裤兜里掏出一大包鱼干，一脸严肃地狠狠咬了一口。

“必须要再次重申，当时我是在市精神病院实习。”他皱起了眉头，很认真地加重了语气，“嗯！是实习，不是接受治疗。”

第四章

梯田人魔的微笑

来自苏门市的病友

“那年我才 24 岁。”古大力指着自己那张如同煎饼般的脸，“王伟比我大 3 岁，27 岁了。他进海阳市精神病院的时间比我晚了半个月，但并不是说他发病到需要接受治疗的时间节点比我晚，而是因为他在苏门市工作，被单位里的人送去苏门市精神病院给折腾了几个月。要知道，王伟的老家在海阳市，所以才被送回了海阳。”

说到这，古大力可能意识到自己说漏了什么，小眼睛又眨了几下：“当时我在实习……”

邵波也就烦了，冲古大力瞪眼：“大力，你也不是真傻。目前在这房间里的都是知根知底的朋友，谁不知道你那些破事呢？所以，你不要在这继续来回说明了。你究竟是去实习呢？还是被送进去当精神病人治疗了两年呢？我们都没兴趣知道。你好好说事，别老是扯远了就成。”

“啊！”古大力愣了，“这个……难道你们……好吧！那我也坦白说吧，当时我不是在海阳市精神病院实习，而是在那里……”

他顿了顿：“在那里工作。”

邵波闷哼了下：“大力，有完没完？”

古大力脸色变了，他咬了咬牙：“得！我就是在那接受治疗，和王伟是一个病房里的病友。但，有一点我必须要澄清，他是真疯，而我，不过是想法太过跳跃而已。”

“这点我们知道。”我冲他点了点头，并报以一个专业的、足以让他觉得欣慰的鼓励微笑。

古大力也冲我回了个微笑：“我们那病房里关的都是间歇性精神病人，有一阵没一阵发病的那种。王伟还算好一点的，他发病就只是喜欢唱歌，不过是乡下死了人后请来的戏班唱的那种哼啊哼的歌。具体是咋唱的来着……”他居然思考起来，俨然一副还要哼几句给我们听的模样。

这次终于轮到好脾气的赵珂受不了了。她沉声道："大力，别跑题。"

古大力连忙点头："行，那我就不唱了，直接说事。"

"我们病房当时住的4个人呢，有一点好，没人是在晚上发病的。不像有些病房，到了半夜就各种折腾，睡不好觉。医院是10点关大灯，而我们也就那个点开始上床，就着小灯说会话。有一晚我和王伟不知道怎么就聊到了苏门市精神病院了，王伟说自己在那医院待着的时候，亲眼目睹了一件挺有意思的事儿。说起这事，王伟那小子眉飞色舞，甚至坐了起来。我以为他这是要发病唱歌了，给吓了一跳。谁知道他只是说件怪事而已，表述的条理还挺清晰来着，压根就不像是一个精神病人。"

"嗯！别说开了。"我提醒着他，怕他再次跑题。

古大力笑了："这故事是这样的，苏门市医院有一个大操场，病情不太严重的病患，每天下午都能去那操场里玩一会。有一天下午，一个轻度躁狂症患者不知道是受了什么刺激，突然间就发病了。那家伙以前是在体校做教练的，有一膀子力气。医院里的保安冲了五六个出来才把他给按住。端着针管的医生们想要给他扎上一针镇定剂，可那小子扭来扭去，压根就没法下手。这时，王伟所描绘的大人物就出场了，据他说是两位学历很高的年轻医生，当时在医院做病例采集的。那两个医生大踏步走到病患面前，小声说了几句什么。接着，其中一个医生便上前了，双手按到对方脑袋上，两个食指在病患头顶弹了几下。最终，似乎找到了什么特定位置才用力按下。而另外一位医生也上前了，右手食指直直地戳了过去，戳到了发病那位的发际线位置。奇怪的事情就发生了，那被几个保安按着不断咆哮着的病患，在那瞬间就如同是被一下放了气的气球，软了下去。眼神中之前的凶悍之气，也立马消失殆尽，而取代的，是如同绵羊一般温和的神情。"

"大力，你说的这些，和这张相片有半毛钱关系吗？"邵波愤愤道。

"怎么没关系呢？"古大力很认真地答道："我这个人比较较真，你们也都知道的。听他这么一说，当时就想着对方那两个医生应该是会一点什么针灸推拿之类的，逮住了病人头部的某几个位置给点了一下穴而已。可那一会病房里的小灯很暗，王伟那家伙十个手指在他自己头上比画来比画去，也没能比画出个所以然来。于是第二天，我拉着他在食堂的墙壁前，要他凭借记忆，把那三个点给还原出来。王伟上过大学，学的是建筑，对点线面这些本就敏锐，再说他人也不笨。当时也不知道他在哪里捡了三颗红色图钉按到了墙壁上，并很肯定地告诉我，那两医生按下去的三个点，就是这么个三角形角度来着。可遗憾的是，他对于当时病患的头是面向哪个方向就完全迷糊了，甚至说到后面，还数落我听不明白他的清晰描述，反咬一口骂我是个精神病。为这事，我半月没搭理他……”

“打住了。”邵波打断了古大力，“你直接说这三颗红色图钉是你亲眼看到病友按上去的不就可以了，其他有的没的扯那么多，真当我们没事闲着吗？”

这时，韩晓却往前走了一步：“邵波哥，大力刚才说的事里，倒是有一个细节对我们现在解析这案子有点帮助。”她说到这看了我一眼，似乎在征求我的意见，她是否能够表述自己的看法。我冲她点了点头，她便再次往前走了一步，“我记得之前听说过张金伟是躁狂症患者，而且比较严重。他在海阳市精神病院待了这么多年了，如果能够治好，应该早就治好了，不至于被送去医院，还被缠得严严实实。而将他劫走的三个人，如果会有大力所说的这种手艺的话，对付张金伟这个重度躁狂症患者，岂不是轻而易举？”

“抱歉，我出去打个电话。”说话的是赵珂，这一刻的她脸色铁青，眉头紧锁，话音一落便拿着手机快步朝门外走去了。

韩晓连忙扭头看我：“沈非，我是不是说错什么了？”

“没。赵珂应该是想起了什么新的线索吧？”我答道。

就在这时，古大力突然猛地拍了一下掌：“嘿！我明白你的话了。你的意思是，劫走张金伟的，也会苏门市精神病院里的那两个医生的那种手法。”

邵波哼了一声：“或许吧，但这种可能性并不大而已。”

“未必。”赵珂居然很快便回来了，之前眉目间的那丝凛然不见了。她反手将门带上，迈步同时，环视了我们一圈，犀利竟然如同李昊。

“大力，谢谢你给我们讲的这个故事。”赵珂对着古大力微微鞠首，“之前，在监控录像里，我们捕捉到了这么一段视频画面。那两个男性绑架者在将张金伟抬上手术台推走之前，做了一个很细小的动作。其中一人用两手按住了张金伟的头，另一位似乎是按了一下张金伟头顶的某个位置。接着，本来还在手脚乱动企图挣扎的张金伟，便似乎安静了不少。之后我们在电梯、停车场等监控探头捕捉到的画面里，他都没有做出太大幅度的动作。之前我们基本确定参与绑架案的犯罪嫌疑人里有乐瑾瑜后，寻思着是因为张金伟之前在医院见过她的缘故，所以躁狂症没有发作。目前看来……”赵珂咬了咬下嘴唇，“目前看来，真正让张金伟安静下来的，是那两位戴着口罩的男性歹徒。”

“赵珂，我把陈蓦然教授叫过来吧！他在苏门市待了那么多年，专业知识上足够强大，对精神科医学也有一二见解。或许，他可以帮我们分析一下这个能够让躁狂症患者安静的奇怪手法。”我边说边朝门外走去。

我快步走到前台，发现教授的诊疗室门紧闭着。于是，我扭头对佩怡问道：“老师回去了吗?”

“没有啊！其他几位医生接到你的通知后，都走了，就教授没走。”佩怡这一会站在会议室门口，里面是正在调试着机器的两名年轻刑警。

“有病人在?”我更加迷糊了，要知道老教授在没有病患在的时候，总喜欢敞开门让空气多多流通。而他的房门一旦关着，就肯定是正在作咨询。但是，今天下午我已经通知了暂停营业啊。

“就是之前跟着他来的那两个朋友还在而已。”佩怡说到这又伸长脖子朝着那边看了一眼，“烦死了，之前老教授出来拿了拖把进去，说是端进去的咖啡壶倒了，黑乎乎的咖啡流到了地上，把你送给他的那块羊毛地毯都给弄脏了。唉！明天又要叫人拿出去清洗。”

“我送给老师的羊毛地毯?”我皱眉了，“我什么时候送了块羊毛地毯给他呢?”

佩怡：“就是月初啊，送货过来的说是沈医生亲自挑的。教授当时可高兴了，亲手把茶几抬起来，和送地毯的人一起，小心翼翼地铺在了房间中间。”

“我没有买过毛毯啊!”我边说边朝着教授房间走去，可走到门口时，听见里面放着悠扬低沉的大提琴乐曲，还有人大声笑着，声音像是教授，又像是苏勤抑或是蒋泽汉。我犹豫了一下，觉得自己这样冒昧打扰对方的私人聚会似乎并不礼貌。况且，在那两位客人眼里，我还是一个并不那么有趣的家伙。

最终，我咬了咬牙。因为我想要通过教授了解到某些东西。

“嘭嘭嘭!”我敲了敲门：“老师，方便进来吗?”

里面响起了脚步声，开门的是蒋泽汉。我朝里面望去，只见教授侧身对着我，似乎正在对苏勤说着什么。而苏勤斜眼看了我一眼，便重新望向了教授。

“抱歉，我们在和教授讨论一些当年在学校的事情。”蒋泽汉很有礼貌地对我说道，他那魁梧的身体似乎是故意拦在了门后，并没有移开让我进去的意思。

“是吗？我有个事情想请教一下老师。”我冲老教授说道。

但奇怪的是，教授并没有回头，他似乎因为那大提琴音乐声的缘故，没有听见我的话，抑或是与苏勤讨论话题太过专注。同样，也是因为这大提琴音乐的缘故，我也无法听清楚他们正在聊着的是什么。

“你看，两个做学问的人钻进牛角尖了，一定要争出个输赢来。”蒋泽汉冲我笑着说道，“教授比以前更加倔强了。”

我讨了个没趣，往后退了一步：“那你们继续聊呗!”说完我便要转身。蒋泽汉也没挽留我，将门就要带拢。可就在这时，我突然想起了那毛毯的事来，并连忙扭头朝尚未合拢的门缝里望去——确实是有一块深色的毛毯在房间中央的茶几下面。并且，那毛毯的一角还被卷起了，或许是因为洒了咖啡的缘故。

“咔嚓!”门合拢了。我转身，朝着我自己的诊疗室走去。

是谁，冒用我的名字给老教授送了一块地毯呢?

炭化的女尸

我再次走进诊疗室是下午 2 点 40 分，距离邱凌被带来我的诊所还有 2 个多小时吧?我想要在老师那里探究到一些什么，但是无功而返。两位并不是很友好的师兄，捍卫着他们与老师闲聊的权力。

房间里的众人脸色都不太好看，似乎正在讨论着什么。因为我走出去时候一副踌躇满志、似乎能够找出那奇特手法根源的模样，所以这一会无功而返的我只能冲他们微微笑了笑，用来掩饰我的狼狈：“老师在忙，之后找时间再问一下吧。”

赵珂冲我点了点头：“沈非，刚接到市局同事打来的电话。昨天劫走张金伟的那辆救护车……嗯，也就是今天上午我们捕捉到了车上有乐瑾瑜清晰影像的那台救护车，已经找到了。不过，车已经被烧毁，里面有三具被完全烧焦的尸体。尤其是副驾驶位置的女尸，已经基本上炭化，个别身体部位甚至已经形成了骨灰。”

赵珂的话如同重击，打到我心坎最软弱的位置。但这一次，我并没有有所动容，只是咬了咬嘴唇，朝着窗户边走去。邵波看出我想要做什么，他将烟盒和打火机递给了我。而当我接过烟盒，想要从烟盒中拿出一根香烟点上时，我才发现自己的手指抖动得很厉害。我连忙扭头，冲房间里的人微笑。因为我知道这一刻每一个人都关注着我，也都担忧着我。

我耸了耸肩，想要表示自己依旧轻松自在。我再次重复掏烟的动作，并保证自己这一次没有颤抖。

我点烟，深吸，朝着窗户的缝隙吐出。我在努力，尽最大努力来平静说话：“赵珂，能说说现场细节吗？死者身份能被确定吗？”

赵珂点头：“我们上午就通知了最后捕捉到救护车画面位置附近的派出所，在那片区域进行盘查，希望能够找到线索。中午，派出所的同志们通知我们，有人在那片区域的汇龙山盘山公路下方，发现了一辆翻下了山崖的白色面包车，并反映面包车已经着火燃烧，很可能就是嫌疑车辆。于是，市局派了两个刑警赶过去参与搜救行动。刚才你出去的时候，他们的消息反馈了回来——掉落山崖并发生了汽油泄漏燃烧的车辆，正是我们这两天一直在寻找的那辆救护车。”

说到这儿，她那炯炯的目光又看了我一眼：“死者的尸体烧毁得比较严重，身份目前无法被辨认。同事们会将尸体带回到市局，到时候我会请我师傅出马进行尸检，应该能有收获的。”

“哦！”我点了点头，“也就是说，目前还不能确定那位女性死者真的是乐瑾瑜。”

“是的。”赵珂应着。

我再次深吸一口烟雾，朝窗户外吐出。半晌，我如同自言自语一般嘀咕了一句：“希望不是她吧。”

赵珂：“这也是我们期望的。”

“女尸基本炭化，个别位置甚至烧成了骨灰。乖乖！这得是多大的火啊？”在我身后站着的古大力的说话声有点含糊，嘴里应该还嚼着什么东西。

“嗯！这也是我在琢磨的问题。”赵珂单手微微抬起，拇指与食指中指的指肚缓缓摩擦着，“尸体在固定环境下焚烧，体内脂肪和外界助燃材料都燃烧完了之后，就没有了燃烧点。人体是含有大量水分的，所以尸体在燃烧点过后，只是外层焦黑，内部肌肉与骨骼、内脏等，并没有可能完全燃烧的。”

一直没有出声的韩晓插话道：“那火葬场火化尸体，是不是就是属于对尸体的完全燃烧呢?”

“刚才赵警官不是提到了外界助燃材料这个词吗？火葬场火化尸体，是要使用到煤油或者柴油这些助燃材料的。”说这话的是古大力，“我有个同学就是在火葬场上班，他们单位的同事买的车都是改装成柴油动力的，因为他们拿柴油便宜来着。所以我时常寻思着，他们那帮同事可能不只是拿柴油便宜吧，或许火化炉里烧尸体用不完的柴油，也被他们灌进自己的车里面了。”

“咳咳!”邵波故意咳了几下。

古大力连忙冲邵波笑：“我又扯远了对吧？好，我就来代替赵警官说点关于尸体焚烧的知识吧！我们人体主要是由碳水化合物、水以及少量的矿物质组成。火焰对肉体的作用，按照严重程度，通常可以分为烧伤、烧熟、烧焦、炭化、灰化等几种。一般来说的尸体焚烧，都只是把尸体放置在空气中，燃烧不可能充分的，只会造成组织水分丧失，蛋白质凝固、干燥，表面炭化变黑。这，也就是最多达到烧焦的程度。”

说到这，他又扯出一根鱼片塞进了嘴里：“其实这个过程就和烤羊肉串一样。烤得刚刚好就是属于烧熟程度，烤焦了，就是属于烧焦程度。烧焦后味道也就不行了，而且吃了会致癌……”

“咳咳!”邵波发声。

“哈!”古大力点头，“但尸体火化就不一样了，是被塞进了火化炉里面，用助燃剂与风机同时作用，将碳水化合物全部氧化分解，水分全部蒸发，只剩下碳和钙这些无机物形成的骨灰。而刚才赵警官所说的今天这场在野外的事故中，女尸被烧得基本炭化的情况，就确实有点蹊跷。”

赵珂看古大力的神情较之前温和了不少：“古大力说得很对。这也是我为什么在几分钟前接到同事电话，听他描述了现场情况后，第一时间就想到这案子需要请出我师傅来亲自进行尸检的原因。当然，我也不能完全否认没有这可能性。毕竟当时救护车在摔下山崖后，车厢可能变形，形成一个相对来说比较适合让尸体完全燃烧的空间，再加上特定的外界环境诸如干燥度、风向，以及泄露的汽油助燃等原因，最终令其中一具尸体完全燃烧，也并不是不无可能。但小概率的事情，我们目前只能放到一边。而我最为担忧的是……”

她顿了顿，环视了我们在场所有人一圈，最终沉声说道：“我最为担忧的情况是，有人故意要毁尸灭迹，让人查不出那具女尸的真实身份。”

邵波笑了：“一场匪夷所思的交通意外，一把烧到极致的火。赵珂，就算我们都能察觉到这里面或许有着某种伎俩，但要将真相从其中剖析出来，还真有点难。”他往前走了几步，站到了我身边，“劫走张金伟的三个人里，我们目前唯一能够确定身份的犯罪嫌疑人乐瑾瑜成为了焦炭。那另外两个呢？另外两具尸体，又会不会就真是张金伟案里的那两名凶徒呢？”

“邵波，我们目前需要考虑的是两个方面的可能性。”赵珂的拇指指肚继续和食指、中指一起摩擦着，“如果这起事故里死去的三个人就是劫杀张金伟并对我们警方发出挑衅口号的三名凶犯，那么，我们即将要面对的对抗，实际上已经因为对手的死亡，而宣告结束。但另一种可能就是，对方只是营造了一个假现场，想让我们认为乐瑾瑜与她的同伙已经全数死去，从而让我们放松警惕。”

“会不会还有第三种可能呢？”说这话的是韩晓，她的声音依旧不大，明显是对自己的发言没有自信的表现，“或许，这场焚烧，本就是对方在今天拉开帷幕的一系列杀戮表演中的一部分呢？”

韩晓的质疑，换来在场的所有人的沉默。每个人都在思考，但实际上需要思考的问题并不是很难。

半晌，敲门声将我们之间凝固的气氛终结。赵珂看了我一眼，我点头。接着她才迈步过去开门。门外是两个年轻的穿着警服的小伙，冲赵珂微笑着："珂嫂，外面都接好了，现在我们要给房间里装摄像头了。"

赵珂又一次望向我，她并没有吭声，但我知道她是在象征性地征得我的同意。我苦笑，觉得这一幕有点滑稽："赵珂，我同意与不同意有什么区别呢？"

"是的，没什么区别。"赵珂点头，并将门拉开，示意那两个年轻同事先进来。

这时，邵波拍了拍我的肩膀："嘿！反正邱凌也没这么快回来，去我那边坐坐吧？"

我明白他的用意，心底堵着的那一团关于乐瑾瑜的结，本也让我憋得难受。我耸了耸肩："行！眼不见心不烦。"

说完这话，我跟着邵波往门外走去。古大力连忙快步追了过来，好像害怕一个人留在这里会出什么恐怖事件似的。

"沈非！"韩晓在我身后柔声说道："我在这里看着吧！不想让他们不小心弄乱了你的东西。"

我应了，但没有回头。

心里莫名的，有着一丝暖意。

岩田来信

几分钟后，我们走进了邵波那宽敞的办公室。他新雇的身材高挑的助理板着脸跟了进来，冲邵波很认真地说道："老板，我可能干不下去了。"

"为啥？这不好好的吗？"邵波挨着古大力坐在沙发上，抓起了茶几上半截没有吸完的雪茄。

“你问八戒吧！”这位助理气鼓鼓地说完这话就朝外走。可这时八戒正冲房间里进来，两人差点撞到一起。

两人对视了一眼，闷哼声来自这位高挑助理的高挑鼻子。

“妞妞……”八戒声音不大，柔和得让人脊背上多了一大片颗粒，“我知道，爱，是我一个人的事，与世界无关，与众生无关。只是，默默爱你的权力，你不应该剥夺吧？”

“老板，你看他！”这位叫妞妞的高挑助理再次转身对着邵波喊道。

“行了，我知道了，你出去吧。”邵波点燃了那半截雪茄。

助理摔门而去，八戒望着那块门板，一副黯然忧伤的模样。

“我说八戒，你刚才那句狗屁不通的情话是从哪里学来的？怎么听着挺耳熟似的。”邵波煞有其事地握着那半截雪茄，吐出烟雾。

“我随性而发的。”八戒转过身来，明显还没有从之前一分钟的悲伤中挣脱出来。

“嗯！有长进，有成为诗人的潜力。”邵波压根就没提八戒被人告状的事，自然是因为对这种事习以为常。

我将手里的烟头按进邵波办公台上的烟灰缸里，径直坐到了邵波的真皮大班椅上。尽管我学会了抽烟，但是始终受不了雪茄的味道，所以才不想坐到他们身边。其实，邵波自己也并不会玩雪茄，早上韩雪过来送了一盒给他才开始抽而已。

“爱，是一个人的事……”我心里默默念着。我并没有提醒邵波这是谁说过的台词，实际上除了我以外，也并没有人听邱凌说起过这句话。

我深吸气，吐气，接着我苦笑了。我将手指放到了鼠标上，想要做些什么，让自己可以不用在今天这片显然潜伏着无尽罪恶的沼泽中，陷得太快太彻底。

邵波、八戒与古大力胡乱说话的声音，被我暂时拦在我的世界以外。我将鼠标移动，随意点了几下。接着，我想起自己似乎有很久没有登录过工作邮箱了。而今天，是一个新的开始，那么，我是不是需要点开看看呢？

我快速输入账号和密码，新邮件并不是很多，因为我开通了自动过滤的功能。留下的大部分邮件都是一些其他心理机构发来的邀请函等，也有几封是之前的病患发过来的，无非是说说最近状况如何的话语。

我边看边删着。很快，我就发现一个来自陌生邮箱的邮件，署名是戴维，时间是两个月前。

我认识叫戴维的人只有一个……

我点开了邮件……

沈医生：

你好！很冒昧打扰你，是因为岩田的缘故。

是这样的，因为岩田最终坦白出的那一系列罪恶太过可怕，法务大臣终于签署了死刑执行令，岩田介居被执行了死刑。在整理他遗物的时候，他的父亲找出了一封信，上面写着收件人是沈非。于是，老人找到了我，将这封并没有封口的信拿给我，希望我能够帮他找到这位叫作沈非的收信人。

我并没有告诉老人自己与你相识，只说了尽量。之前也听说了你这一两年的一些事，所以不想让岩田这恶魔在死后依旧打扰到你的生活。于是，我决定将这封信烧毁。

必须承认每个人都有卑劣的一面。我在烧毁以前没有忍住，将信拿出了信封。信并不长，但触目惊心。于是，我觉得我有必要将之转交给你。无奈个人原因，今年都不会去中国。信里面有些涉及沈医生您与乐小姐的事情，也确实太过私密性，不方便让外人知道有这封信的存在。所以，我找到了你留在网络上的工作邮箱，将这封信的扫描件发给你。

说实话，我希望你的这个邮箱早已废弃。那么，这信里说的东西，都将永远跟随着那个恶魔灰飞烟灭，似乎也是好事。毕竟，每个人都有善恶两面。或许在岩田的眼里，看到的只有人丑恶的一面。就算是他念念不忘最为深爱的人，也不会例外。

戴维陈

我右手的手指抬起，在鼠标的左键上停留。光标指向了打开附件图片的按钮，手指落下后，应该又有一段在之前我并不知晓的秘密被揭露。

我的左手快速从桌上的烟盒里掏出一支烟点上，烟雾吐出，在显示器前弥漫，如同在空中乱舞的魔、乱舞的孽。我开始质疑，今天承受的这一切一切，为什么会是如此密集的头绪，又为什么会如此凌乱纷纷。

烟雾缓缓散去，屏幕右下方的日期与时间逐渐清晰。终于，我开始明白，之所以这一切要蜂拥而至，是因为在之前的时日里，我选择了一再地逃避。于是，这一切的一切都堆积着、涌动着、层层叠叠。

是的，我可以继续缩回到属于我一个人的硬壳里，不去面对与接触自己正常生命轨迹下应该面对的一切一切。但人生，又岂是退避便能够延续的呢？该要蹚过的泥泞，该要承受的伤痛，并不会因为你闭上双眼，不去看，不去想，就会自动消失的。

是的，我选择了在这个清晨开始面对，就注定了从这个清晨开始，便要疏导这千丝万缕凌乱不堪的一切。我想要站起，就必须要站得笔直，再多的狰狞恐惧，也不可能将我再次打倒。

因为……

因为能将我彻底击溃的悲伤剧情已经足够多了，到今时今日，我身边空空荡荡了，难道还有什么东西是我害怕被剥夺的吗？

我右手的食指重重落下，点开了岩田介居临死前写给我的信的扫描件……

沈非君：

在你看到这封信的时候，我应该已经死了。日本和中国一样有死刑制度，不过历届法务大臣都不愿意在自己任期内签署死刑执行令。

但我不同，不管他们信仰什么样的宗教，顾忌哪一个党派的名声，宣告将一个恶魔处死，都会是他们乐意作出的决定。

我是恶魔吗？这几个月来我时常在思考这个问题。恶魔到底应该如何定义呢？很遗憾，我想了很久，将自己的生命最后的时间都耗尽了，依旧没有头绪。于是，我开始懊恼，认为自己之所以成为了人们唾弃的恶魔，不过是因为我的作恶被人发现了而已。实际上，在没有被揭露之前，我难道不是一个道貌岸然的君子吗？那么，对于善恶的区分，是否就变得简单了。成者书写历史，败者遗臭万年。我甚至在揣测着，看似正直的你的背后，是否也有着洪水猛兽作恶多端？只不过你伪装得比我完美而已呢？

你会嘲笑我，说我是为自己的所为找个借口而已。那么好吧，让我给你说一个小故事，这故事里的主角在你的世界里，是女神还是恶魔，我无法知晓。但是我可以肯定一点，这故事会让你感觉害怕，感觉毛骨悚然，甚至感觉到绝望恐惧。

精卫在风城精神病院被我发现时，确实如同一张白纸。也就是说那段日子里她骨子深处真实的本性，应该表露得淋漓尽致。我承认，也是她这白纸般的一面，将我完全征服。有无邪、有清纯、有温暖，甚至还有芬芳。但，有一些她不经意而浮现的东西，却是让人觉得意外的。

要知道，差不多每个精神病院外，都总是有着成群的野猫。你应该也听说过那个传说，猫是喜欢吞噬人灵魂的生物。我们日本有些小地方甚至认为，精神病人就是灵魂被精灵拿走了，剩下混乱的躯壳。当然，这些并不可信，但似乎也只有这个理由，可以为每一个精神病院外成群结队出没的野猫们，作出解释。

就有这么一只野猫，可能是看上了精卫的灵魂，它时不时出现在精卫的病房窗台上。它很瘦小，眼睛却像玻璃弹珠一般闪亮。每天清晨，它都会将爪子搭在玻璃上，好像是在敲打窗户，急不可耐地想要将精卫的理智带走。

最初，我并没有在意。有时候看着精卫与那只猫对视，总觉得不过是两个无聊的生灵在交流对于寂寞的感悟。直到一个新的清晨，当我迈步走进精卫房间的时候，发现她坐在病房的角落背对着我。她那浅色的病服依旧素雅，银色的发丝宛如从不会沾染污垢。于是，我对她那正在逐渐萌芽的爱意继续茁壮。我上前，轻声地喊她的名字。

精卫回头了，挂着微笑："岩田医生，你知道刚地弓形虫吗?"

说完这话，她伸出了双手，手掌合拢着，捧向我的是一枚精致的脑。这时，我的余光也看到了那只想要夺走精卫灵魂的猫的尸体，软软地横卧在墙壁的角落里，整个头部已经支离破碎。

我有点担忧起来，尽管我骨子深处总是有着各种极致的念头，但我始终是一名医生。于是，我想要安抚她，开导她，告诉她这是不对的行为。但我并没有这样做。因为我抑制不住地兴奋，并想要和她继续这么一场别开生面的交流。

"嗯！我知道这种奇怪的生物。"我应道。

精卫脸上依旧是纯粹的笑意，纯粹到宛如一滴晨露。她将手里那一捧沾着血红的白色组织往上托举："看，它们欢快地蠕动着。"

好吧！沈医生，当我给你的这封信写到这里的时候，你应该和当时的我一样感觉有点恶心，也有点兴奋。然而，精卫……也就是你的世界里的乐瑾瑜紧接着对我说出的话，更加耐人寻味。她柔声说道："岩田医生，这些天我时常梦见自己敲开这只猫的脑子的场景。在那个梦里，我和我的一位伙伴，不单只是将猫的脑子敲开，甚至还采集到了寄生在猫脑子里的、用肉眼无法看清的虫子，培育进了某一个人的脑子里。嘿！你也是精神科医生，想想吧！这场景是多么让人窒息，又多么让人激动啊！"

让人窒息吗？又让人激动吗？

沈医生，我想要表达什么，相信你已经知道了吧？失忆症患者是没有幻想的，因为她的脑子里，没有对于幻想世界里各种人和事物的记忆存在。在一个失忆症患者梦里出现的场景，有很大可能是她以前年月里经历过的东西涌出了那扇被紧紧封闭了的潜意识大门。所以，我可以得出一个结论——在精卫没有失忆以前，曾经做过一些我们这些学者很想要去做，但是有碍于道德与法律而没有去做的事情。

我想，你对这个结论也会认可吧？

况且，她还不是一个人，她还有着和她同样疯狂的小伙伴。

祝你身体健康！工作顺利！

这，只是属于她的一个小故事而已。

岩田介居

我将光标拉动向上，将这封信再次看了一遍。我知道，岩田所说的这一切，很可能是真实发生过的，因为瑾瑜的骨子里究竟有着什么样疯狂的想法，是我到现在也琢磨不透的。所以，我并没有觉得太过意外，自然也没有因此而惊慌失措。

我抬起了头："大力，能给我说说什么是刚地弓形虫吗？"

古大力正稳稳地坐在沙发上，微笑看着邵波和八戒胡乱说话。冷不丁听到我喊他，缓缓转过头来："是问我吗？"

"嗯！"我点头，"刚地弓形虫，你有了解吗？"

古大力笑了："沈医生，你不应该问我是否有了解过这种寄生生物，而是应该问我一句——你们图书馆有寄生虫类的专业书籍吗？"

"好吧！你们图书馆有没有关于寄生虫类的专业书籍呢？"我问道。

他点了点头："有，而且有好多本。"

第五章

脑部寄生虫

弓形虫

“Toxoplasma gondii Nicolle & Manceaux，1908，刚地弓形虫，简称弓形虫、弓浆虫。寄生于人和许多种动物的有核细胞，是一种能够引起人畜共患的弓形虫病。这是一种很神奇的生物，它们能够改变被它们寄生的生物的感觉与性格。于是，美国生物学家凯文·拉弗蒂提出过一个理论：地球上几乎有半数人间接地感染过这种寄生虫。那么，我们也可以说，弓形虫可能在某些我们不得而知的领域里，改变了整个人类的文化。”古大力说到这，声音在慢慢变大。属于他独特的魅力，开始散发出来。

“继续。”我点头赞许着。

古大力清了清嗓子，看了坐在他旁边瞪着眼睛看他的邵波和八戒一眼：“我们都知道，老鼠害怕开放的空间，能够本能地躲避电击。并且，老鼠对它们的天敌——猫，更是闻风丧胆。作为一种原生生物，弓形虫对于老鼠这一宿主行为的影响，是最为微妙的。它们寄生到了老鼠的脑部后，会选择性地攻击老鼠的杏仁核，令可怜的老鼠们，开始到处追寻猫尿的气味，并进一步想要亲近它们的天敌——猫。除了这一点以外，老鼠的任何行为习惯，都不会被改变。可惜的是，唯一的这一点改变，对于老鼠来说，就是致命的了。”

“那这是为什么呢？总要有个科学解释吧？”八戒插嘴问道，表情俨然是《走进科学》节目里面某位憨厚的农民。

古大力很受用，目光和蔼地看了八戒一眼：“因为弓形虫的最终目标宿主是猫。我们明白这一点后，对于老鼠为什么有了这种改变就容易理解了吧？”

“我好像也听说过这些寄生虫的某些神奇本领。好像是一种叫作铁线虫还是木线虫的玩意，它们就能够驱使宿主跳进水里溺水而亡。目的也很简单，因为它们需要在水里进行繁殖。”邵波一本正经地说道。

古大力又用和蔼的目光看了邵波一眼："那是铁线虫，英文名是horsehair worm。你刚才所说的跳进水里淹死的宿主不过是它们的第二代宿主而已。它们在水里繁衍出后代后，先是感染第一中间宿主——可怜的淡水螺。接着，淡水螺会爬向危险的岸边，将自己搁置在容易被捕杀的地方，最终被铁线虫的第二中间宿主吃掉。这样，铁线虫就能够顺利地进入下一个宿主体内。"

"哦！"一旁的八戒若有所思地点了点头。半晌，他蹦出一句："难怪很多饭店都有炒田螺吃来着。"

我白了八戒一眼："大力，继续说说弓形虫吧，它们对于我们正常人类有些什么奇怪的作用？"

"行！"古大力点头，并望向我。他的眼神中再次闪耀出我不愿意看到的和蔼与亲切，宛如一位普世的学者望向好学的孩童："沈医生，首先一点请你放心。人被弓形虫寄生后，绝对不会去追寻猫尿，也绝对不会令我们爱上猫尿的味道。"

说到这，他的鼻头抽动了几下："毕竟猫尿的味道太恶心了，就算阴干了，也很难闻。"

八戒小声嘀咕了一句："这家伙肯定又专门去闻过。"

古大力似乎并没有听到八戒的话。他站了起来，双手放到身后，如同学者般在房间里来回走动了起来："感染了弓形虫的人更容易患上精神分裂症和神经过敏症。他们发生车祸的概率，是普通人的六倍。并且，他们比普通人更具备冒险精神，想要从事刺激与惊险的各种挑战。"

"完了，邵波。"八戒望向握着雪茄烟头的邵波认真说道，"很明显，你脑子里有寄生虫了。而且还是弓形的。"

邵波瞪眼："滚，你脑子里都住蛆虫了也很明显。"

八戒为自己脑子里住满了蛆虫的玩笑话逗得很是高兴，咧着嘴得意地笑着。

古大力也笑了："蛆基本上不太可能进入活着的人的脑子的，死了后就另当别论，腐尸是蛆蝇的最爱。不过你还别说，非洲是有一种叫作采采蝇的生物，它们会感染一种叫作锥虫的病原体，之后再通过采采蝇感染给人类。锥虫病也会改变人的习性，令人嗜睡，打不起精神来……"

"大力，有点跑题了。"我打断道，"我很想知道的是，有没有一种可能，通过某些简单的手术，将弓形虫放进普通人的脑子里呢？"

"非常容易啊。"古大力冲我点头，"不需要什么手术那么麻烦，你直接找一只被弓形虫寄生了的猫的粪便吞下去就搞定了。况且……"

他皱着眉又想了想："应该不用吃太多，一两颗就可以了。新鲜不新鲜也都无所谓，那种寄生虫的孢子囊生命力顽强得很。咦！沈医生……你怎么突然间开始问这个问题啊？难不成，你也感染了弓形虫？才造成了你这两年性格的变化。"

"我就只是突然之间想了解一点而已。"我小声应着，将那封已经下载下来的邮件彻底删除。我的脑子里开始思考一个问题——如果岩田说的故事属实，那么乐瑾瑜就很可能做过这么一次疯狂的实验——将弓形虫放进了某位活着的人的脑子里。只是，她做这么个举动能够有什么样的收获呢？

有吧！首先，她应该会有一本厚实的笔记本，记载了这次实验的全部过程。笔记本的后半部分，应该满满的都是被实验者性格的改变。而另一个收获，或许就是对方性格的改变，对她有着某些实质性的好处……想到这儿，我打了个寒战。手臂的皮肤上浮起密密麻麻的鸡皮疙瘩。因为，能够让她觉得需要被人改写性格的人，我，绝对会是最有必要的一个。

我不再出声，打开了网页的搜索功能，输入了"弓形虫"这三个字，浏览着这种神奇寄生虫的各种信息。邵波他们仨也没搭理我了，他们很轻而易举地在新话题的基础上绕向了遥远的地方，并快乐地聊开了。

在各种弹出的网页上看了十几分钟后，我突然蹦出一个奇怪的念头。

乐瑾瑜在苏门大学的时候是做学问的，那么，她的研究课题，最终应该都会形成论文才对。于是，我又一次打开搜索栏，在上面输入“苏门大学弓形虫”这几个字。

并没有跳出与这几个字匹配的网页，但有一个链接里，却有着被分开了的“苏门大学”与“弓形虫”这两个名词出现。我将之点开，是个来自某孕妇保胎论坛里的帖子。一位准妈妈，害怕肚子里的孩子感染弓形虫，但是又舍不得家里养着的宠物。下面的回复里，便有一位先天性弓形虫患儿的母亲，她回复了很大一段自己的经历——她当时不听学医的朋友劝阻，执意在怀孕期间，每天我行我素与自己的猫咪搂到一起，最终生下了患病婴儿。也就是在这段留言里，她提到了那位劝她的朋友是在苏门大学读研，并在苏门人民医院里面做一些心理咨询的服务。而最关键的一点是，她说她的这位朋友姓苏，对弓形虫的了解非常熟稔。

这段留言的最后有一个手机号码，是留给提问者的——这种病友论坛或者病友群里面人们互相留下联系方式是很正常的。留言者这么写道：这是我的电话号码。或许我无法说服你，但是你如果需要，我可以介绍你跟苏医生聊聊，他对弓形虫非常了解。可能，他能够给你一个能够让你肚子里的孩子与你养的猫咪之间都得以兼顾的好建议也说不定。

我拿出了手机，将这个号码输入。帖子是六年前的，当时文戈还在，我的世界还温馨甜蜜。每个清晨，我们会一起起床去跑步、会亲吻后才去上班、会一起回家、会一起做饭、吃饭、看夕阳、看电视、看书、拥抱、亲吻、缠绵……我自嘲般的苦笑，将电话拨了出去。

“喂!”对方很快就接听了，声音懒懒又低沉。

“你好，我是在母婴论坛看到了几年前你的一个回复，所以冒昧打给你，想了解一些关于弓形虫的问题。”我尽可能让自己说话的声音显得像是一位尽职的准父亲。

“母婴论坛?”对方似乎在思考什么。半晌，她自顾自地“哦”了一声："好像是有这么回事，不过，我现在不想和你聊这些问题。"

她再次顿了顿："要知道，我以前那个孩子已经离开这个世界了，所以，请你谅解一个不够称职的母亲将某些东西深锁起来。是的！我不想再提这些了。"

"请等一下。"我感觉到她想要挂线了，连忙对着话筒说道："我看你的帖子提到了一位对弓形虫很有了解的姓苏的医生，如果方便的话，你能不能将他的手机号码发给我呢？"

"抱歉，我没有他的电话号码了。"那女人说这句话的时候，语速并不快。于是，我明白自己的担心有点多余，她并没有想要马上挂掉我的电话。又或者，是我努力让自己保持的柔和的声音与诚恳的语气，让她觉得拒绝我是一件很不礼貌的事情。

"况且，他也不是医生，只是当时和我前夫一起，在市人民医院做过一些采样、实习的工作。"女人很认真地说道。

"哦！"我拉长着尾音，并试探性地问道，"能方便告诉我这位苏先生的名字吗？"说这话的时候，我的心开始快速跳动，好像即将捕捉到某个真相一般。

"我不太记得他的名字了，他很少来我们家，尽管他和我前夫关系很不错。我记得他们有着一个叫作什么社的心理学研究小组，他与我前夫，以及一位姓乐的、在苏门大学教书的老师，三个人差不多每个周末都有一天会聚到一起，一聊就是一整天，不知道都聊些什么？"

女人的这番话让我越发激动起来："姓乐的老师？是女老师吗？"

女人应道："是，而且挺漂亮的。"

"你知道她的名字吗？"我追问。

"好像是三个字……不过，不过我也不太记得了。要知道，在和泽汉离婚后，我的记忆力变得出奇得差，很多很多以前的事，都不太记得了。"

"泽汉？"我似乎在这段对话中，找到了意外的收获，"你的前夫不会姓蒋吧?”

“你怎么知道的?”女人也很惊讶。

“哦，我也是苏门大学毕业的，蒋泽汉是我师兄，在学校里面见过几次。”我说谎解释着，“要知道，我的记忆力还很好，对身边经过的各种人的名字都记得很清楚。”

“是吗?”那女人小声应着，紧接着，她说出的话却让我握着手机的手快速抖动了起来……

“这位先生，我看你的来电号码是海阳市的。其实，你还可以找他们这个心理学研究小组的另外一个朋友聊聊，那个人好像就是在海阳市，而且也应该对弓形虫有很多了解。”女人很认真地说道，“这个在海阳市的人我之所以记得，是因为他的名字很特殊。因为，他和海阳市那位臭名昭著的连环杀人犯的名字一样。”

她顿了顿：“是的，两个字都一模一样，叫邱凌。”

我的心跳明显加速了。我近乎慌乱地将椅子往后转动，不让邵波等人看到我的模样。我甚至咬了咬嘴唇，咬得很用力，并在疼痛感传送到大脑后，才沉声道：“我想，我想我知道你前夫这几位朋友都是谁了?”

“你如果认识泽汉，就确实有可能认识他们另外两个。”女人应着。

“他们是苏勤和乐瑾瑜。”我沉声说道。

女人在话筒那边似乎笑了：“没错，是这两个名字。嗯，你让我还想起了我以前那只叫瑜瑜的猫。之所以取这个名字，是因为送我猫的人，就是这位叫作乐瑾瑜的老师。不过……这位来自海阳市的先生，我不能和你聊天了，到了吃药的时间了。”女人抱歉地说道：“很遗憾，我需要用药物才能维持自己不会发病。”

“能告诉我你有什么病吗?”我越发觉得发生在这个女人身后的故事里，似乎有着更加多的可怕细节。

女人似乎又笑了：“他们说我是个疯子……好吧，或许也是。”说完这话，她径直将电话挂了。

“沈非，怎么了?”邵波不知道什么时候站到了我的身后。

我连忙站起，转身，手伸向桌面上的烟盒。但紧接着，我看到了古大力和八戒望向我的关切眼神。他们在目光与我交汇后，又都连忙扭过了头，假装得很是无恙。

“没什么。”我低着头，回避着邵波的目视，但说话的声音并不小，目的是想让房间里的人都能听到，“我想一个人静一静。”说完这话，我抓起了烟盒，快步朝外面走去。

安静

走出了邵波事务所的我，望了望头顶翻滚的乌云，默默地朝着马路的另一边缓步走着。我的脑子里开始出现了更多的疑问，关于苏勤、蒋泽汉以及乐瑾瑜的。而让人觉得不可思议的是——他们竟然都能和邱凌扯上关系。于是，我像以前一样，又有了很多拧成一团的线索，在我脑海中交织缠绕。更为可怕的一点是，线头的那一端，依旧是邱凌那张冷笑着的脸庞。

我继续推测着……乐瑾瑜可能做过一个奇怪的试验，将弓形虫放进了某位普通人的脑子里。在这个试验里，她还有伙伴。那么，她的伙伴自然是对弓形虫的了解也非常深刻。不巧的是，苏勤脑子里，正是有着这些知识的，他与乐瑾瑜还可能是很好的朋友，有着一个人数并不多的心理学研究小组。而这个心理研究小组里，蒋泽汉也是成员之一。并且，我所处的这座海阳市里，也有着他们的一位成员。

这位成员……

这位成员是邱凌。

苏勤……

蒋泽汉……

乐瑾瑜……

邱凌……

我扭头，望向自己的诊所方向。教授的诊疗室的窗户可能因为暴雨即将到来的缘故，这一会被拉得严严实实。我脑海中的疑团里有两位主角，现在就在我自己的诊所里做客。可惜的是，我并不是接待他们的主人。而疑团里的另一位——乐瑾瑜，这位和我有着丝丝缕缕牵绊的女人，现在生死未卜 。

我开始期待邱凌的到来了，潜意识中，似乎还对邱凌有了一种想要亲近的渴望。也就在这时，两台白色的警车从街角拐了过来，车身上清晰地印着“武警”的字眼。

我明白，恶魔即将重新走向我的世界的序曲，正在缓缓响起。每一个心理诊所都会选择在一个相对来说偏僻的地方，“观察者”也一样。此刻的天阴阴沉沉，预兆了暴雨即将到来。所以，我的“观察者”周遭本安静的街道，在这个下午似乎变得更加冷清了。十几个武警从警车上跳了下来，他们动作有序地将拉警戒线的桩子摆好。有两个看起来是头儿的人也开始对诊所附近进行简单地巡视。

我的电话响了，是李昊打过来的。

“沈非，邱凌已经在我车上了，我们在过来的路上。”李昊开门见山地说道。

“不是说走程序要很久吗？怎么这么快？”我质疑道。

“气象局发布了暴雨红色预警，汪局害怕再晚一点天气状况成为押解过程中的安全隐患，所以直接给相关领导打了电话。”李昊说到这停顿了一下，似乎和旁边什么人嘀咕了一句什么后，又继续道，“给你解释这些也没啥意义，赵珂说诊所里面已经布置好了，你也作好准备吧。我们大概……大概 20 分钟左右到你诊所里。”

“哦！”我应着，感觉自己依旧被动。印象中，从邱凌走入我的世界开始，我就一直是如此被动着的。尽管，我尝试过好几次主动去做些什么，但主动的结果，又每每落入邱凌所布置好的陷阱中，进而越陷越深。

那么，这一次呢？

我将手里的烟头掐灭，转身朝诊所走去。诊所门口的武警并不认识我，他们冲我摆手，示意我走远。市局一位相识的刑警连忙快步走了过来，冲那武警小声说了几句。

我走进了这家本属于我，此刻却弥漫着浓浓肃杀气氛的心理咨询事务所，以至于我第一次感觉到它是如此陌生。于是，我伸出了右手，用指肚在门上、墙壁上缓缓触摸而过，收获到的是已经略微粗糙的颗粒手感。我知道我依旧感性，依旧不能成为一名真正优秀的心理咨询师。但是，如果说真正理智了，我又应该如何看待我身边的人和事，如何看待我需要面对的一切呢？

是的，我始终感性。在我看来，就算是这么一间没有生命的框架房子，也是有情绪与感觉的。而我，就是它的情绪与感觉中的一部分。

“沈非，房间里都布置好了，你先进去适应一下吧。我们其他人都会留在监控器这边。”赵珂站在会议室门口，冲我柔声说道。韩晓在她身后，冲我做了个并不张扬的鬼脸。

“嗯。”我点头，朝我的诊疗室走去。但紧接着，我想起了什么，猛地转身，朝着前台里的佩怡问道：“教授和他的那两位朋友还在吧？”

佩怡点头：“在。”说完这句，她站了起来：“沈医生，需要让他们先走吗？”

我没回答，只是望向赵珂。赵珂冲我笑了笑：“佩怡之前也给我说了，教授的诊疗室在另外一头，似乎也没啥影响。所以，我觉得也没必要去打扰他们的闲聊。”

“哦。”我应着，再次朝着那方向看了一眼。房门紧闭着，深色的门让人觉得里间温暖与安静。这也是在最初设计诊所的时候，就已经考虑到了的关乎颜色给人心理上起到作用的问题。

我深吸气，拉开了我的诊疗室的门。房间里有着一点烟味，这是之前我自己与邵波在里面抽烟后留下的。我皱了皱眉，为这一发现而感觉不悦。因为在以前，我是绝对不会允许自己工作的诊疗室里，有烟草的味道的。

于是，我将窗户打开，又按下了排气扇的开关。我甚至嗅了嗅身上的外套，并将它脱下，挂到了靠窗的衣架上。

我走向了我的精油架，每一个精致的小瓶子都如同封存了精灵的法器。我伸出手，在这一排瓶子上游走着。文戈是很熟悉精油的，我最初对于精油的很多了解，其实都是来自她的教诲。接着，我又想起了乐瑾瑜，她似乎比我们这些人更加熟悉精油，甚至还精通于各种花与植物的花语。于是乎，我生命中真正重要过的女人，都是使用香味的高手。

那么，文戈、瑾瑜……你们能不能告诉我，我应该用精油架上的哪一种精油的香味，来送给我的对手——邱凌呢？

最终，我的手落在薰衣草的瓶上。

薰衣草，又名香水植物、灵香草、香草、黄香草，是唇形科的一种小灌木。单支的薰衣草并不好看，甚至平凡到让人觉得没什么兴趣欣赏。但，由薰衣草汇聚成的花海，那紫色与绿色交织后的随风挥舞，会让你真正领会到大自然的美竟然可以妖艳妩媚，可以让人心荡漾。

我将精油滴到香薰炉皿中，令薰衣草淡淡的香味，开始向整个房间里飘散。几分钟后，我将排气扇关掉，窗户合拢。我又拉上了深色的窗帘，只开着一盏小灯，令房间变得漆黑一片。

我将手伸进了我每天随身携带着的公文包的夹层，从里面拿出了一个灰色的布袋。这布袋里，有着一些东西，是属于我的。但是今天，我想要把它拿出来，送给另一个人。我也知道，这件东西，对我来说，是珍贵无比的。但是今天，我突然想要送给另一个会将之看得如同生命般珍贵的人。

我坐到了弗洛伊德椅上，感受着病人在这房间里能够收获到的最大化的安静。

结果，我发现，我可能已经有好多年，没有真正安静过了。

是的，我在安静中，静静坐着，时间是过得很快，还是过得很慢，我变得无法估摸。我正面对着那扇邱凌即将走入的房门，脑海中闪出的，是犯罪心理学里对于囚徒心态的一些描述。对许多人来说，监狱生活是残酷、尊严被毁、身份贬低到极致的。监禁能够直接导致很多心理问题，如精神病、严重抑郁症、压抑性焦虑以及社会退化。多数罪犯，在宣判之初就出现了情绪瓦解和无法适应的问题。其中，中度或者重度的抑郁症状尤为突出。出现这些有损身心的反应其实也并不奇怪，因为被约束、剥夺自由、强迫劳动等强制性行为手段，完全中断了个人的所有习惯与既往行为模式。于是，有严重情绪问题的罪犯会在监狱中表现出破坏行为。

那么，邱凌呢？他在接到他的那一份死刑判决书的一刻，有没有惶恐害怕、恐惧悲伤呢？他拿着那一叠判决书，走回监房后，是不是也做出了什么异常或者极端的举动，甚至有没有去攻击别人呢？

我都不得而知。

“哗啦啦……哗啦啦……”那熟悉的铁链声终于响起了，不过似乎还在我的诊所外面。我挺起了胸，望向了房门。几分钟后，房门开了，走进来的却只是李昊和另外一个我没见过的刑警。

“沈非，邱凌到了。”他沉声说道。

“带他进来吧。”

李昊眉目间闪过一丝担忧神情，他朝着身后看了一眼，接着重新回过头来：“沈非，我想，我需要和你先单独聊一会。”

我摇头：“我知道你想要说些什么，我也明白这次你们安排邱凌与我的会面，是什么目的。放心吧，我知道要怎么做的。”

李昊点点头，背在身后的手抽了出来，上面是一个有点像蓝牙的精致耳机：“沈非，我不知道能不能说服你戴上。之后你和邱凌的对话，我会在隔壁全程监听着。如果有些什么你想要和我沟通，可以用上这玩意。”

他将这蓝牙放到了桌上，还要说话，这次却是我将他打断了：“李昊，我不想要更多的信息了，我只想要一场与邱凌真正的较量。”

李昊没吱声了，他似乎在思考。半晌，他咬了咬牙：“行吧！你看着办，我们所有人都在外面盯着监控器，有什么事我们会第一时间冲进来。”说完这话，他招了招手，两个刑警抬出了一把似乎很重的审讯室用的椅子，往我房间里面送。

我皱眉：“你这是要干什么？”

李昊冲我笑了笑：“我们今天这次离谱的审讯，安全是必须要超出所有其他事项的。要知道，你一会面对的，是一名死囚。”他顿了一下，“一名即将被执行死刑的死囚。”

铁链的声响

李昊离开我的房间后，铁链声并没有马上响起。我知道，他们或许还在做着一些我并不知道，但是在他们看起来很有必要的事。他们，会把这些事叫作流程。

终于，那“哗啦啦”的声音再次响起了，由远而近，悠扬，而又有着节奏。

房门被打开了，穿着灰色囚服的邱凌终于走入我的眼帘。短短的头发，以及同样短短的胡茬，围绕着一颗看起来已经变得很陌生的头颅。是的，很陌生了。之前那有着棱角的脸部轮廓，变得更为凹陷，可以窥探到其间的头骨。一度白净的脸，也泛着蜡黄。

“沈非，想不到真还能再见。”他笑了。

“是的，我也没想到。”我下意识地站了起来，冲他点头回道。

站在他两旁的武警显然比他着急很多，架着他快步走向了那张摆放在弗洛伊德长凳旁的审讯椅。

“我想坐得舒服一点。”邱凌扭头冲他身后的李昊说道。

“邱凌，我们之前达成的协议里，已经约定好了不会再有任何的附带条件。你不会这么快就忘记了吧？”李昊脸上弥漫着厌恶的神情。

“那倒也是。”邱凌应着，转而望向我，“那么，沈医生，你就愿意你的病患，在你的诊疗室里，遭受着这么恶劣的待遇吗？”

我依旧站着，冲他耸了耸肩：“很遗憾，你是不是我的病患这个问题，我还没想清楚。”

这时，那两个健壮的武警，已经把邱凌塞进了狭小的审讯椅里，并将他身上的镣铐固定在椅子上。邱凌无力改写自己的狼狈模样，于是，他很努力地在自己脸上布置着不屑、鄙夷、藐视等表情，努力让自己不会成为我眼中可悲可怜的一个笑话。

而这一刻的我，整个身体却僵直了。我不愿意承认，也不应该有着的情绪，居然是对面前这恶魔的怜悯。我第一次发现，原来铅华尽逝后的邱凌，居然也只是个小丑一般的角色。

“警官们，你们可以出去了吗？”邱凌用自以为凌驾于周遭人之上的语调，说着哀求的话。

“差不多了。”李昊边说边走上前来，将审讯椅上连接着邱凌的铁链扯了扯，“邱凌，我和我的同事们，就在隔壁。一旦被我们发现你有想要撕毁你我协议的苗头，我就会怎么做，你应该知道吧？”

“你能怎么样做呢？”邱凌冲李昊笑了，“最坏的打算，也不过是你冲我来上一枪，没错吧？而我会在意与害怕吗？对于我来说，不过是迟早的事，不是吗？”

李昊的腮帮明显鼓了一下，他在压抑自己的愤怒。

“行了，逗逗你而已的。”邱凌为自己终于成功耍弄了对方一次而得意起来，“你们确实没有什么能够威胁到我了，但这绝不会是我能够失言的理由。李大队，我这样说，你总可以放心了吧？”

李昊没回他。他看了我一眼，收获到的是我镇定平静的目光，这目光让他觉得放心了不少。他冲那两个武警挥了挥手，接着大踏步朝房门走去。

“李队。”邱凌突然用温和的语调喊道。

李昊停步，一只手还放在门把上，但并没有转身。

“能败在你这么一位警官手里，我觉得很荣幸。”邱凌说这话的时候，并没有扭头，反倒是带着微笑，望着他面前的这个我，“所以有时候想想，作为海阳市市民，有着你这种刑警在城市里来回奔跑着，应该是福气吧？如果，真有下辈子的话，希望身旁还是能够有你这种尽心尽职的警察存在。”

“谢谢你的夸奖。”李昊依旧没有转身，径直朝着门外跨去。

但紧接着，他停住了：“如果，下辈子你想要继续作恶的话，我也会继续把你绳之以法的。”这是在房门合拢前，李昊撂下的最后一句话。

“他不是一个能开玩笑的人。”邱凌撇了撇嘴。

“是的。”我点头，“不止他，在你做下这一系列罪恶后，每一个面对你的人，都不会愿意和你开玩笑。”

“是吗？”邱凌左右看了看，鼻头也故意抽动几下，“我本来以为你又要来上几滴让人昏昏欲睡的精油，尝试将我催眠。目前看来，你终于进步了不少，薰衣草能够让你我情绪都很稳定。哼哼！看来，你也想要和我真正静下心来，好好地聊一次了。”

“恰恰相反。”我边说边拿起了面前茶几上的笔记本和笔：“我并不想和你聊。因为和你聊天，我很辛苦，也很吃力。你也不是一个能够让人与之相处，会觉得愉悦的人。”

“是吗？也就是说，你对于你我的这次会谈，非常逆反？”邱凌往后靠了靠，尽量想要找一个舒服点的坐姿，“沈非，现在的你还故意拿出了你的笔记本和钢笔，煞有其事地想要做咨询笔记。实际上，你自己也知道，你这样做不过是让自己手里有心理医生的工具后，能够收获到更多的安全感罢了。就好像……就好像一位站在战场上的士兵，手里要紧紧握住那柄并不锋利的刀。嗯！你依旧是一个幼稚到有点可笑的人物。这，也是我为什么喜欢与你对抗的原因。你很好玩，嗯！是的，你让我觉得很好玩。”

“谢谢。”我边说边翻开了手里这本崭新的笔记本的第一页，在上面写着时间、地点、病人资料这些信息，“今天，是我这两年多里第一次开始接诊。而你，是我在自己思想沼泽中辗转深陷了几百个日夜后，面对的第一个来访者。所以，我觉得我有必要很认真地对待你。”

我抬起头，目光里应该有着火焰的强光：“邱凌，你面前这并不强大的心理医生，因为你而彻底毁灭过。终于，他在今日开始想要重建，但是居然又遇到了你。”

我耸了耸肩：“很荣幸！邱凌，真的很荣幸。”

“你终于承认了我是你的病患了。”邱凌笑了，“那好吧，我亲爱的医生。那我们就用一次心理咨询来当作我们今天这场对话的背景设置吧。现在，你应该问我喝点什么？然后微笑着给我倒上一杯水，再继续微笑着，轻声问我一句——先生，有什么是我能够帮到你的。”

“嗯！”我点头，“这位先生，你想要喝点什么呢？”

“一杯白水，谢谢。”邱凌说这句话时候，还微微点了下头，显示他受过良好的教育。

我站起，给他盛来一杯水，放到了审讯椅前面的铁板上。邱凌用固定在那上面的双手将杯子握住，上半身朝前，脖子伸长。这样，他才能够喝到杯子里的水。

他一口气喝下了这一整杯水，抬起头后，将舌头微微伸出，舔了舔上唇胡须上沾着的水珠。

“现在，请您说说，你有什么问题？”我微微歪着头问道。

“沈非，我没什么问题。我唯一的问题就是，在不应该的时间与不应该的地点，认识了一位不应该认识的女人。仅此而已。”说完这话，他苦笑了一下，并看了看我身后墙壁上的时钟，“你我这样假惺惺的，似乎也没啥意思。假如我没猜错的话，那时钟上面别着的小小玩意，应该就是市局在这房间里装的监控设备吧？我承认，我是一个不折不扣的坏蛋。但是，我答应的事情，也都会照做。这样吧……”

说到这，他又看了看面前茶几上那个被李昊留下的耳机。他很聪明，自然明白这玩意是干什么用的。而我并没有将之戴上，这点应该让他觉得舒心不少。于是，他想了想：“我先回答你两个问题，作为我接受沈非医生您的心理咨询的诊金。一个钟以后，你可以再问我两个问题，我也会继续如实回答。如果需要的话，我还可以帮助你们进行推理分析。这样，我又可以得到你一个钟的心理咨询。以此类推，一直到你们觉得我没有什么利用价值了，最后把我送回看守所为止。”

邱凌再次往后靠了靠：“你觉得我这个建议怎么样呢？沈医生。”

我没出声，但脑子里却第一时间开始快速运转起来。我没有顺着他的这句问话，思索同意抑或是拒绝，而是直接为我与他下一场的对话作起了准备。

我用笔在笔记本上快速写下了两行字，而这两行字，便是我即将开始对他提出的问题。是的，我不能像以前一样，在与他的对抗里苦苦追着他设置的节奏。相反，我需要把握住这些节奏了。

“这个建议很不错。”我抬起头来，“我想，李队他们也会觉得这建议很公平的。”

对面坐着的邱凌笑了，这笑意在我看来，太熟悉了，就好像是一名精明的猎人，再次看到他的猎物出现在他布置的陷阱边上一样。

我也笑了。我觉得，我有必要让邱凌在他费心经营起来的壁垒上，多出一道可怕的裂缝了。因为，他必须开始明白一点——谁才是这场对话中的主角。

“想送你一个礼物。”我小心翼翼地抓起了放在身旁的那个灰色布袋，“这是我这几年里，始终放在身上的珍宝。第一次在那间审讯室里见你，这珍宝就放在我的皮包里。而你的案卷资料，也紧紧贴着这个珍宝。每一次走进你在精神病院的病房的时候，这珍宝也在我西服的口袋里，贴在我的心脏上。晨曦岛再遇到你的时候，这珍宝在我西裤口袋里。很侥幸，岩田和瑾瑜并没有搜我身，否则，他们看到这一珍宝，不知道会做出怎样的表情?”

说到这里的时候，我看见邱凌的喉头动了一下——他吞了一口口水——也就是说，我对于这一珍宝的卖弄，成功引起了他的好奇。

是的，他会有点期待，期待我将这一珍宝拿出来了。

第六章

我与邱凌的关系

你与我之间

一位优秀的心理咨询师在一次心理咨询中的首要任务，便是倾听来访者讲述故事，然后从中找出来访者的主要思想、情感、行为这些方面的问题。聚焦法（focusing）便是心理咨询师经常会使用到的一种力图扩展来访者讲述故事，促进发现讲述故事的新角度，寻找思考问题的新方法的技巧。一般来说，心理咨询师使用得比较多的聚焦方式，有个体聚焦（Individual focus）；主题或问题聚焦（Main theme or problem focus）；他人聚焦（Other focus）；家庭聚焦（Family focus）；相互关系聚焦（Mutuality focus）；会谈人员聚焦（Interviewer focus）以及文化环境背景聚焦（Cultural/environmental/context focus）这几种。其中的相互关系聚焦，是在心理咨询领域里，有着很大争议的。因为它需要直接利用心理咨询师和来访者的关系，所以，这一方法被建议尽量不要使用。但是，这种聚焦又是最有力的，因为它所使用到的利器，便是双方的关系——将病患与咨询师置于一个平等的位置上，一起来面对问题。

而我与邱凌之间呢？我与他之间的关系呢？似乎无法定义。

邱凌笑了笑："沈非，你怎么知道这小布袋子里装着的你自以为的珍宝，也会被我看成珍宝呢？"

"你会的。"我捏着布袋的手指来回搓动了几下，感受着里面丝丝缕缕在摩擦。

我目光坚定，盯着邱凌的眼睛："因为，你就要死了，就要化为灰烬了。而你最后那一抹粉末中，如果有着文戈的气息混在其中的话……"我语气加重了："我觉得，你闭眼的瞬间，应该也会带着微笑吧？"

我把布袋上的绳索拉开，让里面本来卷着的黑色发丝缓缓滑了出来。接着，我站起，身子往前，将布袋放到审讯椅的铁板上。邱凌已经明白了这是什么，他的嘴唇微微抖动着，放在审讯椅上的手伸出，却又马上缩回。

“沈……沈非。”邱凌有点失态了，他左右看了看，并用牙齿咬住了下嘴唇。最终，他深深吸了一口气：“能找个东西擦擦我的手吗？可能有点脏。”

他的防线被我这么轻而易举地摧毁了……这一会的我应该欣喜才对。但……但不知道为什么，我的心却被什么狠狠揪起，隐隐作痛。我从旁边抽出几张湿纸巾，站到邱凌身旁，却又停住了。

这是一名即将被执行死刑的恶魔，他狡猾的程度是我早就领教过的。那么，这一刻的他所显露出的失态，会不会只是他又一次的云山雾水呢？甚至，他这一系列的举动，最终都可能是想要我接近他，最终被他猛地跳起的攻击打倒在地？

我继续观察着他。他的鼻孔收缩了一下，紧接着，他的喉头动了一下。也就是说，他的泪腺开始工作，鼻腔里开始分泌黏液了。但这时，他的手指往掌心弯了几下。

我快速解读着他在这一刻波动起伏的思想——他很悲伤，但又不想让这悲伤显露出来。于是，他想要握拳，控制自己的情绪。但紧接着，他意识到自己正自卑着手上莫须有的肮脏，迫切需要我给他擦手。于是，他想要收拢的手指又只能摊开。

我第一次觉得他很可怜，也第一次这么近距离地端详目光没有紧盯着我的邱凌的脸。他的眼眶比以前更加深陷了，黑色的眼袋很明显。我知道，这几年里，他所经历的一切，足以让一个意志坚定、穷凶极恶的家伙变得不再理性，锋芒尽逝。

我咬了咬牙，面无表情，用湿纸巾将他手掌擦了擦。他很配合，结束后，他第一时间伸向了布袋，动作却又缓缓地、缓缓地，抚摸着布袋口上滑出的黑色发丝。

“她被送去火化的时候，不过是一尸袋的尸块。殡仪馆里为死者化妆的老人说，没必要收拾什么了，再怎么修补，也不可能让人看到她活着时候美丽过的模样。但我觉得……”说到这，我用力往下咽了一团什么，强行保持着自己说话时依旧平淡的语调，“但我觉得，最起码也要为她梳一下凌乱的头发吧，因为那会的她，只有头发还算完整的，但也和红色的血液、黄色的体液、白色的浆液搅和在一起。于是，我坐在她身边，将她的头颅放在我的大腿上。我用杯子从旁边的桶里盛水，缓缓淋向她，一边淋着，一边用指肚搓着那些黏成了一块块的发丝。而文戈很安静，似乎也很享受，就好像、就好像刚和她结婚那会，亲手给她洗头的时候一样……”

我的胸口终于起伏起来，声音也开始发颤。面前的邱凌，却已闭上了眼睛，用牙齿紧紧地咬住了下面的嘴唇。

“我把她头发洗干净了，又用最小的热风，给她把头发吹干。殡仪馆的化妆师在我旁边静静看我做完这一系列动作后，小声问了句：‘孩子，要不要剪下点头发留在身边放着，否则明天早上，她的一切，都只是粉末了’。”

“这就是你剪下的她的头发。”邱凌依然紧闭着眼睛。

“是的。”我深深吸了一口气，让自己说话的语气重新恢复得平和了一点。我往后退了两步，坐回到了沙发上，“邱凌，说个事给你听吧。”

他没有睁眼，只是简单地“咦”了一声，手里继续紧紧攥着那一缕头发。

我拿起了旁边放着的笔和笔记本，目光再次紧紧锁定面前已不设防的他：“知道吗？剪下了长发后的她，再次回到了大学时候那俏丽单纯的模样，让人一度沉醉到万丈深渊。”

“够了！”邱凌终于睁开了眼睛，“沈非，你觉得你说这些合适吗？你怎么会变得这么卑劣，用文戈的事来试图击垮我呢？”

我猛地站起了，声音比他更大，甚至如同咆哮般吼叫起来：“是谁卑劣呢？是谁一而再、再而三将文戈当作利器，挥舞向对方呢？邱凌，你是个失败者，自始至终就是个失败者。而你之所以会一度占据上风，不过是因为你舍弃道德，违反法律，跳出了我们正常人的社会常理，做出了那么多悖逆不轨的事。”

我狠狠地瞪了他一眼：“反之，你不过是个角落里猥琐的小丑罢了。”

邱凌放在审讯椅上的手终于快速抖动了起来，胸口起伏的频率也大了。他抬起头，望向我的目光里，终于少了之前伪装的平和，替代的是桀骜的火焰。他张嘴，就要反驳我的话语。但我却快速坐回到沙发上，并伸出右手食指放到嘴唇上，做了个嘘声的手势。这一同时，我还将右腿放到了左腿膝盖上，用一个相对来说优雅与轻松的姿势往后靠去。

他那即将吐出的话被我硬生生给憋了回去。我再次微笑了：“邱凌，你我都是接受过高等教育的心理学学者，不应该这么像泼妇骂街般对骂。所以现在，让我们回到正题上。”

我沉声，并一字一顿地说道：“第一个问题是——你觉得你应该死吗?”

邱凌愣了，他甚至静止了有好几秒。是的，他在被我将之情绪来回拨动了几下后，一度燃起，想要奔向一个自以为硝烟弥漫的战场。但他完全没想到的是，我问他的第一个问题却是如此简单。

“邱凌，你觉得你应该死吗?”我再一次重复道。

他笑了：“很好的问题。”他将手里布袋口滑出的头发小心翼翼地往里收了收，“沈非，你确定这缕文戈的头发能归我吗？那么，她们就会被当作我的遗物，按照我生前的要求，和我的尸体一起被送入到焚尸炉里面。没问题吗？你不会反悔吗?”

我点头：“不会反悔。”

“实际上你反悔，我又能怎么样呢？你只需要给你的警察朋友说一下，他们就会从我手里将这布袋抢走的。”邱凌说到这，低头又看了一眼手里的布袋。莫名的，我的心微微颤了一下，如同正在被割去了一片。

“沈非，我觉得我应该死，但不应该是目前这种即将要面对的死法。”他小声说道。

“那应该是怎么个死法呢？”我顺着他的话说道。

他再一次笑了，脸上重新有了之前我所认识的那个邱凌才有的狡黠光芒。他身子往后靠去，这一行为在他目前这种状况下，属于一个大动作，以至于镣铐又“哗啦啦”响了几下。

“这是第二个问题。”他眼神中闪烁出了得意：“很可惜，沈医生，你就这样收走了你这个下午第一个小时的诊金。”

“是吗？”我耸了耸肩，“那好吧，邱凌先生，好好回答这第二个问题，你应该是怎么样一个死法呢？”说完这句话后，我没有和他对视了，反倒是低下了头，在笔记本上第二排“你觉得自己应该如何个死法”这句后面，打了一个小小的勾。

“如实回答你的问题——我从没有想过自己应该如何个死法。不过，我该死，这点我很清楚，也很期盼。”邱凌将腿往前伸了伸。或许，他觉得这样能够让他在几分钟前被我扰乱的情绪，更快地走回平静吧。

“以前，我想很多问题，但大部分都是关于这个世界，或者关于别人的。你我都是学心理学的，明白一个正常人应该具备什么样的世界观与人生观。所以，有一点是绝对会被我们否认掉的，那就是以自我为中心思考问题这一方式。以前的我很少想那些关于自己的事。或者也可以说，以前的我算是一个有点深度的思考者吧。”他一本正经地说着，俨然是一位真正的病患。

我点头，嘴角上扬，报以职业的微笑。

邱凌继续着：“但这一年，我脑子里比以前乱了很多。要知道，结局已经摆在那里，没有任何改变的可能了，想别人，想世界，似乎都没有什么意义了。于是，我开始想自己了。我像一个年迈的老者一样，回顾自己这一辈子。细细碎的、碎碎细的；咀嚼过的、遗弃了的；得到的、失去的。嗯，这不想还不打紧，一想想……”他避开了我的目光，朝着旁边看了一眼，“一想想，觉得也挺没意思的。”

“你本来也不需要选择这样的一个人生。”我小声附和，尝试引导着，“你本可以活得很好。”

“是，没错。”邱凌叹了口气，这一刻的我，以为面前的对手潜意识里真实的，带着善的一面终于呈现了。但，没料到的是，他在长叹以后，淡淡地补充了一句：“我应该杀了黛西的。”

接着，他重新望向了我：“真的，我应该杀了她的。”

杀戮时刻

我将头低下，手里的笔尖在笔记本上重重地按了一下。在邱凌今天走进我的诊疗室之前，我一直都觉得，今天能够有机会窥探到他内心中软弱的一面。因为将近一年的无望的牢狱生活，应该早就将他打磨得没有了棱角。

很多连环杀人犯，在最后时刻，也都会重新开始审视自己，内心深处的善念会渐渐浮现，开始忏悔，也开始醒悟。

很遗憾，目前看来，邱凌没有。

这一发现，令我更加坚定了自己在面对他的时候应该保持的态度。他是个恶魔，一个完全疯魔掉了的恶魔。无法被拯救，也无法被唤醒。

一个连环杀人犯，从他开始幻想杀死第一个受害者开始，就进入了一个复杂的循环。第一个阶段是游离、幻想阶段。他们被一种生物学的动力牵引着，迫切需要满足最原始的杀戮的欲望。杀戮的仪式和生存机制相结合，谋杀成了唯一解脱的出路。

接着，狩猎与跟踪阶段开始了。他们开始跃跃欲试，躲在暗处注视着受害者，疯狂的幻想，并暗自兴奋不已。接着，第三个阶段——诱捕开始了。连环杀人犯将受害者骗到特定位置后，行动就会进入第四个阶段——俘虏。也就是从俘虏开始，暴力，开始肆虐了。

根据FBI对连环杀人案件的统计，56%的受害者在死前被强奸，33%被折磨。也就是说，连环杀人犯所走过的第五个阶段——谋杀中，性侵犯是占据了很大比重的。而谋杀被实施完后，很多连环杀人犯会拿走一些纪念品，或者将尸体摆成某种形状。这是一个很典型的基本特征，因为他们犯罪的根源就在于幻想和现实的界限被抹去了。纪念品或者图腾暗示，变成了杀手的欲望和现实之间的桥梁。这第六阶段，被命名为图腾、战利品、回忆阶段。

邱凌，便是这么一位走过了六个阶段的很典型的连环杀人犯。无论他给自己的杀戮找了一些什么样的理由，并披上了爱，作为外衣。但归根结底，他符合着所有对于连环杀人犯的定义，毫无一丝偏离。

当然，我们又可以认为，邱凌之所以会把这所有的代表性集于一身，他的所学，也是原因之一。他比大部分人都知道，连环杀人犯应该如何思考，如何行动，如何收尾。那么，在走完前面六个阶段后，连环杀人犯的第七个阶段，为什么在他身上没有出现呢？

我看了一眼茶几上的蓝牙耳机，那是我能够与李昊进行信息交流的桥梁。很可惜，我并没有选择戴上它。再者，就算我戴着，我也不可能当着邱凌的面，用蓝牙对李昊说些什么。

邱凌又开始说话了，很明显，他这一年里，有很多话都被憋在心里，憋得很难受。所以，他对于今天这一场意外而至的对话，实际上比任何人都需求强烈得多："沈非，那些愚蠢的刑警们，每每在审讯我的时候，都用上那么一点点他们在学校学来的心理战术，尝试着提到黛西。每每也都被我打断。好笑，真的很好笑……"

邱凌像个老太婆一般，在继续说着。我很认真地聆听着，手里的笔却在笔记本空白页上，写上了大大的"陈黛西"三个字，然后将之微微举起。我身后墙壁上挂着的钟上，就有市局安上去的摄像头。但我无法保证，这摄像头的像素如何，也无法保证我这一刻微微举高的笔记本上的字，能不能被监控室的李昊他们看到。

“那他们是怎么给你说的关于黛西的事呢？”我将手里的笔记本放下了，李昊他们如果可以收到我传达的信息，只需要这么短暂的一两秒就够了。邱凌那可怕的智商，也不可能让我能将笔记本多举一会的。

“刚才我不是说了吗？每次都被我打断了，我不会让他们和我扯这个话题的。”

“可实际上，你是想知道的。”我将手里的笔记本翻过一页，盖住了写着几个大字的一页，“邱凌，从你第一次被抓开始，你就没见过黛西了，也不知道她的任何消息了吧？在你逃亡的那段时间里，你就没有去打听过她的事吗？”

“没有。”邱凌摇了摇头，“甚至，她肚子里的孩子是怎么没有了的，她又是否被判刑了等等这些，我都没有去打听过。”

“但最终，距离你离开这个世界的时限越近，你终于开始忍不住了。以前，你不曾想过自己，觉得犯下太多的恶，惩戒不过只是肉身殒灭。你不在乎。可丧钟在你耳边嘀嗒嘀嗒地响，你的时日在一分一毫地变少了。你再如何抗拒，也抗拒不了自己开始对与陈黛西的那段恩爱日子的眷恋。邱凌，我说得对吗？”我不失时机地在这段话后面加上一个疑问句，用来引领他走向我想要的议题。

而就在这时，诊所外面响起了汽车发动的声音。我偷偷瞟了一眼窗外，那窗帘缝隙中可以隐约看到一辆警车朝外驶去。我开始窃喜，因为这一发现，说明李昊他们很可能看到了我笔记本上的字，并开始了进一步的行动。

“算对吧？”邱凌也朝着窗户那边看了看，“那么，沈非，在你看来，陈黛西就是我的软肋了吗？”

我没吱声，嘴角往上微微扬了扬。

“所以，黛西很快就会被刚才驶出去的那辆警车接过来，对吗?”邱凌的语速加快了，“我用了几年的时间来专门观察与研究你，很不幸，我太了解你了。你的小小心思，又有哪一个是我不会猜到的呢？从我进门开始，你的专注就抬到了最高，集中精神来对付我，以至于你给我倒水的时候，洒了一小滩水在桌上，你却压根没有留意到。我记得，你是有着轻微洁癖的，这一小事，说明你全身心地投入在对付我上。接着，你首选的问题，并没有直入主题。我相信当时，隔壁的警官们一定很生气。但我知道，你之所以选择迂回，其实是想要软化我。你以为，我会和其他被监禁了很久的罪犯一样，表面坚强，骨子里实际上已经不堪一击。而我一旦被你完全击碎后，我会像倒豆子一样，什么都如实告诉你。那样，比我一次回答这么两个问题要好得多。”

“嗯!”我没有说话，对他点了点头。很多时候，在不知道应该如何言语的时候，聆听，本就是心理咨询师能用上的最好的沟通方式。

“在我一而再、再而三地说起黛西的时候，你的眼睛在桌上的耳机上停顿了一下。最终，你选择了在笔记本上写字。这一细节，我不可能捕捉不到的。但我并不能确定，就算是你将笔记本往上举了举时，我也不能最终肯定你是否想要传递指令给你的警官同学。嗯！沈非，直到窗外警车发动的声音响起，你眉毛往上微微翘了一下。这时，我终于确定——隔壁的警察们收到了你传达出去的建议。而陈黛西，很快就会被带过来。”他说完这些后，停顿了一下，再补上了一句用来引导我跟随他的思路思考的一个疑问句：“是这样吗？沈非医生。”

“邱凌，到今时今日了，你想要得到些什么，见一个什么人，为什么还非得这么绕呢?”我将笔放下，正色说道，“你在自己的一言一语中，透露出自己想见黛西的念头。然后由我来将你这想法整理出来，并帮你达成，你不觉得很绕吗？又或者……”我话锋一转，“又或者，你压根就不知道自己到底想要什么。今天这一场突如其来的外出，让你措手不及。于是，你才会如此凌乱。邱凌，实际上，内心深处的你想陈黛西了，想见她最后一次了。但你的自我催眠驱使着你依旧装得很无谓，冷冷走入我的诊疗室，继续把最后剩下的一点点时间，耗在你我与文戈的情感沼泽中。”我说到这里也顿了顿，望向他的眼光异常坚定，“是这样吗？邱凌先生。”

邱凌没有回答我的问话，或许他是故意避开我想要对他思路走向的引导。他将头再次往一旁扭了一下，沉默了几秒。

他回过头来：“也许，你会比我自己更了解我自己。那好吧！让我休息休息，等黛西过来吧。”他又朝着我身后墙上的时钟看了看，“距离你再次提问还有 32 分钟，你可以用这 31 分钟想想，要问两个什么问题。”

说完这话，他将头也往后一靠，闭上了眼睛，嘴里还嘀咕了一句：“说实话，和你聊天挺舒服，但也挺累。”

“我也是。”我应着，“我说的是挺累。”接着，我也闭上了眼睛。

他没有再出声，我也没有再发问。接下来的时间，我以为假装淡定的我会开始绞尽脑汁地思考应该如何进一步走入他的世界，让他能够早点说出与张金伟案相关的线索。但很奇怪，我脑子里清晰着，似乎有了一种莫名而至的豁然了——对付一个如他一般心思缜密的家伙，与其手段高明，不如后知后觉。

尽管，隔壁的李昊他们，这一刻一定已经捏紧了拳头瞪大了眼。

意识到这一点，我变得舒心了不少。同样的，邱凌的脑海里，这一刻应该也是安静的。彼此就这样静静的，过了有 20 多分钟吧，距离我可以再次提问的时间差不多了。这时，邱凌再次开口了：“知道乌列吗？”

我愣了一下，睁开眼发现他依旧老僧入定一般没有动弹。

“是四大天使长之一的那个乌列吗？好像和加百利一样也是炽天使吧？我了解得不多，他没有米迦勒、加百利、拉斐尔这三位大天使名声那么显赫。”我回答道。

“知道他是掌管什么的吗?”邱凌还是没有动弹，继续问道。

“不是很清楚，好像是火焰吧？这也是他和加百利一样是炽天使的原因。”我继续答道。

“是！他是掌管火焰的天使。”邱凌睁开了眼，“不过，他所掌管的火焰是地狱之火。最后审批时，将地狱之门开启后，在地狱中执行以永恒之火刑焚烧罪孽深重者的人，便是乌列。而与神最为接近的人，也正是乌列。”

我没说话，看着他。我有了一种预感，他要吐露出一些什么了……

果然，他紧接着将头抬了抬，故意对着我身后墙壁上那面时钟上的摄像头，声音也大了：“你们早就知道，我与乐瑾瑜在很多年前就认识。但其实，不仅仅如此，我与她在很多年前，就相互熟悉，并且志同道合。我们甚至还有一个只有四个人的小小的团体，这团体就叫乌列社。”

“这四个人便是你、乐瑾瑜以及……以及……”我脑子里某些在今天收获到的线头开始归拢到了一起，并故意拉长了后面几个字，“以及苏勤和蒋泽汉。”

邱凌脸色变了。

乌列

乌列（希伯来语：URI’EL)，也可以翻译为乌里耶尔，这名字的意思是“神之光明”或“神之火焰”，是犹太教及基督教中的一位天使长的名字，但不包括在其他文学中的天使长。乌列和米迦勒、加百列以及拉斐尔是站在上帝面前的四大天使。

据说将秘法授予人间的大天使也是乌列，所以他象征着将神之光辉传到人间并定下了神的秩序。这些知识包括了魔法、炼金术、占星术、宇宙的意识、甚至是大自然的一切气候变化等。乌列启蒙了人们对神的信仰，但他也因此在反魔法的 8 世纪白色恐怖时期，被教廷严加批判，并于公元 745 年被教皇扎卡里（Pope Zachary）移出纪录中。直到后世才得以在教会中复权。

乌列的主要职责就显得没有这么体面了。他是掌管地狱之火的天使，是支配地狱之神。他所挥舞着的火焰，也只有一个目的——永远地焚烧地狱中罪孽深重的人。

嗯，是永远地焚烧……

永远……

邱凌愣了一下，但很快就恢复了平静的表情："沈非，看来，你知道的也挺多啊。乐瑾瑜自己是绝对不会让人知道乌列社的存在，苏勤和蒋泽汉更是如此。况且，一个很私人的兴趣小组，也从来没有对外声张过半点。你，沈非医生，却知道了它的存在。"邱凌撇了撇嘴，"看来，这一年不见，你也没有消停过。"

我没有回答他的问题，而是看了看表，距离我再次发问的时间，只差 4 分钟了。也就是在这时，诊所外又一次传来汽车驶入的声音。我眉头皱了一下，寻思着接黛西的警车难道这么快就折返回来了吗？扭头瞬间，发现那窗帘缝隙里，分明就是之前开出去的那辆警车。

我连忙站起，走到窗边朝外望去。只见警车门被拉开，跟着一位刑警下车的是一名我之前并没见过的老妇。老妇身后，穿着牛仔裤与灰色上衣的女人，正是邱凌之前的未婚妻——陈黛西。

我将窗帘稍微拉开了一点，回头迎上邱凌那闪烁出了一丝热切的眼神。紧接着，我意识到他所坐着的位置，并没有可能看到窗外的情况，便冲他说道："是黛西，已经被接过来了。还有一位老妇。"

言语间，她们一行人朝诊所大门走来。我掏出手机："不介意我打给隔壁吧？"

邱凌没有说话，但也没有摇头。

我打给了李昊。他应该在监控里已经看到了我的举动，所以第一时间便接了电话，也第一时间劈头盖脸地沉声说道："你是想和这王八蛋聊一宿吗?"

我压根就没理睬他的质问，径直说道："你们是提前就安排好了吗?怎么这么快就把人给接过来了。"

李昊又开始习惯性地背书："2013 年 1 月 1 日开始执行的《最高人民法院关于适用（刑事诉讼法）的解释》第四百二十三条规定，死刑犯被执行死刑之前，有权申请会见近亲属。所以，在昨天上午，邱凌的妈妈就接到了通知。明天凌晨，邱凌被带出监房等候执行前，如果他有要求，他的家人便会第一时间走进会见室。所以，她们这两个女人，今晚就已经在一起了，想等着明天早上能见邱凌最后一面。"

"哦。"我点了点头，"和黛西一起来的那位老妇，就是邱凌的母亲?"我这一问句其实也是故意说给邱凌听的。

"是的，邱凌的爸爸几年前就过世了……"李昊说到这儿，被固定在审讯椅里的邱凌却冲着他正前方的摄像头大声喊了起来："李昊，别缩在隔壁讲电话了，你过来一趟。"

我和李昊都愣了，李昊挂了线，应该是往我们里面走过来了。邱凌却又喊了一句："你一个人进来。"

说完这话，邱凌再没扭头看我了。他甚至闭上了眼睛低下头，嘴里小声念叨了几句什么。房门被拉开了，李昊那壮硕的身体走入我的视线。

"把我妈送走，把她送走!"邱凌依旧低着头，但说话的声音已经感觉到他的情绪变得很不稳定了。

"邱凌，问题是你妈妈已经就站在隔壁，你现在说的每一句话她也和我们同事们一样，是可以听到的。所以……"李昊边说边走到了邱凌面前，"所以，我希望你不要太激动，别让老者本就伤了的心，再次被撕扯开来。”

“真卑鄙。”邱凌猛地抬起头来，“我只是要你们把那个女人带来而已，现在你们竟然把我妈带过来，你们不觉得很过分吗？”

“邱凌，你不按照牌理出牌，无视法律，无视道德，最终受到惩罚是活该。但我们其他人，却是都要按照程序做事的。”李昊板着脸，很认真地继续道，“陈黛西，并不是你真正法律意义上的妻子。也就是说，她是没有可以接见你的权利的。目前你在海阳市的近亲，只有你的妈妈了……”

“把她送走，然后让黛西进来。”邱凌粗暴地打断了李昊的话，恶狠狠地说道，“这是我新要求的条件，不给兑现，我们的协议就此无效。”

说到这儿，他又扭头朝着旁边的我看了一眼，补上了一句：“我就是个恶魔，食言对我来说算得了什么呢？”

“邱凌。”李昊的语气重了，他那紧皱的眉头说明这位脾气不太好的刑警，又有了怒火，但是被他强压着，“能给我几分钟时间，让我抛去我人民警察的职务，以旁观者的身份说几句吗？”

邱凌扭头望向他，眸子里闪出的光里，又有了以往那种鹰隼的锐利：“你觉得凭你能说服我什么吗？”

“通知你的近亲很容易，因为在这座城市里，你只有你母亲这一位近亲。同样，这也就是说，你母亲在偌大的城市里，只有你这一位近亲了。可悲的是，你就要被执行死刑了，而且你的罪行，像是一个丑陋的烙印，被打在她身上，让她不得不搬家，离开她所熟悉的小区、街道。并不敢再与老朋友、老同事联络……”

“能换个话题吗？”邱凌说这话的语气并不是很强硬了，说明他实际上也想知道更多关于母亲的近况，只是，他要将这份关心隔离在他自己世界之外而已。

李昊应该也看出了这一点，于是，他继续说着：“黛西是个好女人。

因为想要包庇你的罪恶，所以她当日的所为让她被判了缓刑，也因此失去了公职。你应该了解她的，父母都在偏远的农村，在海阳市本就没太多存在感。她精神上对你的依赖程度有多黏，之后的年月里，她想要抽离时要经历的撕裂就有多痛。那么，她索性放弃了自我拯救，甘于为你沉沦。又或者是，她潜意识里被你催眠得太过彻底，执念令她无法挣脱。所以，这两三年里，她跟随你妈妈搬到了市郊，过着安静但是清贫的生活。”

“她们应该还是有点钱的，不至于过得太过窘迫。”邱凌再次小声说道。

“邱凌，你不要用你自己的自私思维，来看待你身边至亲的人。况且，你没了，钱对于她们有什么意义呢？”李昊说到这，叹了口气，“被你杀死的受害者们，也有父母与子女。你被判处死刑后，你的遗产并不够支付她们应得的民事赔偿部分。黛西只是你未婚妻，所以，她与你妈妈压根就没有义务，也不需要帮你还上的。但是，她俩将房产和积蓄全都拿出来了。”

李昊顿了顿：“现在，她俩就靠你妈的退休工资过活。”

“陈黛西不知道出去工作吗？”邱凌抬起头来，愤愤说道。

“你很快就会见到她了，一会，你就会知道为什么她没有出去工作了。”李昊摇着头说道，“邱凌，犯罪的成本是巨大的，是巨大到你会撕心裂肺的。”

“够了！”邱凌打断了李昊。他再一次望向了那个摄像头：“李警官，我妈和黛西能听到我说的话吧？”

“是的。”李昊点头回答道。

“妈，我不想见你。最初，你就并没有想要我。那么，你就权当我没有来过吧。”邱凌说这些的时候，声音在微微发颤着，“妈，我不想见你了，却不是怨你恨你，而是不敢见你。儿子这一辈子都没有对谁低过头，也没有求过你什么。今天，儿子求你，不要进来见我，好吗？让我……就让我能够走得舒服一点点，可以吗？”

说完这段话，他将头又一次低下了："换黛西进来吧！"

"但是……"我柔声说道，"但是现在时间已经到了，轮到你回答我的两个问题了。"说出这段话的时候，我有着在这一场景里不应该有的一丝丝沾沾自喜。我清楚地意识到在这个恰到好处的时间节点里，已经逐渐崩溃的邱凌会用最为简单直接的话语，来回答我的这两个问题。

"嗯！你问吧。"

第七章

只有半张脸的女人

屠戮前夜

我正要开口，站在我身边的李昊猛一扭头，死死地盯上了我。我明白，他害怕我又一次问出无关痛痒的问题，甚至他心里都帮我想好了应该问些什么了。

我假装没看见，朝着邱凌走了几步。我站到了他面前，本就不矮的我俯视着本就坐着的他，这一幕好像回到了当日第一次与他交锋时一般。

“邱凌，你觉得是什么人下手杀了张庆金并要用屠戮来当作送给你的礼物？”我紧紧盯着他的眼睛问道。

“只可能是乐瑾瑜。”邱凌淡淡回答道，“来的路上，李警官把昨天到今天所发生的一切都很详细地说给我听了。以我对乐瑾瑜的了解，她做出这么一档子事并不奇怪，尤其是在她的生活完全被你沈非毁了之后。”

“废话。”李昊在我身后怒道，很明显，他为我又一次浪费了一个宝贵的提问机会而气恼，“邱凌，谁是乐瑾瑜的同伙？他们为什么要在你被执行死刑前闹出这些动静？他们现在藏身的地方在哪里？”李昊一鼓作气问出了这一串问题。

“李警官，你有点着急了。”邱凌朝李昊望过去，眸子里又有了他独特的鹰隼般的锐利，“我之前就说过，我只希望沈非和我对话，其他人，都不是我愿意……嗯，也都无法让我敞开心扉。”说到这儿，他笑了，好像被他自己这句玩笑话给逗乐了，“况且，你也应该庆幸提问者是沈非才对。因为，你刚才问的这一系列问题，要我来回答的话，答案只有一个。那就是——不知道。”

“邱凌，我可以开始问第二个问题吗？”我在邱凌话音还没落下的时候就开口了，因为我不想留时间给我身后冲动的李昊，不然他又开始暴跳如雷。

“嗯！你问吧。”邱凌应道。

“如果弓形虫真能够改变一个人的性格，那么，你觉得乐瑾瑜最想改变的人是谁?”

“好了，沈非医生，你们可以出去了。因为你这个问题我能够第一时间就给你答案。”邱凌笑了，“首先，我可以很肯定地告诉你，弓形虫是确实能够改变一个人的性格的，同时这也确实是乐瑾瑜一直以来想要实践的。至于乐瑾瑜最想改变的人，或许，也只有一个……”他说到这时，那笑容越发诡异起来。同时，我自己也意识到了他即将要说出的答案。

“是我。”我小声说道。

“是的，只可能是你。”邱凌说道。

“哦！我知道了。”我别过了脸，不再看他。接着，我搭手到李昊肩膀上，拍打了一下，示意往外走。李昊似乎还有点不甘心，但最终还是跟在了我身后。

“我们现在就让陈黛西进来。”李昊很不情愿地说着。

“沈非。”邱凌却突然叫住了我，“对了，还有个小事我倒是可以让你知道。”

“请说。”我没有回头，驻足道。

“五年前，我与乐瑾瑜，以及苏勤三个人，通过邮件讨论过一件事情的可行性。”邱凌道。

“看来，你们这个叫作乌列社的小团体互动还挺多的啊!”我故意淡淡应了句。

“算是吧!”邱凌顿了一下，“而我们那次讨论的议题，是想要给蒋泽汉那贪图安逸的性格上裹上一点强硬的钢架。至于用什么方法……”

我猛地转身：“是用弓形虫吗?”

“嗯!”被固定着无法动弹的他很费劲地探着头看审讯椅后的我，“所以，你刚才那个问题如果还有一个除了你以外，能够取其次的答案，那么，这答案，或许就应该是蒋泽汉了。”

“我知道了。”我应着，将门打开，快步走了出去。这一点时间里收获到的信息太多了，我需要消化一下。并且，我觉得，我现在也很有兴趣去教授的诊疗室那边，和苏勤以及蒋泽汉再次好好谈谈了。

“我可以进去了吗？”从会议室里传来了一个女人的声音，有点耳熟，应该就是之前和我见过两次的黛西吧。

“我和你一起进去吧。”赵珂的声音也响起了，“陈黛西小姐，你一定要记住刚才你所答应的事——别靠他太近。”

“我知道。”说话间，赵珂率先走出了会议室的门，跟在她身后的，自然是陈黛西了。我有两年没见过她，当日市局的人也给我说过，她那次并没有跳楼成功，让她肚子里的孩子没了。从那以后，也就再没有听说过她的一切。况且，一个如她一般平凡到不能再平凡的女人，又怎么会让一个与她只有数面之缘的人反复记挂呢？

而这一刻，她也看到了走出了诊疗室的我。她的发型有点奇怪，好像是故意梳到了面颊前面，让她的脸大部分都隐藏在发丝后面。紧接着，她那闪烁的眼神在看到了我以后，瞬间发直了。

“沈非。”她沉声道，“想不到邱凌准备了那么多年后发起的对抗，最终还是被你击溃到了绝路。”

我没有回话，因为我不想和黛西就这么个话题继续。因为从我进入这个行业的第一天开始，我就明白是非对错在每一个人心里都有着他们自己的衡量标准，我们心理咨询师不过是帮忙引导而已。但，这一刻的我，并不想引导黛西。尽管，她和我一样，同样也是邱凌作恶的受害者。

但……

我累了，我知道自己不可能游出今天所卷入的这一旋涡，但我可以选择背负的责任少一点，哪怕只是少那么一丁点儿。

是的，我没有义务，也没有责任，为眼前这位话语里明显有着魔障的女人进行开解。

这时，我没有料到的是，黛西在说完这句有点隐晦的话以后，紧接着却笑了：“哼哼！不过，如果不是你最终将他制服的话，他不知道还要犯下多少的恶呢！”

说到这里，她冲我抬头了，并抬手将拦在脸上的头发往后拨弄了一下。这一同时，我不由自主地往后倒退了一步，因为……因为在我面前所呈现出来的一幕，实在太过可怕了。

是的，太过可怕了。

只见黛西那张本平凡的脸，变得异常恐怖。她的整个左边脸颊都似乎是被人用粗糙的砂纸打磨过，布满了扭曲到一起的一条一条的凸起肉丝。左边眼睛里的眼珠也没了，替代的是一颗灰色的玻璃球。

“算是报应吧。”她还是在笑，“邱凌所做下的恶，总也要人来承受吧。前年年初，一位惨死于邱凌手下的受害者的家属找到了我和妈。他们谩骂、侮辱，甚至殴打我们，我们都默默承受了。最后，那位受害者的爸——一位退休了的中学老师将我失手推到了旁边饭店摆在路边的锅炉上。”

黛西之前那被我误以为是布满怨念的眼神，渐渐消散。我终于发现，她那仅有的一只眼睛里散发出来的，是一种极度平和的豁达。

于是，尽管狰狞，但在这一刻却又有了某种光芒的她的脸，在我眼里不再刺眼了。她继续笑着：“我们没有追究对方的责任。因为我们……我们没有资格追究对方的责任。权当是……权当是帮邱凌赎的罪吧。”

说完这话，她从我身边擦身而过，朝着我身后的诊疗室走去。

“你现在知道为什么她与邱凌的母亲，现在只能靠那一点点退休工资过活了吧。”李昊在我耳边小声说道，“没有人会敢请一个长相如此狰狞的雇员的，而想要让她的模样变得稍微好一点点，需要花去的整容费用，对现在的她们来说，是一个天文数字。”

“嗯！”我有点木木地应了一下。身后，是那诊疗室的门被打开的声音，以及赵珂的说话声：“抱歉，你和陈黛西小姐的这次会面，我必须全程站在房间里。”

邱凌是如何回应的，我没有听见了。因为赵珂在说出那句话的同时，我已经将门带上了。

道德与法律是社会规范最重要的两种存在形式。最早的原始社会里，是没有现代意义上的法律的，只有道德规范或宗教禁忌。之后伴随着社会进步，法律随着氏族制度的解体以及私有制、阶级的出现而诞生。所以，法律更多意义上，应该理解成国家所制定或认可的一种行为规范。目的是维护国家统治者的统治，也捍卫国家给予普通人的权利与权益。

法律是公正的吗？这个问题似乎并不是一个如我一般的心理咨询师能够解释清楚的。但是因为有法律，作恶者就将受到严厉的惩罚。可怕的是，如果作恶者对于法律所制定出来的惩罚不屑一顾呢？甚至在他们看来，死亡本就无所谓，连死也不怕了，还有什么是他们所顾忌的呢？

邱凌就是这么一个人。在他决定做出这一切之前，他就在等待着这一结局。可是他只判断出法律对他制裁的最坏结果，并没有考虑到道德将给他的审判，一样会将他钉入滚烫的十字架。

道德，调整着人们的外部行为，也调整着人们的动机和内心活动。它要求我们每一个人都根据高尚的意图而行为，要求我们为了善而去追求善，遇到恶而阻止恶。到最后，邱凌没有料到的是，他要背负的道德上的痛，会是更为深刻的痛。

我想，这就是关于罪与罚的定义吧！

刑满释放人员

我没有走进会议室，只是朝里面看了一眼，目睹着众人围着监控器站着或坐着，如临大敌的模样。最角落，邱凌的母亲低着头似乎在抽泣。

我不想去看邱凌在这一刻与黛西面对的时候，会有着如何的表现。他会流泪吗？会伤悲吗？抑或他会冷言冷语令黛西对他绝望？似乎这些，都不是我需要了解的。又或者应该说，我不希望看到他的狼狈。在我心里，始终有对这位对手最起码的尊重。

我摸出烟盒，朝着门口走去。身后却传来沉重的脚步声，应该是古大力或者八戒跟了出来。到门口我点烟的时候，发现他俩竟然都从会议室跑了出来。

“沈医生，你刚才太酷了。”八戒一边说着，一边从我手里的烟盒里拿了支香烟点上。

“邱凌和以前不太一样了。”古大力表情倒是挺严肃的，看来他对于市局将他当作专家请过来一起观察邱凌的活，挺认真。

我冲他笑了笑：“再如何嚣张跋扈，也是马上要死的人了，能和以前一样吗？”

古大力点着头：“那倒也是。对了，沈非，李昊还没和你说吧？”

“说什么？”我愣了一下。

八戒抢着答道：“去市精神病院的小队有消息反馈回来了，照片确实是在那里拍的，现场也有大量血迹以及各种拖拽的痕迹。不过，那些痕迹什么的都……那词怎么说来着。嗯！反正就是有点假，给市局的专业刑侦人员一瞅，就能瞅出破绽来。”说到这，他那一点点的词汇量，明显无法将他想要表达的事情陈述得足够清晰且专业，于是，他扭头望向了古大力。

古大力依旧是很严肃的模样，投入了他作为“专家”的这个人设里。他皱着眉头：“去精神病院的刑警们反馈回来的大致就是这么个信息，八戒说得倒也没错。”

我“嗯”了一声，其实并不是很关心他们这一刻想要跟我分享的案情最新进展。甚至，我还朝着诊所里教授的诊疗室那边望了几眼，寻思着是否应该现在就过去敲开那扇门。于是，我搪塞了一句：“你们告诉我这些，又说明了什么呢？”

“说明杀死张金伟的凶手，想要将我们的注意力吸引到精神病院去。”古大力表情越发凝重了，“所以，他们想要在今晚开始的屠戮，绝对不是在市精神病院。但，又绝对和精神病院有着某种联系。”

“或者他们还想要把张金伟隔壁的那个疯婆子也结果掉啊！”八戒这话明显是在和古大力抬杠。

古大力却愣了一下，紧接着瞪大了眼睛：“嘿！还真有可能。”

“为什么？”李昊的声音也传来了，只见他大跨步走出了诊所的门，一边还回头朝着我的诊疗室的方向看了一眼，然后动作飞快地从我手里的烟盒里抽出一支香烟来点上：“大力，我刚才正好听到你和八戒的对话。给说说，为什么你觉得凶手可能对市院的那疯婆子有兴趣。”

“张金伟在精神病院关了有快 20 年了吧？这 20 年里，他基本上没有和外界任何人打过交道，那暴烈的脾气，也压根没机会宣泄。那么，凶手处心积虑地将他绑走并杀死，谋杀的动机会是什么呢？”古大力顿了顿，“首先，我们可以直接排除掉政治动机和财务动机。而性动机和友情动机、妒忌动机这些，似乎也与本案无关。戏谑、好奇、恐惧这几种动机，看起来似乎有些可能，但之前我也说过，张金伟已经关了一二十年了，与外界的人没有交集的。所以，就只剩下报复动机、自尊动机以及书本上说得最为扯淡的那种动机——其他动机了。”

李昊点着头：“报复动机的可能性不大，今天早上我们就排查了之前惨死在张金伟手里的那姑娘的亲友，当年的惨案已经过去太多年了，该有的伤悲，也早被时间磨掉了。自尊动机似乎也说不上吧？张金伟这么个人，又能扯上谁的自尊呢？”

“不好说。”古大力摇了摇头，“这世界上可有一些人，自认为是卫道士，也自认为是审判者。他们连自己都管不好，却总是站在道德的高处，想要惩戒别人。”

说到这儿，他似乎愤怒了起来，挥着拳头往下砸了一下：“我们图书馆就有这么一个家伙，如果不是因为他，我会被送去医院实习了那么久吗？嗯，他还口口声声说如果不是有他，我迟早会在图书馆里发疯攻击人。可能吗？我这么个斯斯文文的人，会攻击别人吗？”

本来一本正经看着古大力的八戒，这会径直扭头望向了李昊。看来，他对于古大力这有点跳跃的聊天方式早已习以为常，懒得打断了。

“李大队，刚才大力不是说除了这些动机以外，还有个什么扯淡动机的吗？那又是个什么动机啊？”八戒很虚心地请教着。

“谁说叫扯淡动机？是叫作其他动机。”李昊吐出烟雾，“一些乱七八糟的犯罪动机，都被归纳在这里面。不过，刚才大力说得也有可能。有一种叫作正义感动机的犯罪动机，就和大力说的有点搭了。或者，在张金伟案的凶手看来，独眼屠夫这种十恶不赦的家伙，本就应该被枪毙处死。但因为他有精神病，所以逃避了法律的制裁，这在凶手眼里，是不应该发生的。于是，凶手就站出来了，将自己放在一个非常自以为是的、代表着正义的高度，将本该处以极刑的张金伟虐杀。”

“嗯！我就是这么认为的。”古大力冲着李昊重重地点了下头，额头因为身体重心没调整好，径直撞向旁边的墙壁。他身边的八戒倒也灵活，连忙抬起他那肉嘟嘟的蹄子，拦在了古大力脑门与墙壁之间。

“谢谢！”古大力冲八戒微微一笑。而八戒也耸了耸肩，回了一个微笑：“小心点。”

这整个过程与场景看起来有点怪怪的。

李昊却并没有留意到这些。古大力的话似乎让他想起了什么。半晌，他望向我：“沈非，我进去再将张金伟案的犯罪嫌疑人资料调出来，进行一次排查。大力说得很对，其实我们不是非得排查与张金伟有关联的人，而是可以尝试去排查一下是否真有某些自认为卫道士的疯狂者。”

说完这话，他就要转身朝里面走。

而他身后的我终于咬了咬牙，叫住了他。“李昊，刚才邱凌说到过一个叫乌列社的心理学兴趣小组，有印象吧？”

“嗯！乐瑾瑜和他自己都是其中的一分子。”李昊驻步，扭头过来。

“邱凌也提到了，那个小组还有另外两位心理学学者，叫作苏勤和蒋泽汉。”我说到这的时候，朝着诊所里教授的房间再次看了一眼。

“你等等。”李昊突然打断了我，“你还别说，之前在监控里听到你们说起那个兴趣小组里面另外两个人的名字的时候，我还觉得好像有点耳熟。你现在这么一说我倒是想起来了，前些天鉴证科新调过来的一位同事，好像也提到过这两个人的名字，据说这两位在犯罪心理学方面也有着建树，不过就是有个什么问题来着。要知道，我对这些没太多兴趣，也没有想过要结识他们，便没继续问下去……”

“他俩现在就在我的诊所里。”我打断了李昊的话。

“啊！”李昊愣了一下，紧接着似乎不太相信，连忙补了一句，“你是说，邱凌所说的乌列社的另外两位——苏勤，以及那个蒋什么，现在都在你的诊所里面。”

“是的。”我又一次朝着教授的诊疗室望去，“他俩今天中午就过来了，和教授在叙旧。”

“哦……”李昊想了想，“倒是真有点巧。”

“李昊，你帮我查查他俩吧，看看他俩这些年一直在什么单位，又一直是做些什么工作。另外，你给你那位在鉴证科的新同事也打个电话，问问他对于苏勤和蒋泽汉的事都知道些什么。”我顿了顿，“而我现在，就还是去教授那边，会一会我的那两位师兄吧。”

“成！”李昊应道。

我又一次朝着教授的诊疗室走去，每一个步子，却又似乎抬起得有点重。我想起了教授第一次走进我的诊所的那一个上午，也想起了他所说过这些年最得意的四位学生——我和邱凌是其中两位，一个是穷凶极恶的魔鬼；另一个是我这么个总是彷徨的失落者。

而之前一直素未谋面的另外两位，今天开始，也终于走入了我的世界……

猛然间，我突然意识到——此时此刻，就在这一个普通却又并不平常的下午，就在我这个寻常却又并不简单的诊所里。教授的四位得意学生，竟然又都聚到了一起。不同的是，我与邱凌在诊所的一头，而苏勤、蒋泽汉在诊所另外一头的房间里。

意识到这点后，我回头看了一眼我身后的诊疗室，并加快了脚步，朝教授的房间走去。

“啪啪啪!”我敲了敲门。

没有声音。

我再次敲了几下，并朝着身后探出了头来的佩怡微微笑了笑。佩怡连忙说：“教授他们在里面，一直没出来过。”

我点了点头。但连续两次敲门没有人回应，让人不得不觉得有些奇怪。于是，我换成用手掌将门用力拍了几下，并喊道：“教授，是我。”

依旧没有回应。这时，我才开始意识到有什么不对了，连忙握上了把手，但发现门是被反锁了。

“佩怡，有钥匙吗?”我朝着身后喊道。

“有的。”佩怡一边说着，一边走进前台。而也就是在这时，李昊从会议室里快步冲了出来，朝我招手：“沈非，苏勤和蒋泽汉有过犯罪前科。”

我愣了一下：“犯罪前科?”

“是的，他们两个人在前年因为故意伤害，分别被判了一年半、两年的有期徒刑。苏勤去年出狱的，而蒋泽汉是早两个月才刚刑满释放。”李昊瞪大着眼睛说道。

我的头皮莫名得一麻，若干个画面在我脑海中快速闪过，其中甚至还包括了接走乐瑾瑜的那辆黑色的汽车，以及车窗缝隙深处那戴着帽子的人影。想到这些，我朝着拿出了钥匙的佩怡迎了上去，接过她手里的钥匙，朝着门锁里伸了进去。

钥匙转动了，但门却没能被打开，应该是里面的门栓拉上了。

站在我身后的李昊自然察觉到了什么，他快步上前："我来吧。"

"嗯！"我冲他点头。

"啪"的一声，教授诊疗室的房门被李昊一脚踹开了。房间里那悠然的音乐依旧，教授那坐在沙发上背对着我们的背影也依旧。但……但是本该在房间里的苏勤和蒋泽汉两人，却不见了踪影。

我快步冲了进去，伸手搭到教授的肩膀上："老师。"

但教授并没有应，身子朝着一旁歪了下去。

李昊也跟了进来，他一手将教授扶住，另一只手探到教授脖子上。

"教授应该只是睡着了……哦，或许应该说，是被催眠了。"李昊说道。

"那，那另外两个人呢？"佩怡也探头过来，"怎么只有教授一个人在了。"说完这话，她朝着房间里的窗户走去，"难道他们会……"

"佩怡，我记得之前你们给我说过，隔壁上个月一直在装修？"我打断了她。

"是啊！不过工程不大，听说只是处理了一下下水道而已。"佩怡一边应着，一边掰了掰窗台上的防护栏。

"地毯被送过来后，是教授自己铺好的还是送过来的人铺的？"我再次追问道。

"是送地毯的帮教授一起铺的。"

"哗啦啦！"我将地毯上的茶几朝着旁边掀去，上面的杯子摔了一地。

紧接着，我将那块地毯一把扯了起来，朝着旁边一甩。

房间里以及门口闻声跑过来的邵波、古大力、八戒等人的眼睛都同时瞪大了，因为……因为在那地毯被掀开后，地板上竟然露出了一块褐色的50厘米长宽的木板。

“乖乖！还是你们心理师会玩，还有地道。”八戒的嘀咕声在门口响起。

而在我身边的李昊，第一时间抠住木板上往里凹进去的拉手朝着外面用力一拉。

一个黑乎乎的洞，出现在我面前。

心理师的职业素养

教授只是被人下了药物而昏睡过去。下药的人，也只可能是苏勤和蒋泽汉。按照李昊对现场的简单检查分析，苏勤与蒋泽汉将教授催眠后，也算是比较有心，让教授靠着的姿势不会太难受。甚至，他们在缩进地下通道的最后时间里，也不忘小心翼翼地将地毯以及地毯上的桌子撑起，动作应该很小，尽量保证了现场不会凌乱。

两位武警挎着枪快速钻进了黑洞，很快，他们便从诊所隔壁的那栋小楼里钻了出来。也就是说，两位借着拜访教授而来的师兄——苏勤和蒋泽汉，将教授催眠后，通过地下通道钻出了我的诊所，离开了这一片区域。

我将教授扶进了另外一位咨询师的房间，让他在沙发上躺下。老者嘴角上扬着，再次见到之前的两位得意弟子，令他今天始终有着小小的兴奋。我离开前，将门轻轻带上，面前的其他人在说着话，走动着。一切的一切，变得越发的复杂与凌乱，宛如千丝万缕搅到了一起，并且，没有一丝丝头绪。又如同蛛网，布满在我这所并不宽敞的诊所里。

我缓步走进会议室，两个穿着警服的刑警还在死死盯着摆在会议桌上的那四个监控屏。屏幕里，黛西双手捂着脸，抽泣的声音我们无法听见。邱凌依旧那么坐着，沉默着。他的双腿好像是故意在往前伸出，用来显示他是自在与淡定的。但实际上呢？他的软肋已经呈现出来了，意志在下一分，抑或是下一秒就即将崩塌。我不敢去想，那一刻的他是否也会痛哭流涕。

重要吗？对于我来说似乎不重要吧。这一刻真正重要的，应该是在邱凌被执行枪毙之前的十几个小时里，究竟会发生什么。而发生的事情里面，乐瑾瑜又到底是否参与到了其中，她又到底想要做些什么。

“沈非，外面怎么了？”韩晓说这话的时候，并没有回头。她坐在会议桌前的一张椅子上，和那另外两个警察一样，死死地盯着显示器，仿佛眨一下眼，邱凌就会消失了一般。

“苏勤和蒋泽汉不见了。”我答道。

“哦！”韩晓应了一声，没再说话。这时，我看见她面前的桌子上，摆放着一个翻开了的笔记本，一支一看就价值不菲的宝珠笔，被握在她手里。

她在观察邱凌这一两个小时里的一举一动，并做着详细的观察笔记。这时，我也开始意识到，对于一个如韩晓一般的新人，能够有机会对邱凌这么一个极其非典型的来访者，进行一次近距离的观察，是多么宝贵的机会。

她会成为一名非常优秀的心理咨询师的。我心里暗暗想着——今天，本来也是她第一天开始从事心理咨询的工作——成为了一家叫作观察者心理诊所里的见习心理师。

我不想打扰她，况且我也不想让别人打扰我。我退向角落，坐下。我相信邱凌即将崩溃，但同时，我也知道自己，和邱凌一样，站在前后都不可预见的悬崖顶端，周遭都是深渊万丈。

“沈非医生，对不起啊！”一个苍老的女人声音在我耳边响起。我扭头，发现邱凌的妈妈竟然正坐在我身后更加角落的位置。她冲我微笑着，但那笑容又那么的牵强，牵强到脸上的鱼尾纹凹槽里，都弥漫着来自眼角的液体。

“是我没管教好这孩子……”老人边说边朝前挺起身子，但她并不是想要站起，而是双膝朝着地上跪去，“沈非医生，对不起了。”

我连忙扶住她，但不知道应该作何言语。最终，我感觉胸口从今天早上就被狠狠塞进去的一团让人窒息的东西，终于被点燃了。

我没有对她说什么，我的动作甚至有点粗暴地将她推回到了椅子上，并快步朝着门口走去。接着，我走出了会议室的门，走出了诊所的门。李昊在我身后喊我的名字，但我并不想回应。我开始奔跑，在这下过雨的湿漉漉的马路上奔跑，就好像这一年里每天早上奔跑的时候一样。我知道自己这是在做着什么，也知道自己内心深处那消极的逃避情绪又开始想要控制我的整个世界。但……

但我真的有点承受不起，这也不应该是我要承受的一切。我只是一个心理咨询师，一个想要化解人们内心深处苦闷的心理咨询师而已。况且，我也不是真的那么强大，我懦弱到连自己都无法医治好，如何来医治这个世界呢？

我奔跑着，奔跑着，我明白自己在消极着。我想要跳出这种失态，但发现自己多么的无力。

我开始小声念叨了。

“我们需要掌握七种不同的能力。第一，人际关系技能，展示出适当的倾听、沟通、共情、在场、对非言语交流的仪式、对声音特质的敏感、对情感表达的回应、转换、建构时间、语言的使用。第二，个人的信念和态度……”

我背诵着自己这个职业的职业素养需要，奔跑的步子也开始放缓了。渐渐地，我发现那一团如同被泼了汽油瞬间熊熊燃烧起来的火焰，终于被我压制住，并开始往回缩。但，火焰没有熄灭，它只是缩回到了我的胸腔。我依旧感觉着压抑，依旧无法大口呼吸。

“第四，咨询师个人的身心健康。没有个人需要或对咨询关系有破坏性的非理性信念，自信，忍受与来访者有关的强烈或不舒服情绪的能力，保护个人边界线，对有关来访者信息的记忆能力……”

我转身了，诊所再次出现在我前方，我也再次像今天早上回来的时候一样，昂首向她迈去。很多年了，我不想辜负，可是，我又总在辜负。到最终，我发现，我之所以会要辜负，其实是因为我始终逃避的缘故。

生命中的坎，不是绕过去的，而是需要跨过去……这是个很简单的道理，但我为什么总是做不到呢？

是的，我想，我如果跨不过面前这道坎，又如何成为一名真正优秀的心理咨询师呢？是的，逃避是很容易的。如果我真的想要逃避，也只要避开这接下来的十几个小时而已。明天，邱凌将在清脆的枪响后消失于这个世界了。但是，到那时，我想要真正站起，也已经无法真正站起了。因为，我在今晚的逃避，会让我终其一生都无法救赎自己，始终被邱凌这么个恶魔的记忆，牢牢地钉在失败者的铁架上。

“沈非……”韩晓不知道什么时候走出了诊所，朝我缓步走了过来。

“嗯！没事，我只是想放松一下而已。”我努力装得轻松点。

“你绷得太紧了。”韩晓柔声道，“等邱凌的事结了，你其实可以出去散散心。”

“我会考虑的。”我应着，继续朝前走。那不远处的诊所大门里，邵波他们几个正探头看着我。我冲他们笑了笑，不想他们认为我又在失态。接着，我觉得似乎要缓解一下这一刻尴尬的气氛，便冲韩晓耸了耸肩：“去哪里呢？如果是按照我们心理咨询师的逻辑，我必须要回一次晨曦岛才对，是吗？”

“沈非，这一切结束后，你……”韩晓说到这停下了，她咬了一下嘴唇，“你跟我去美国住一段时间吧。”

“我?”我愣住了，但紧接着发现，韩晓望向我的眼神深处，正在构建着一个让人要深陷的泥沼。

我扭过了头：“韩晓，大伙都在等我进去。”

“嗯!”韩晓应着，跟着我朝诊所里走去。

我不想辜负。

但……

我始终在辜负。

第八章

令邱凌兴奋的事

开往医院的汽车

"查到了一些什么？"走进诊所的我冲着刚放下电话的李昊问道。

李昊应道："市局守着天网监控的同事们正在翻看附近的监控录像，但我觉得，他们在那些监控画面里，不可能找到苏勤和蒋泽汉的。就目前看来，他们如此费尽周折，利用你的诊所制造他们今天下午一直在你的诊所的证据，是很早就开始准备了的。那么，逃跑的路线也肯定是比较完美的。"

"我们目前也没有证据表明，他们和目前我们所查的案子有关联啊！"邵波小声说道。

"但我却始终觉得，他们和本案有着联系。"我冲他俩说道。

"理由呢？"李昊歪着头看我。

"直觉。"我顿了顿，然后将上午李昊发给我相片的同时，苏勤也故意让我看到他手机里有那张相片的事，给他们说了下。

"一定是新来的那个鉴证科的家伙。"李昊哼了一下，接着望向我，"沈非，你也不要怪我们。确实，今天早上我们是有过争执，是否能够继续依赖你来处理邱凌案。当时市局就有人建议，可以请一些其他的在犯罪心理学方面有所成的人，替代你的位置，参与到对邱凌的审讯中来。所以，鉴证科的那位同事将案情透露给了这个姓苏的家伙，也是有市局刑侦科的人授意的。"

我面无表情："理解。我这两年的消沉，又如何让他们放心呢？"

李昊似乎对我是否真的介意这些并不是很感兴趣。他扭头了，对抱着一台笔记本电脑站在他身后不断按着的另外一位刑警喊道："查到了没有。"

那名刑警抬起头来，眉头皱得和李昊如出一辙："查到了，不过这种小案子，记载得不是很详细。"说完这话，他又盯到了屏幕上，"大致说一下吧！苏勤和蒋泽汉在前年，利用职务之便，从苏门市精神病院将一名有着暴力犯罪前科的精神病患者带出了医院。但这两个倒霉的家伙，在离开医院才两个路口的马路上，撞伤了一名骑着电动车的中年妇女。车停下后，路人们听到了车上似乎有人呼救。紧接着赶来的交警发现，一名精神病人被苏勤、蒋泽汉塞在了汽车的尾箱里面。他左手手腕的血管被划开了，血全部渗入到尾箱下面铺着的厚厚一层纱布里。”

“他们想令那位精神病人因为失血过多而死亡?”邵波小声嘀咕了一句。

“警方与检方也是这么认为的。但苏勤和蒋泽汉狡辩，说他们只是想要将该病人带出去进行病例数据采集而已。至于病人手上的伤口，不过是病人自己挣扎，在什么地方不小心划开了口子罢了。”那名刑警抬手在电脑上又按了几下，“到最终开庭，犯罪嫌疑人犯罪动机、身份等问题，确实也存在很多说不清楚的地方。不管是认为他俩蓄意谋杀的起诉方也好，还是认为他俩过失伤人的辩方也好，都无法对这么两位心理学与精神医学专家的动机给出一个像样的说法。况且，受害者因为送医及时，也没有造成多大的后果。最终，苏勤和蒋泽汉不过被判处了很短的有期徒刑。并于今年陆续被释放。”

“能查到那名被他们带出精神病院的病人入院以前的病历吗?”古大力插嘴了。

“这里没有。”那刑警边说边又按了几下电脑，“等等，这里有一点点的记录。该名病患入院前，曾经将他们邻居家的两个孩子从十五楼阳台扔了下去。”

“这就对了！正义感动机。”说这话的是古大力，靠在吧台旁边的他又在使用他那个有点夸张的手势——将拳头往下挥舞，“上午李大队说的那个扯淡动机……啊呸，被八戒带沟里去了。是其他动机，里面所谓的正义感动机，正好可以用到这案子上来。”说到这，他眨巴了几下眼睛，“我又想起了我们市图书馆里的那几个自认为正义的家伙……”

“苏勤……蒋泽汉……乐瑾瑜……”李昊似乎没有听到古大力念叨的声音。他咬了咬嘴唇，那上面因为干燥而裂开的缝隙，在说道着主人极其不规律也缺少保养生活中的琐碎。古大力这次倒是识相地闭上了嘴，望向李昊。

几秒后，李昊抬起头来，冲着他身后的那几个刑警说道：“打电话给小雪，让她们不要折返回来，现在就掉头回去市精神病院。如果苏勤他们这几个精神科医生想要继续作恶的话，那他们的目标，很有可能是医院现在唯一剩下的那位重度危险病患武小兰。”

“也就是说，你压根就不相信今天那辆被烧毁了的车里，坐着的是昨天钻进医院带走独眼屠夫的三个凶手？”邵波冲李昊说道。

“你觉得呢？”李昊反问道。就在这时，站在他身后的那位捧着笔记本电脑的刑警“咦”了一声，紧接着冲李昊小声说道：“李大队，我突然想起了前几天辖区接到的一个报失踪的案子，是两个以前在工地打工的民工。报案人说那两个民工在两个月前接过一个有点奇怪的活，据说是给有钱人的别墅改地下室。临走前，其中一个还神秘兮兮地给人说是个能赚不少的活，还包吃包住，但是雇主要求保密。接着，两人的电话就打不通了。他们的亲友当时以为是施工地可能比较偏僻吧？没当回事，一直到前些日子还是联系不上他俩，才寻思着出了什么问题选择了报案。而今天我们所看到的这条地道，似乎跟他俩接的活要做的事也有点像。至于这两个民工，会不会就是那辆车里的两具……”说到这，他停嘴了，似乎觉得自己这一系列分析，扯得有点神了。

李昊却并没有反驳他，他看了看身后邱凌待着的房间，又看了看这一会门敞开着的教授的房间，继续思考着。

“李大队，电话。”站在窗边打电话给小雪通知她们赶回医院的那名刑警转过身来，“她们有新情况要给你说。”

“哦?”李昊伸手接过了电话。接着，他那本就已经紧皱着的眉头，拧得更加紧了。他不时点头，并抬起手看了看表：“通知局里面天网系统那边的同事，现在就搜索并锁定那台车。不管会不会发生什么，都先给我盯着再说。”

说完这话，他放下了手机，朝着我们周围人看了一圈。

“又怎么了？发现了那两个跑了的家伙吗?”邵波沉不住气，径自问道。

李昊：“有一辆装了十八位精神病人的车，现在正从苏门市开往海阳市精神病院。”

“哦!”邵波点了点头，“看你刚才接电话那表情模样，我还以为是多大一回事呢?”

“问题是，这一车病人，是从苏门市转院过来的。”李昊又一次咬了咬嘴唇，这次，他终于把那一块翘起的嘴唇上的脱皮撕咬了下来，吐向旁边的垃圾桶，“他们，都是有过伤人记录的重度危险病患。”

“啊!”我也猛地想起好像确实听安院长说起过，之前关押过邱凌的海阳市精神病院新院区负一楼的那整一层病房，最初就是要用来关押全省的所有有着伤人前科的精神病病患的。而因为发生了邱凌那件事以后，将其他医院的危险病患转移过来的事才一拖再拖。在这之前，收治了大量这类病患的，正是苏门市精神病院。

“屠戮，发生在梯田人魔覆灭的凌晨……”我小声重复着这句话，脑海中乐瑾瑜那张曾经一度美好无比的容貌终于定格，并被换上了灰色的底板。瑾瑜，你在哪儿呢？你到底是想要做什么？这一切一切近似于疯狂的举动，是不是你真的参与在其中呢？抑或只是我们这群人自作聪明地放大着某些自以为是的怀疑而已呢？

“沈非，邱凌要你进去。”赵珂的声音在我身后响起。我转身，只见我的诊疗室的门已经打开了，黛西低着头朝会议室走去，头发挡住了她的脸。这样也好，我看不到她的表情，也不想看到。因为我害怕自己的情绪持续起伏动荡。

赵珂半个身子在房间里，我可以从半开的门缝看到房间里邱凌的背影。他好像很安静地坐着，但是我相信，他也只是看上去安静罢了。

他马上就要死了，十几个小时以后……

攻击行为

大量的证据证明：人类是最擅长进行相互攻击与暴力伤害的物种。在有史可记载的 5 600 年里，人类共进行了 14 600 次战争，平均每年 2.6 次。所有，有一群学者认为，攻击是人类获得生存的一种手段。我们利用相互攻击获得物品、土地和财富；保护自己的财产和家人；赢得声望、地位和权力。于是，又有一些学者认为如果不使用攻击，人类可能无法生存下去。无论过去还是现在，攻击行为都是无数社会与个人问题产生的根源。

攻击（aggression）——一个心理学概念，暴力犯罪的基本成分。我们通过研究攻击行为，来理解暴力与非暴力犯罪，以及那些可能不算犯罪的暴力行为。最终，我们发现，攻击是一种本能的、生物性的、习得的行为。动物的攻击受基因中的生物程序驱动，以此来保证物种的生存。而对于人类来说，由于具有非常复杂的大脑皮层结构，因此他们很大程度上依靠联想、信念和学习来获得生存，这些，也是行为的主要决定因素。但遗传程序又在很大程度上控制着人类行为，那么，人类又是否是因为他们的动物本能而表现出攻击和暴力行为呢？

为此，行为和社会科学家争论了半个多世纪——人，是生下来就具备攻击性，天性暴力？还是后天在社会中习得了攻击的模式和行为？而这个问题，也是围绕着邱凌这一个案，最为核心的一个问题——他那因为来自父辈的嗜血因子注定了他会成为杀人狂魔？还是后天那长期被压抑的工作生活注定了他最终的扭曲爆发……

这，是从我第一次见到他开始就想琢磨透的问题。到今时今日，依旧没有答案。

我将诊疗室的门带上，缓步走入。我脚步声很轻，但我知道，就算再如何轻盈，邱凌都是能听见的。

但，他却没有动弹。他低着头，将头放在被固定在台面上的两条胳膊中间。于是，再次坐到他面前的我第一视线看到的是他头顶的短短发茬。我轻轻咳了一下，示意我已经准备好了和他再次开始较量。但很意外，他没有像往日一样瞬间投入与我的对抗中。相反的，他深吸了一口气，那吸气声中，有黏液在鼻腔中被驱动着的声响。

我知道，他那一层坚硬的壳布满了裂缝，正在被击碎。很快，他会崩溃，一个真实的他，即将出现在我面前。想到这，我往后靠了靠。我以为我会高兴，但并没有……

这时，我发现，他的短短发茬有很多已经白了，和我一样。

我苦笑了："邱凌，我们的时间很宝贵。"

"我的终审已经下来了吧？"他没有抬头，"是明天执行？还是后天？"

我愣了一下，但我知道这一信息是不允许被提前透露给他知道的。于是，我连忙回答道："没这么快吧？我也不知道。"

"是真不知道还是不想让我知道？"他抬起头来了，面无表情，只是眼睛有点红，布满血丝的那种红。

我避开了他的目光，不想回答。

邱凌闷哼了一下："沈非，几年过去了。你，为什么还是以前那么一个废物模样呢？什么都不敢面对，什么也不敢承担。其实，从你们答应让黛西和我见面开始，我就猜到了自己的死期将近。但不管是明天还是后天，对于我，又有什么太大的区别呢？沈非，我怕死吗？我问过自己。"说到这，他苦笑了，缓缓地摇着头。

“你自以为不害怕死亡，其实不过是你自己欺骗自己罢了。又有谁，能够真正不惧怕生命的最终尽头来临呢？”我用自以为柔和的男中音说着，话语声很专业，也应该很悦耳。

“沈非，我懂的可能比你要多，甚至可能多很多。如果我真的对自己反复自我催眠，那我是能够分辨出来的。”邱凌继续缓缓地摇着头，语速也不再飞快，“其实，你们都不知道的一点是——我在很多很多年前，就对生命完全厌倦了。在我的世界里，每一个凌晨，都是一个新的炼狱的开始。”

“哦？”我再一次拿起茶几上的笔和纸，但并不是想记载什么，而是这样会让我觉得安心一点。

“你不会不知道超忆症吧？是的，我就是一个超忆症患者，一个最为典型也极其严重的超忆症患者。”邱凌说完这话，身体往后靠去。

我连忙看他，发现他也看着我。

“超忆症？”我耸了耸肩，“我知道这个病症，我有一个姓古的朋友，就有这种过目不忘的天赋，对所看过的书上的内容全部记得。不过，他好像也仅限于所看过的书吧？”我再次避开了他的目光，低头在笔记本上写上“超忆症”这三个字。

邱凌反驳：“超忆症不是一种天赋，或许在你们正常人看来，是一种令你们羡慕的天赋。但于我来说，是一种痛苦……”

我笑了笑：“邱凌，你也知道自己的时间不多了，还开这种玩笑有什么意义吗？你上下左右看看，这房间里布满着监控设备，你的每一句话，市局那些脾气暴躁的刑警们都能听到。他们希望你透露更多他们所期待的案情，而不是听你在这里瞎扯。”

“你不信任我？”邱凌冷冷说道。

“我凭什么信任你呢？”我也收住了笑，“一直以来，在你心里，我不都是一个能够被你左右玩耍的愚蠢家伙吗？并且，你这么个卑劣凶残的杀人狂魔，有资格得到别人的信任吗？”

“超忆症，无选择记忆的一个分支。临床表现为大脑拥有自动记忆系统。他们用来处理语言的左额叶和大脑后方用来储存图片记忆的后头区，被用来储存长期记忆。所以，这种无选择的将记忆永远保留下来的行为，不是病患自己想要的，而是在潜意识下发生的。也就是说，具有超忆症的人，没有遗忘能力。他们能把自己经历的事情，记得一清二楚，甚至具体到任何一个细节……”邱凌默念着。

我冷笑着打断了他的说教：“那么，我们罕见的超忆症患者邱凌先生，你又应该如何解释自己在第一次高考中失利的过去呢？”

邱凌并没有因为我的语调而激动，他继续平静地回答着：“我需要时间来整理自己记忆片区的东西，它们太过庞大，也太过复杂。况且，那时候的我，也并不知道这种病症的存在，只是觉得自己的记忆力比常人强而已。但这也并不代表当时的我对于所掌握的知识的理解能力与使用能力能够很好的结合。”

“所以呢？”我又一次打断了他，尽管我也知道这并不礼貌：“所以这与你并不惧怕死亡能够挂上钩吗？”

“沈非，你敢怀缅自己与文戈的种种过去吗？”他这样问道。

我语塞了，表情也僵住了。

“你不敢去怀缅，甚至你选择逃避。这样，你可以过得舒坦一点。而我……我无法逃避，也天生不具备遗忘这一天赋。于是，我的脑海中，每一天都在把自己的人生重新过一遍。或许，你的人生重新过一遍的话，其间让你欢喜与甜蜜的记忆，会更多一点。但是我呢？”邱凌顿了顿，似乎在等我将他的话语打断。

我并没有吭声，直视向他，于他的目光深处去挖掘他。

“你们正常人永远不会体会的，也永远不明白储存了巨大信息的脑子里究竟是如何思维的。之前有很多次，市局的刑警们都认定我还有同伙，要我解释为什么整个城市的监控摄像头都被我知晓，甚至有一些连他们都并不知道的角落商家自己装上去的，我都了如指掌。每每他们这样问起，我也每每回答——‘是我记得’。实际上，确实是我自己记得，没有任何帮凶给我记录画图。我走过的每一条大街小巷中的每一个画面，都在我脑海里清晰细致。那么，我又如何不能做到天衣无缝呢？”

“真天衣无缝，那你又是怎么落网的呢？”我小声说了句。

“我说我是故意的，你们会信吗？”邱凌苦笑着摇了摇头，“我也不想让你们相信这一点，因为我不想抹杀你同学李昊他们为维护这座城市安稳所作的努力。但实际上，到我最后那两次作案的时候，我已经不去考虑更多应如何防范了。因为，我所需要的罪恶已经足够令人们痛恨了，可以接受惩罚了。”

“好吧，我再给你捋一捋——你，邱凌先生，居然是一位超忆症患者。你无法忘记任何你所看到与经历的事情，所以，你非常痛苦，才选择作恶，等候法律的审判，让你生命结束。”我一口气说完这一段话，末了，将手里的笔套套上，往桌上一放，“邱凌，有点牵强。这一年的牢狱生活，令你编故事的能力退步了不少。”

“3 月 22 日晚上 7 点 13 分，你和文戈走进学校门口的悦来饺子馆吃晚饭。因为你们那天去得比较晚，所以文戈最喜欢吃的芹菜猪肉饺子已经卖完了。所以，你们俩点了素饺子。嗯，至于还点了其他什么我并不知道。因为那会的我进了对面的拉面馆，坐在靠窗的位置，和你们一起开始晚饭，也一起吃完。7 点 32 分，你和文戈走出了饺子馆。你在女生宿舍楼下，等文戈将那个小木箱拿下来。其间，你与路上的一个男同学打了个招呼，对方好像是叫你去打球，你拒绝了，说有约会。8 点整，文戈将木箱拿下来，里面已经放好了她要放的东西。你们开始往后山走，没走多久，你的鞋带就松了，于是，你弯下腰来绑鞋带。但文戈觉得你自己绑出来的鞋带难看，便蹲到你面前，给你将鞋带重新绑了一次。那会的你笑着，很幸福的样子。而实际上，弯下腰的文戈，正朝着你身后的暗处望。她知道我在，但不想让你知道我在而已……”

“停住！邱凌，你记得那一天发生的一切并不奇怪。因为那一天发生的事，对你来说，也同样是那么重要。”我说道。

“对你呢？对你难道就不是很重要的吗？”邱凌反问道，“那么，沈非，你又记得那天自己穿着什么衣裤吗？”

“灰色带帽子的卫衣，和浅蓝色的牛仔裤，深蓝色的帆布鞋。”我答道。

“是的，但有一点你可能会不记得了，那就是那天早上，你的灰色带帽子的卫衣，是晒在你们宿舍外面那三个衣架的中间一个衣架上的最左边。当时挨着你那件卫衣的，是你宿舍里另外一个同学的红色底裤。那条底裤应该是新的，有点掉色。所以，你的那件卫衣被沾上了一片并不显眼的红。”邱凌说道。

“啊！”我咬了咬牙，努力回忆他所说的这一切。模糊，但是又好像真有这么回事。

“而那天，文戈穿着的是她经常穿的那件白色翻领毛衣，浅灰色的短裙。”邱凌自言自语一般继续念叨着。

我有点欣喜了：“你说的是我们埋小木箱的那晚吗？很抱歉，你的记忆并没有你自己所说的那么神奇。当晚文戈穿的是和我一样的蓝色牛仔裤，以及红色的格子衬衣。”

“沈非……”邱凌打断了我，“很多时候，人们会把记忆中某一个场景中的某一个细节与记忆中另一个场景中的另一个细节弄乱。就拿你对于当时文戈的着装的记忆来说吧！我偷偷去过你家，只是你并不在家而已。我在你的相册里，看到了好多张文戈穿着红色格子衬衣的相片。于是，在你的记忆里，文戈穿着红色格子衬衣的画面，就成为了定格在你记忆中的她当日在学校里面的模样。但实际上并不是这样，那晚，她压根没穿什么蓝色牛仔裤，更别说格子衬衣了。”

“不可能！”我摇头了，我不相信自己会将那么重要的一晚的记忆弄乱，也不相信自己会将那一晚文戈所穿着的衣裤记错，“绝对不可能的，她那晚就是穿着蓝色牛仔裤和红色格子衬衣。”

“那么沈非，我想问问你。那晚，你和文戈所发生的第一次里，你有没有褪下她的长裤呢？或者，你只是掀高了她的裙子而已呢？”邱凌这样问道。

我愣了，半晌，我往后重重靠去。属于那个夜晚的记忆，因为年代的久远，诸多细节都已经模糊了。也就是说，我所以为的永世难忘，最终也在我记忆深处逐渐支离破碎。取而代之的，不过是我自己缝缝补补着，将各个细节往那一晚记忆中不断拼凑罢了。

是的，那晚我不过是掀起了她的裙子而已……

“沈非，你不用自责。很多东西你不记得了，并不奇怪。况且，你不是想要否定那一切吗？你本就不是一个真正强的强者，那么多那么多记忆，忘记了，对于你来说，何尝不是好事呢？只是……”邱凌顿了顿，“只是我就与你正好相反，我全部都记得，每一个细节都记得。甚至，当时自己心痛的那种感觉，也永远真切，永远切肤。一年又一年，一月又一月，一天又一天，我在反复又反复地煎熬，就好像但丁的《神曲》里那永远在地狱中受罪的人儿。那么，能够在这些记忆还没有多到令我真的疯掉之前，将我想要做的事情做了，似乎……似乎就是我所看重的重要吧？”

“你想做的就是被关进精神病院，找机会杀死尚武？”我有点无力于这一刻我应该扮演的角色，缓缓问道。

“嗯！顺道能够和你有那么一次交锋，便是完美。”邱凌笑了，“很荣幸，我也得到了我所想要的完美，还帮文戈给了你解脱。”

“解脱了吗？”我也淡淡笑了笑，“没有解脱，反而是从一个泥沼，走进了另外一个泥沼。”

邱凌歪头："你所说的另外一个泥沼，是乐瑾瑜吗？实际上，她是我的整个计划针对你的部分里面，出现的最大的变数。我从来不希望她会成为你的世界里的一部分，也万万没想到，她之所以能够重新走进你的世界，会是因为我。在她将我带出精神病院后，我其实有考虑过真的将她杀死，但最终，她对你的痴情，让我心软了。目前看来，我那一晚的心软是错误的。她是个恶魔，是一个真正的恶魔。而我，就是将这只恶魔放出盒子的潘多拉。"

"邱凌，你有资格说别人是恶魔吗?"我沉声道。

"和他们内心深处所蜷缩的东西比较起来，我可能还真的不能算恶魔。"邱凌说到这儿叹了口气，"沈非，弓形虫是可以改变一个人性格的。而苏勤与乐瑾瑜认为这始终是一个没有被论证过的假设而已。于是，他们想过要尝试。当时，他俩和我在语音聊天室里讨论过，并邀请我一起参加一个自私且疯狂的实验。而当时，文戈刚走，我没有心思搭理他们。最终，他们是否去做了，也没有对我说过。一直到后来，我再次和蒋泽汉打交道时我才可以肯定一点——他们当日确实做了弓形虫的实验。而且，实验成功了。因为……因为蒋泽汉的性格变了，不再是以前那个温文尔雅的他了。"

"你……你是说他俩将弓形虫植入了蒋泽汉的脑子里面?"我瞪大了眼睛，之前与苏门市那位自称是蒋泽汉妻子的女人的通话也在我脑子里再次浮现。

"是的，他们改变了蒋泽汉的性格，甚至令蒋泽汉离婚了。苏勤……"邱凌摇了摇头，"苏勤是一个奇怪的男人，他又怎么会让蒋泽汉这辈子离开自己的身边呢?"

"你的意思是苏勤和蒋泽汉……"我没有往后说了，感觉有点恶心了。

"应该是吧？我从不关心这些，也不想去说道。但是……但是……"邱凌说到这似乎有点犹豫，这变得并不像他了，"嗯，沈非，物以类聚，人以群分。是同一类人，始终会走到一起。反之，也始终不可能长久交往下去。而苏勤与我，以及乐瑾瑜，都挺巧的……”邱凌笑了笑，“我们三个人的脑 CT 显示，我们都是天生犯罪人。而蒋泽汉，他只是一个普通人而已，甚至，他还只是一个非常平庸的普通人而已。”

弓形虫寄生体

我看了一眼放在茶几上的我的手机，之前与那女人有过的对话中的诸多疑点，似乎一一被解开了：“所以，他们送了一只有着弓形虫寄生着的猫给蒋泽汉的妻子，然后，他们利用了蒋泽汉或者他妻子的某些不好的卫生习惯，成功地让弓形虫进入了他们夫妻的脑子里面。于是，蒋泽汉的性格变了，变得和你们这几个家伙一样具备攻击性倾向了。我这样推测，对吗?”

邱凌点头：“苏勤他们可能不只是利用蒋泽汉夫妻的什么卫生习惯，在他们觉得有必要的时候，会很乐意亲手帮忙的。不过，他们只是想要让蒋泽汉的脑子里蜷缩上那么一团恶心的细长虫子罢了。而他的妻子，并不是在计划以内。”说到这，他顿了顿，似乎是想到了什么，“或许，当真正实施起来，他妻子也成为了实验的目标吧？谁知道呢？苏勤那家伙的很多所为，都是随机的。”

“他妻子并没有像蒋泽汉那样只是性格变了而已。”我小声说道，但马上意识到这对于邱凌来说，又怎么会关心呢？所以，我连忙转回正题：“邱凌，你刚才说苏勤的很多所为，都是随机的。这话是什么意思?”

“他是一个很古怪的人，没有人能够琢磨明白他。在他的世界里，只有极个别几个人才能叫作人类。除了这几个人以外，其他的都应该理解成为可以随时用来进行实验的试验品而已。所以，他很苦恼。他觉得自己来到这个世界的时候太晚了，这个世界已经被愚蠢的家伙制定出了各种愚蠢的规则。他受过很好的教育，自然也明白要推倒这些规则基本上是不太可能的了。于是，他想要用自己的方式来诠释是非对错。在他看来，乌列的火焰是需要再次被燃烧起来的，处在地狱中罪孽深重的人，就应该被焚烧成为粉末。”邱凌说完这段话，闭上了眼睛。我心里来回咀嚼着他对于苏勤的评价，并寻思着接下来应该如何引导。这时，邱凌却又睁开了眼睛：“沈非，独眼屠夫张金伟的死，苏勤这种人是有着行凶动机的，尽管他压根不在这座城市，但不代表这座城市里没有另一个苏勤。之前刑警队的人在来的车上给我说这个案件的时候，我脑子里第一时间就跳出过并不属于海阳市的苏勤和蒋泽汉。假如我没记错的话，他俩也应该出狱了。去年跟着你上邮轮以前，我尝试过联系他俩。而收获到的却是他俩终于疯狂，想要去结果有着人命债的精神病人，最终被关进监狱的消息。当然，这也只是我随口说道一下而已。”他耸了耸肩：“毕竟张金伟那种家伙，又有谁会想要去结果他的性命呢？除了苏勤和蒋泽汉那种疯子……”

“他们来到了海阳市。”我小声说道。

“啊？”邱凌身子离开了椅背，朝前倾，“你是说苏勤和蒋泽汉来到了海阳市？”

“是的。在几个小时以前，他们甚至还进入了我的这家诊所，在对面诊疗室里和陈蓦然教授聊天。而现在……现在他们不见了，他们通过地板下面的一个长长的地道去到了他们想要去的地方。”我老实回答道。

邱凌追问道：“教授呢？教授应该没事吧？他们再如何疯狂，应该也不会对老教授做些什么才对。”

我点头：“教授只是被催眠了而已。或许，在他们的计划里，这么一个有着暴雨将至的下午，他俩走进我的诊疗室里，与久未谋面的老师聊上整晚，外人不会怀疑什么。因为暴雨，他们也有着不离开的理由。”

邱凌的鼻孔微微抽动了一下，这一细微动作是我之前就专门留意过的。但在今时今日，似乎不能理解成为他想要耍名堂的前奏，而是他在集中精力投入思考。果然，他的眉头微微皱起了："只是他们没有料到的是，他们刻意将海阳市刑警的注意力转移到我的身上后，我提出的要求居然是要走进你的观察者心理诊所。又或者，这也是他们想要的，只有这样，他们的不在场证据，会有更加强有力的证人们存在。那样，就算他们在今晚的疯狂行动中落下了线索，也不会有人觉得他们具备着分身的手段。"

我的手抖动了起来。我明白，这是自己无法完全集中精神而导致的。这一年多我所吞下的大量药物，令我无法拥有当日的清晰思路。于是，我将手往后收了收，压到了自己的腿下面。这样，邱凌就看不到我的失态。

"如果照你这么说，他俩也太过疯狂了吧？疯狂到像是飞蛾扑火一般——看似天衣无缝，实际上完全就是引火自焚。"我反驳道，"教授地上那么大一个窟窿，他们难道就觉得不会被人发现的吗？"

"沈非，你不要忘了他俩可能还有着一个叫作乐瑾瑜的帮凶。"邱凌提醒着我，"难道一直以来，你又猜得透乐瑾瑜吗？如我、如她这种人的逻辑与思维方式，难道你又能够洞悉个透彻吗？乐瑾瑜对你是如何的心思，难道你现在又能够揣摩得到吗？她还是爱着你吗？抑或是想要毁掉你呢？不得而知了。甚至，她给苏勤他们出这么个点子，最终，有着另外一层深意，你又能够估得透吗？"

我后背有了点湿润，扭头看了一眼身后那小小的监控探头。邱凌继续着："似乎清晰了起来——乐瑾瑜在监狱里与出狱不久的苏勤、蒋泽汉联系上了。都已经褪去了正常学者外衣的他们，觉得在他们看来虽然不堪但是始终有序的世界崩塌了。于是，他们有了新的大胆的计划，具体是什么计划，或许与我有关，又或许只是拿我当个幌子而已吧？紧接着，乐瑾瑜获释了，张金伟被劫走了。今晨，张金伟的尸体向警方透露了一个信息，有犯罪分子想要在我被执行之前好好地闹上一场。警方自然高度紧张起来，要知道我这种恶性案件再出个什么马虎，媒体与市民们会怎么想呢？于是，警方的注意力又到了我的身上，又有谁会去管两个奇怪的家伙，在海阳市里与老教授的聚会呢？沈非，今晚应该是有事要发生，而且……而且他们的目标应该是本就有着罪孽的人。乌列，是用火焰惩罚地狱中罪孽深重者的天使。而苏勤他们，就认为自己是乌列，想要用他们的方式去审判，去惩罚罪人。”

我咬了咬牙，觉得也有必要让他知道事情的最新进展了：“有一辆来自苏门市精神病院的大巴车，里面坐着 18 个有伤人前科的精神病人。今晚，他们将被带进海阳市精神病院，关进当日关押你的那一层病房。”

“18 个?”邱凌笑了，那如同鹰隼的目光终于回到了他的脸上，但这一次，令他激动兴奋的对手应该不再是我了，“18 个有着伤人前科的精神病人，18 个可能具备着天生犯罪人脑子的优质研究个体。嗯，难怪他们会要铤而走险，这，确实是让人激动的一次绝好机会啊?”

“为什么？为什么这是对他们来说的绝好机会呢?”我有点迷糊了。

邱凌看了我一眼：“沈非，你与我之间，专业方面最大的差别在哪里你知道吗?”

我犹豫了一下，想起以前他自己也提到过的：“嗯，我毕业后一直临床，而你，毕业后压根就没有机会接触到心理疾病患者。”

“是的，我缺的是实践，这就是我在你面前始终自卑的缘由。”邱凌点了点头，“在我这么一个偏执的家伙看来，这一点缺陷是多么让人郁闷的呢？并为之始终耿耿于怀，也始终念念不忘。”

我却还是不明白：“但是，乐瑾瑜、苏勤以及蒋泽汉他们和你不一样，他们并不缺少临床的病人啊？甚至，他们的临床机会比我要多很多，所接触到的心理疾病与精神疾病也要比我的典型很多。”

“也就是临床越多，他们所积累的疑问也越多。现今的治疗方法，他们又有哪一种是掌握不到的呢？就算无法全部学会，但理论是绝对足够的。那么，他们想要释疑，最好的方法，是否是对各种病患脑子的研究呢?”邱凌如是说道。

“他们可以用机器去扫描，做成CT图啊！”说这话时候的我声音并不大，因为乐瑾瑜所收藏的那几个用药水泡着的人脑画面，在我脑海中浮现。

邱凌摇头：“无法满足的，偏执型的人，钻进牛角尖以后，是无所不用其极的。尤其是他们三个这种本身就奇葩的家伙。以前他们之所以不会如此悖逆于社会，是因为他们还认可自己是社会人，下意识地遵守着法律与道德所画下的圈圈。而现在，他们三个今时今日都是什么身份了呢？都是有过案底的刑满释放人员。那么，你觉得在他们的世界里，又有什么是不可逾越的底线呢？况且最终还可能收获到他们自以为能够为人类进步做出巨大贡献的伟大发现。”

第九章

18 个精神病人

偏执型人格

我们经常把那些喜欢钻牛角尖的人归类于偏执，其实对于“偏执”这个词，覆盖的并不只是如此。

偏执型人格，是一种比较普遍的精神疾病，他们的特征主要被归纳为以下7个方面：一、广泛猜疑，经常将别人无意的，非恶意甚至友好地行为误解成为敌意或者歧视。他们时常会觉得自己是被人利用，进而要对自己进行伤害。因此，由这一人格而产生的妄想症比较多。二、将身边很多事理解成为各种阴谋。三、有着近乎于病态的嫉妒。四、自负自大，所有的挫败都不是因为自己，而是归咎他人。五、不懂得宽容与谅解，嫉恨别人。六、脱离实际地争辩与敌对，固执地追求个人不够合理的权益。七、忽视或不相信与患者不相符合的客观证据，因此很难以说理或事实来改变患者的想法。

以上7个特征，具备3种以上，基本上就可以被诊断为偏执型人格障碍。于是，对照这7个特点，人们会发现，偏执——与每一个人都走得很近。或者在某一个时期，或者在某一个地方，每一个人都或多或少被偏执型人格左右过。而偏执最为可怕的一个方面，就在于，具有偏执型人格的人喜欢走极端。这与他们头脑里的非理性观念相关联。

这些理论知识，类似于乐瑾瑜、苏勤、蒋泽汉不可能不知晓。但他们的非理性观念早已蒙蔽了他们的眼睛。邱凌说得也很对，有些界限，一旦跨越，就可能会是极致，尤其是本就研究着极致人心的这么几个人。

我闭上了眼睛，深呼气，吸气，努力让自己加速跳动的心脏能够放缓一些，抖动的手能够稳定一些。几秒钟后，我睁开眼：“邱凌，介意我问问李昊他们现在查到了一些什么吗？”

“不介意。”邱凌答道，“甚至，这新的挑战，令我有了一些些兴奋。

我想，这能够让我在这个世界上最后一点点时间里，收获到我想要的刺激。”

“嗯!”我刚拿起茶几上那个耳机，但我放在旁边的手机却震动了起来，自然是李昊这个急性子在听到我与邱凌的对话后，直接打了过来。

“邱凌分析的是对是错，我们理解不到这么深刻。但苏勤与蒋泽汉的目标是那一辆装满了病人的汽车，这点已经可以确定下来了。因为……”语速很快的李昊在话筒那头说到这时顿了顿，“沈非，你按下免提吧，我想听听邱凌会怎么说。”

我照做了，于是，李昊的声音在我的诊疗室里回荡开来：“那辆大巴车已经被我们在监控视频中找到了。就在大概20分钟前，汽车刚下高速后，就被一辆黑色的商务车拦住了。商务车后排座下来的人似乎与大巴车里的司机认识，他们寒暄了几句，下车来的家伙，便登上了那辆大巴车。”

说到这里时，话筒里隐隐约约有人在对李昊提醒什么。李昊“嗯”了一声：“没错，还有个细节。那就是登上大巴车的人，从商务车的后车厢里，搬了一箱好像是饮料或者矿泉水的箱子到大巴车上。接着，商务车开动了，大巴车尾随着商务车，消失在监控画面里。”

“能看到登上大巴车的那个人的模样吗?”我冲着话筒问道。

“看不到，因为高速路口那边，雨已经下了起来了。如果没有这场雨，有路灯的辅助，我们应该可以截取出清晰的嫌犯照片的。可惜的是……”李昊说到这又停了一下，似乎又和旁边的人说了句什么，但我们无法听到，可能是他用手盖在了话筒上。

“图片发过来了，应该是个男性，还穿了雨衣。看来，是有备而来，一早就在这等这辆大巴车的。”李昊再次说道。

“苏勤和蒋泽汉之前都在苏门市精神病院工作过，认识开车的司机并不奇怪。”邱凌身子朝前探出，大声说道。

“邱凌，我能进来吗?”李昊的声音在话筒那头响起。

邱凌却愣了一下，接着他居然露出一个匪夷所思的笑容来，“进来吧！”

李昊挂线了，邱凌朝我望过来，那奇怪的笑容依旧挂在脸上。而之所以让我觉得奇怪，是因为在这一刻他的笑容里，我捕捉到的邱凌像是一个很普通的人，甚至捕捉到了友善。

邱凌继续那样笑着，摇了摇头：“其实，和你们合作也有点意思来着。”

话音刚落，门就被急性子的李昊打开了。他大步迈进，声音依旧洪亮：“邱凌，我已经满足了你的所有要求，那现在你是不是应该好好配合一下我们呢？”

我又看了一眼邱凌的微笑，连忙对李昊说道：“实际上，他现在已经在配合我们了，不是吗？”

李昊愣了一下，紧接着点头：“还算是吧？”说完这话，他跨步走到邱凌面前，“再次锁定那辆大巴车，只是时间问题了。而一切是不是照着你推测的正在发生，也马上有结果了。邱凌，如果确实是他们，那他们的目的是什么？你能直白一点说给我听听嘛？毕竟，我们不是如你们一般的心理学专家，需要的只是简单的动机来对他们的行为进行解释。”

邱凌继续笑着，但这一刻他的笑容，又有了一丝丝之前的味道，透着狡黠。

“李大队，他们不过是想把那十几个家伙全部杀死，然后将他们的脑子一一摘出来罢了。我这么说，应该已经很简单直接了吧？况且我相信，在某一个远离市区的偏僻角落里，应该有着一个不小的地下室。那地下室里，已经摆满了盛满福尔马林的玻璃容器。那些精神病患的脑部组织的切片，会被苏勤他们这几个疯狂的家伙研究得非常仔细。若干本厚厚的笔记本，会被他们写得满满的。最终，他们的疯狂行为，势必还是以悲剧收场。他们自己肯定也明白，刑警终有一天会找到他们，将他们绳之以法。

但在那一天到来之前，他们的所有研究，都能够成为现代医学里闪亮的宝贵财富。”

“嗯，我明白了！”李昊点了点头，“他们想绑架、非法拘禁、蓄意谋杀。”

说完这话，他白了我和邱凌一眼：“和你们说话其实挺费劲的。”

关于医学研究

一个正常人的肝脏，被切除到剩余多少人才会死亡？这看似是一个有点荒谬的问题，但这个问题，就曾经被一个隶属于军方的医学研究机构专门拿来作为课题，进行过活人实验。而这个军事医学机构，便是臭名昭著的731部队。

731部队是第二次世界大战期间，侵华日军从事生物战、细菌战研究和人体试验相关研究的秘密军事医疗部队。该部队里聚集了研究工作人员2 000余人，被用于试验而被害者数千人。

日本作家森村诚一的《魔鬼的乐园》一书里，对于731部队当时所做的一些令人毛骨悚然的实验，都有详细记载，字里行间，无不令人发指，在此也就不一一描述。但是该部队所积累的一些研究结果，却又是令人叹为观止的。

根据生物学家的报告，成年人体内的水分约占人体重的60%～70%。而这一结果并不能令731部队里面那些近似于疯狂的研究人员满足，或者说，他们也认可，但是他们希望用他们的方法求证。于是，若干个健康的男性、女性的身体各项指标数据被采集后，他们被带入密闭的实验室。然后，高热风对着这些实验室里持续吹，将本健康的试验品活活烤死，得到纯粹的干尸，进而称重，得出水分占人体重量78%的数据。

类似以上案例的资料，在731部队里大量积累。这些完全不人道的行为所收集到的沾满了血的信息，又怎么可能是我们世人能够接受的呢？但真实的历史是这样的——1945 年秋，盟军最高统帅部第二参谋部部长威洛比少将和桑德斯带回了麦克阿瑟的许诺——对 731 部队的官兵不作为战犯追究。这一许诺需要换回的，是 731 部队将他们的研究结果交给美国，因为任何一个文明国家，也不可能进行这种类型的人体试验，自然也不可能收获到 731 部队所收获到的那些疯狂的医学数据。最终，石井四郎等 731 部队的军官，顺利地逃过了审判。

战后，许多前 731 部队的成员，都加入了日本的医疗组织。他们那沾满了血腥味的手臂上，再次套上了红色十字架这一神圣的标示。Dr.KatanoMasaji 还领导了日本最大的制药公司绿十字。还有一些人进入医学院校继续进行医疗研究，甚至还有为日本厚生省工作的。

如果只是单纯的衡量他们的这些研究结果，而不去深究这些研究结果采集过程中的骇人听闻的事情的话，那么，他们对医学、对人类文明所起到的作用，又应该如何定义呢？况且，这些作恶多端的曾经隶属于 731 部队，战后却又服务于医疗行业的医生们，他们的这一辈子，又究竟应该如何定义呢？

乐瑾瑜那张一度无邪的俏脸又一次在我脑海中浮现。不知道为何，我总是记不清她变成满头白发后的模样。或许，我的意识深处无法忘怀的那个她，本就只是那个看起来清纯的她吧？但是，就算是那个穿着素色长裙的她，骨子里又究竟是一个如何思想的人儿呢？

我在继续深深吸气，空气中那薰衣草精油的香味依旧缓缓流淌着，也继续发挥着它的作用——净化、安抚心灵。不自觉间，我发现自己每每深深吸气时候，嗅觉其实似乎是在希望捕捉到什么——或许，是想要捕捉到关于乐瑾瑜的气味吧？

瑾瑜，我究竟应该如何定义你呢？弗洛伊德也一度是一位临床的精神科医生，况且，他有过诸多解剖的经验。那么，你呢？你收获到了那么多你想要研究的脑子，难道还不满足吗？莫非，莫非那些脑子在你看来……

“好想打开他的头盖骨，看看他脑子里是什么模样”——乐瑾瑜曾经说过的这句话从我记忆深处蹦了上来。我扭头，望向正看着李昊的邱凌。紧接着，一个可怕的假设在我脑子里出现——乐瑾瑜最想得到的研究物，就是邱凌的脑子才对。

这时，那扇被李昊打开却没有关上的大门处，赵珂的身影出现了。她先是轻咳了一下，似乎是想要李昊走到门口说话。但李昊却没动弹，反倒是又看了邱凌一眼，然后大声说道：“有什么新的发现直接说吧！”

“哦！”赵珂点头，“李昊，那两辆车已经找到了，不过已经不是一前一后了。黑色的商务车被停放在盘山高架桥下不显眼的地方，而那辆大巴车，正朝着观音山方向开去。”

“观音山？好家伙，还真是有点偏。”李昊嘀咕了一句。

邱凌：“观音山里有一块地，20世纪90年代是完达方地产公司买去，用来建别墅区的。后来完达方地产公司的董事长因为卷入一个案子跳楼了，那片只开工折腾了几下的别墅区就成了烂尾楼。也因为地方偏，涉及的案子比较复杂，那片地从此就没人去动了。我想，他们的目的地应该就是在那片烂尾别墅区里的某一个盖了一半的房子里吧？”

赵珂再次轻咳了一下：“李昊，天网那边的同事们还发来了一张从监控录像中截取的图片，拍到了现在开那辆大巴车的司机的脸部特写。我们和调取出来的苏勤以及蒋泽汉的相片进行了核对，应该就是那个叫蒋泽汉的男人。”说到这，她朝前迈步，手里是一张A4纸，“沈非，你给瞅瞅，看是不是你上午所见过的蒋泽汉。”

我点头，站起，伸手接过了那张并不是很清晰的打印出来的彩色图片。尽管有点模糊，但角度比较正，所以还是一眼就能够分辨出是蒋泽汉。而他的身旁，有着一个对着车厢里站立着的女性身影，这女性留着短发……

银色的短发……

我刚站起的身体往后软软地瘫了下去。

我站到了有着海风拂面的高架桥上，空气中似乎有着钢筋的味道。几十米下是有着波浪拍打的沙滩，理应闻到的海水味儿却不在，让我有点迷惘。

“沈非，你为什么要死死跟着我的脚步呢？”站在我前方铁轨上的，是长发披肩的一个背影，她的长裙，是我的魂牵梦系。而她的曼妙身影，是我以为会守候到的天长地久。

“我没有。”我冲她摇着头，“我只是想要用自己的方式，来接受你的离开这一事实罢了。”

“是吗？那么，你接受了这一事实吗？”眼前的女人依旧没有回头，她的话语声曾经就是我认为的世界上最动听的旋律，可惜的是，刹那花开后，已成回响。

我的泪眼开始婆娑，想要抬起手臂却又像是被人捆绑，无法放肆：“我接受了，但是接受得很辛苦罢了。”

“哦！”她的长发被风吹得扬起，掠到了我的脸上，感觉无比真实，“那你觉得，你无法释怀的这种真实，别人就看不到吗？”

说到这，她开始转身了。但转身的同时，她那三千发丝，却在丝丝缕缕地泛白、泛白。最终，变成满头银丝的她扭过了身来了。海风继续，那银色发丝扬起，却不是文戈的脸了，而是乐瑾瑜。

“你在意过我吗？沈非，还是你只是可怜我呢？”她这么说道。

“我在意你。”我喃喃应道，“瑾瑜，我真的在意着你。”

“是吗？”她笑了，但因为银发的缘故，她那在我记忆中定格的清纯不再，却换上了一种让人觉得异常诡异的妩媚。她抬起手臂，手掌似乎触碰到了我的脸上，并来回摩挲着，眼神中有着忧郁……带着妩媚的忧郁。

“我相信你在意我，但我也相信这份在意，更多的是来自对我的怜悯而已。沈非，你不欠我的，我也没有想过要你还。那么，你为什么要死死跟着我的脚步呢？”她边说边往后退着、退着，那笑意却又布满苦涩，“与其，让我在你的弱水三千中沉没，为何就不能当我从未来过呢？况且，我在你的世界里，本就只是擦肩而过罢了，不是吗？”

“不是的。”我想要朝前追，但我的身体依旧僵硬。我想抬手，紧握她的手臂，但如同有绳索束缚，我无法动弹。

“沈非，你不欠我的。”她往后退着，在她身后，有了耀眼的白色光芒照来。

“我也不要你还……”她的声音终于被火车的汽笛声盖住了，她的身影分裂开来，无数无数片……

漫天花瓣朝我扑面而来，在她们最美好的时光里，就这般支离破碎。

我泪眼婆娑……

花开，是无声的。

花落，也是无声的。

抓捕开始

“沈非，你没事吧？”李昊的声音在我耳边响起。

我仿佛瞬间从那幻境中穿梭回来，发现身体依旧在这熟悉的诊所里面。前方的邱凌歪着头看着我，那眸子深邃，好像他在之前分秒之间进入了我的意识深处，看到了我思想深处出来的那一幕。

“没什么。”我摇了摇头，将那张彩色图片放到面前的茶几上，“那么，你们接下来是不是就要赶过去抓捕他们呢？”

李昊点头，继而望向赵珂：“有人质，通知了特警队的同事吗？”

赵珂：“大刘已经在打电话过去了。”

“嗯！我给汪局再通个电话。”说完这话，李昊朝外面走去。

“看来，嗯！沈非，可能，我要回去了。”邱凌冲我笑了，“我的作用似乎也结束了，接下来的时间里，我会将这一生的每一个瞬间都好好地捋一捋，快乐的与不快乐的，都拿出来咀嚼一下。”

我不想搭理他，因为我的眼光再一次望向了面前茶几上那张图片。

“乐瑾瑜并不适合你。她的童年经历太灰暗了，之后被强行灌入的人生观又太过阳光。于是，巨大的落差令她分裂成两个不同的她。一面天使；一面恶魔。沈非，就算你收获到了她天使一面的眷念，但你又能够保证她潜意识深处那恶的一面，不会滋长起来吗？”邱凌如此说着，语调平和。

“你不能用你自己的沉沦来认定别人就无法控制内心中的思想。”我也如此说着，语调平和，但无为。因为我自己也知道这话多么的没有事实根据支持着。

邱凌身体再次往后靠去，笑着，不再说话了。

我知道，他看我，如同看一个笑话。

很快，李昊就折返回来了。他冲还站在门口的赵珂大声说道：“我们市局刑警队的人现在出发往观音山那边赶，武警送邱凌回看守所就可以了。”

“可是……”我打断了李昊的话，“可是我觉得今晚的主角还是邱凌。”

“喔？”李昊和赵珂差不多同时扭头朝我望了过来，而邱凌自己也愣了一下，瞪眼看我。

“乐瑾瑜被捕前是想要做什么？”我又望向图片上那银色发丝的背影，小声说道。

“她要弄死邱凌。”李昊答道。

“那么，她的目的达到了没有呢？”我又问道。

李昊似乎有点生气：“沈非，你这样说就有点钻牛角尖了。我知道在你们看来，我们的司法制度有着诸多问题存在。但你也不能因此否认监狱能够让绝大多数人从此洗心革面啊？况且，像乐瑾瑜这种女人，当日的犯罪本就只是一时冲动罢了。难不成，一年的牢狱都无法磨灭掉她当时冲动后的愚蠢想法吗？”

“那不是她的一时冲动，而是她潜意识深处从未泯灭的念念不忘。”我没抬头，依旧小声着。

“沈非，你有点偏激了。”李昊摇了摇头，就要朝外走。

“李大队，你不是喜欢听人分析吗？能让我也说几句吗？”邱凌大声说道。

李昊驻足了，但他似乎并没有准备转身。他抬起手，看了一下表。

“邱凌，看在今晚后你我可能不会再见的份上，我再给你2分钟。”李昊说道。

“嗯！”邱凌点头，“苏勤、蒋泽汉、乐瑾瑜三个人，对海阳市精神病院都非常熟悉。但真正能够熟悉到各个程序都了如指掌的，似乎就只有乐瑾瑜了吧？在她没有被释放的日子里，有着苏勤与蒋泽汉的海阳市风平浪静。几天前，她出狱了，张金伟就死了。那么，是不是可以理解成为，张金伟被杀案，完完全全是乐瑾瑜一手策划导演的呢？”邱凌说这些话的时候，并没有扭头去望身后的李昊，而是直直地望向我。

“嗯！”李昊应了，但抬起的手依旧，他还在看着时间的嘀嗒而逝。

“紧接着，她们用张金伟被杀案来作为对警方的宣战，并将我给牵连上。她们的目的会是什么呢？”邱凌顿了顿。他似乎并不着急李昊给出的时限，语速并不快，但逻辑清晰，“两种可能吧。第一种，就是想将你们的注意力转移到我身上，因为目前看来，明天可能就是我被行刑的日子。一个如我般罪恶滔天的家伙接受惩罚的结局，不能有任何闪失。毕竟……”他冷笑了一下，“毕竟在我身上出现的闪失也够多了。所以，我充当着吸引注意力的作用。”

“我们也是这么认为的。”李昊应着，手臂还是没有放下。

邱凌：“至于第二种，便需要和之前我说的乐瑾瑜很可能是张金伟凶案的策划者联系上了。苏勤、蒋泽汉都不蠢，智商比绝大多数人都高。但他们比较起乐瑾瑜来，还缺少了一个很重要的东西——那就是对我的了解，对沈非的了解。甚至，还有对你李昊的了解，对海阳市的了解。于是，在别人都觉得刑警们会走入看守所突击审讯我时，她却完全可以猜到，我不会放过这个好机会，一定会提出要求走进沈非的诊所，和沈非再来上一次对决。因为……因为……”邱凌闭上了眼睛，沉默了几秒。

他再次睁开眼，淡淡笑笑：“因为她知道我这么多年都耿耿于怀的是什么——沈非生活中的一切一切，包括有着的这么一家心理咨询诊所。所以，今晚我会走进这里，也是乐瑾瑜预期计划中的一个环节。”

“目的呢？”李昊终于放下了手，转身朝我们这边走了过来，“目的就是要让苏勤和蒋泽汉的不在场，因为有着我们警方人员在旁，而更有说服力吗？”

邱凌摇头：“为什么李大队不能将之理解成为——她是为了让苏勤和蒋泽汉的逃离，能够顺利地被警方及时发现呢？”

“继续。”李昊站到了邱凌面前。

邱凌却并没有看李昊，而是继续直直地望着我。尽管我面无表情，心神却因为他提起乐瑾瑜而开始跟随他的话语游走了。他继续道：“刚才沈非说的是很有可能的。乐瑾瑜一念之差，她的世界翻天覆地。甚至，我们可以说，就是在她将我带出精神病院的那么一个晚上，她就已经从之前那洁白美丽的天使，变化成为了有着獠牙的恶魔。原因呢？如果要追溯一个原因呢？只会是我。”

“是的，是我引导着沈非说出了让乐瑾瑜彻底崩溃的话语，又因为想要打开我的脑子，她将我带出了精神病院，从此没有了回头路。接着，她细数着与你沈非的一幕一幕，一夜白头。但令她再次伤身伤神拾起过往痛苦一切记忆的，又是因为我的突兀出现。最终，在我们所有人看来她那一系列犯错，落幕于她被判处徒刑之后。但，以我对她的了解，那又怎么可能是句点呢？反倒应该是她那本深锁着的怨念吞噬她整个世界的一个开端罢了。所有所有的果，每一个指向的因，都是我。那么，李大队，你觉得她会就这么让我轻而易举地被押赴刑场执行枪决吗？抑或，她是不是会认为自己已经毁了我，能够将我手刃，并端起我那一捧有着温度并微微颤动着的脑子，才是她此生真正的圆满呢？”

他深吸了一口气，望向我的眼神似乎想要穿越我的躯壳，进而掐住我的灵魂：“沈非，你所无法放下的乐瑾瑜，早就死了。从她走出海阳市精神病院的那一个夜晚就已经没有了呼吸，从她那满头青丝变成白发的分秒间，就已经灰飞烟灭了。”

“不是这样的。”我摇着头，“并不是这样的……”我想要反驳，却又不知道如何开口。

李昊重重地咳了一下，用来打断我与邱凌又开始走入的关于爱恨的议题：“那么，邱凌，接下来，你觉得乐瑾瑜是想要做些什么呢？”

“哦！我得想想。”邱凌抬起头，看了李昊一眼，“或许，乐瑾瑜现在就是等着警察们将她们团团围住，并大声地喊上几句‘赶紧投降’之类的话语。然后，她眨了眨她那双大大的眼睛，提出几个小小的要求。不给她满足的话，就要玉石俱焚……嗯！应该是这样，电视里不都是这样演的吗？可惜的是，苏勤和蒋泽汉并没有如此周密的计划。这一刻的他俩，很可能还为满载而归的战利品而激动不已，手心里布满了汗水，得意得不行。”

“她会有什么样的要求呢？”李昊问这话的时候扭头看了我一眼，似乎想听听我的意见。

我没有吱声，体验着情绪的跌宕最终被麻木取代的整个过程。但我的视线却从桌面的彩色图片上离开，和邱凌一样，开始直直地望向面前的对方来。他却似乎并不在意，仿佛我的注视在他看来是多么平常与自然一般。

“李大队，我不是警察，怎么可能继续这么自作聪明呢？况且，如果我和沈医生一样，说乐瑾瑜的目的可能真的是我，那在你们看来，岂不是又应该理解成为狡猾的狐狸再一次开始耍花样了呢？”邱凌如此回答道。

“沈非……”李昊终于转过了身来。

我“嗯”了一声，接着站起了。我迈步走向精油台前，手指在那一排小小的瓶子上游走着：“李昊，乐瑾瑜确实有很大可能会提出和邱凌有关的要求。但事已至此，你们能否满足她的要求，又似乎是另外一码事吧？”

我的手在精油瓶上继续游走着，因为我太久没有回来，每一个瓶子上都或多或少有了一二积尘。

“况且，我们目前所臆想出的警事，又是否真的会发展到如你们所愿呢？只是胡乱推测而已，不是吗？”我说着说着，手指游走，最终落在了木架上的某一瓶精油上，“看起来，都是很波澜壮阔的剧情。但她的目的是不是邱凌？与我，又还有着什么样的干系呢？无论是与不是，她的落幕已成定局，后半生在囚牢中度过，抑或是被处以极刑。而你——邱凌，就算出更大的状况，也不可能改变你在明天早上要被枪决的结局。”

我拿起了那一个瓶子，拧开了瓶盖，放到了鼻子下。纯的精油有点刺鼻，让我有点不适。但……但那依兰花的味儿，又何尝不是这两年里我魂牵梦系，渴望再次捕捉到的呢？

“每个人，都以自己独有的方式宣告自己的落幕。每个人，也都不可能真的让自己充斥在另一个人整个人生中。我承认我遗忘文戈的时间很久很久，也很辛苦。但终究是要忘记的。那么，到那么一天，我也一样会忘记乐瑾瑜，也一样会忘记你邱凌。不是吗？”

我转过了身来：“与我无关，那我是不是可以在这里就宣布自己很累，不陪你们继续了呢？”

李昊便开始翻白眼，嘀咕了一句：“还以为你要说啥呢？耽误事。”说完就要朝外面走。

“没错。”邱凌笑了，“沈非，其实一切的执念，就是因为放不下。而实际上，你只要选择放下，就从此可以舒坦了。文戈在那厢期盼着的，本就是你能够再次站起才对。再说，乐瑾瑜真不是你能够挽救得了的。她有她自己的一花一世界，你又何必死死追着她的脚步呢？”

“李昊！”我没应邱凌的话，反倒是喊住了正要往外走的李昊。接着，我对他笑了：“我刚才说的那些，是否就是一种很典型的消极心态的人，在今时今日会要作出的选择呢？只是，生命中的坎，始终是要跨过去的，而不是可以绕过去的。那么……”我耸了耸肩，就好像当日那个自信满满的自己一般，“安排个车，让我和邱凌一起过去观音山那边。如果一会真的会出现对方挟持人质与警方对峙的情况的话，那么，我和邱凌就是最好的谈判专家。”

李昊径自白了我一眼：“你还真把自己当多大回事了不成？我们是警队……”说完这话，他也没有直接应承啥了，似乎在犹豫，毕竟将一名即将被处以极刑的犯人逮着到处乱跑，本就不是很合规矩。也就是在这时，他的手机响了。于是，他低头看了一下来电号码，眉头皱了一下。

“喂！”他不是很耐烦，并且只是在话筒另外一头的人说了一两句话的时间内，就急急忙忙补了一句，“之后有空再说吧，这一会忙。”

说完，他挂了电话。站他旁边的赵珂似乎也并不在意李昊接的是谁打来的电话，她往前走了一步：“李昊，我觉得带沈非和邱凌一起过去还是有用的。我们今天的警力充实，让那四个武警专门守着邱凌就是了。”

李昊扭头看了看邱凌，又看了看我。他正要说话时，房间里再次响起了手机震动的声音。扭头一看，是我放在茶几上的手机响了。

我将手里这瓶依兰花精油的瓶盖拧上，放到了自己的口袋里，又朝前走出两步，拿起了电话。只见屏幕上显示的是安院长的名字。

我犹豫了一下，按下了接听键。

“沈非，你现在有没有和李昊他们在一起？”安院长似乎很着急。

“嗯！”我应了下，并捂住话筒，对李昊等人小声说了句，“是安院长打来的。”

“添乱，刚打给我，接着又打给你。”李昊闷哼了下。

“我听下午来的刑警们说了一些事，之后他们又打电话过来，跟我核实了一下苏门市精神病院送病人过来的事。电话里我有点懵，就给确认了而已。但有一个大状况却是我没给刑警同志们说的。”安院长语速很快，似乎怕我和李昊一样，径自挂了电话。

“什么事？”我问道。

“朴志刚在那辆车上。”安院长顿了一下，又补了一句，“木轮村惨案里的那个武疯子朴志刚在那辆车上。”

“啊……”我愣了，并扭头望向李昊。李昊也意识到什么，冲我瞪眼：“怎么了？”

“那个被害妄想症屠夫朴志刚在那辆车上。”我说道。

第十章

超忆症患者

像条狗一般的死法

妄想症又称妄想性障碍，是常见的一种精神病，指有一个或者多个非怪诞性的妄想，同时不存在任何其他精神病症状的一种病症。该类病患没有精神分裂病史，也没有明显的幻觉幻听。极个别患者会出现触觉型或嗅觉性幻觉，但总体来说，妄想性失调者的官能都算健全，行为上，也不会奇异怪诞。

而被害妄想症，是妄想症中最为常见的一种。患者往往处于恐惧状态，他们胡乱推理与判断，思维发生障碍，坚信自己正在受到迫害或伤害。他们会极度谨慎，处处设防，将身边人纳入自己妄想的意识世界里。但这一同时，他们自己如果不透露内心对世界的恐惧，而深锁这种妄想的话，外人是看不出来的。于是，在他们那无法停止的妄想世界里，便有了想要击垮对自己生命产生巨大危险的对手的欲望。而这欲望积累到一定时候，便会爆发。

木轮村，是本省一个很不起眼的小村落。5 年前的一天，当年跟人去伊拉克做泥水工、离开了 10 年的村民朴志刚，被警方送了回来。这 10 年，他被那边的武装恐怖分子抓了过去，具体是跟着恐怖分子学会了开枪杀人，抑或是被当作奴隶使唤了 10 年？无人知晓，也没人过问。能够将他解救回来，也是机缘巧合。但是，如同炼狱的 3 000 多个日夜，令他宛如重铸。再次回到家乡，朴志刚却似乎没有欣喜，反倒是始终的沉默。

他将离世父母的破房子重新修补，门前那一亩田地收拾了一番，村里也给他申请了低保，希望这 30 岁出头的汉子，紧皱的眉头能够再次舒展开来。但之后的日子里，朴志刚反倒越发孤僻。他像躲避瘟神一般，躲避着村里的每一个人，甚至每一条狗，每一只鸡，每一个生灵。村委将他送去了医院，得到的诊断结果是——妄想症患者——也就是精神病人。

所幸，他只是不声不响而已。于是，村委会的几个汉子专门开了个会讨论了一下，最终觉得还是让他在村里待着就是。毕竟，他除了沉默以外，也并没有什么不正常的行为举动。

那年清明，下了一宿有电闪雷鸣的暴雨。早起的农夫发现，村尾住着的大户黄桂家围墙外的积水，红得有点瘆人。村长领人将黄桂家的大门踹开，赫然发现他们全家 7 口人，竟然全数被人杀害，而且手法极其残忍。整个屋里，没有一具尸体是完整的。专案组当天就住进了木轮村，但就在当晚，朴志刚拿着一把镰刀，翻进了专案组借宿的那户人家……

木轮村惨案，被公开的死亡人数是 27 人（两晚合计），无一伤者。凶手的杀人手法极其熟练，每一个死者，都是一刀毙命，大部分尸体还被肢解。当全村村民将朴志刚按倒在地上，愤怒地举起了手里的棍棒时，村委会里的老治安员大吼着制止了村民。第二天，被捆得严严实实的朴志刚被警方带走。一个月后，令村民无比愤怒的消息传了回来——朴志刚因为精神病免于刑事责任。他在非洲的那 10 年，为了保命，成为了恐怖分子的帮凶，掌握了熟练的杀人本领。回到老家后，过往 10 年血腥的一幕一幕，令他开始出现了妄想，并觉得整个村子里的人都因为知晓他手里沾满的罪孽，而终将他杀死而后快。这一妄想越发膨胀，在他那沉默的世界无法承载后，他终于又一次开始了杀戮。

朴志刚被送入了精神病院，而当天要求大伙不要直接打死朴志刚的老治安员，在村子后面的一棵歪脖子树上上吊自杀。

这起骇人听闻的案件，令省公安厅开展了为期半年的全省“武疯子”专项排查活动。

武疯子——既指用武力伤害他人或者自己的行为能力、想法、冲动倾向的精神病患者。全省许多有暴力倾向的精神病人，都被进行了详细登记，该送医院的送去医院，该要求家人严加看管的也都发了通告。但，谁又能肯定在不为人知的角落里，类似于朴志刚的病人，还蜷缩在自己的世界里呢？

“嗯！不错，或者这个武疯子朴志刚，也是他们想要研究的重头戏。”李昊点着头说道。

“不会。”邱凌在努力扭头望向李昊，“朴志刚这种病例并没有任何代表性，他与寻常的精神病人唯一的不同在于，他有攻击伤害人的技能与经验罢了。况且，关于朴志刚的研究一直都挺热门的，每年都有好多学生的毕业论文里，都会用朴志刚案来当病例分析。那么，李大队，你觉得他们几个自视清高的家伙，会对这么个病人感兴趣吗？”

“我又怎么知道你们会对谁感兴趣呢？”李昊没好气地说道，“再者，朴志刚在那些病患中又怎么样呢？难不成，他还会成为乐瑾瑜、苏勤的帮凶？”

“有这个可能。”我放下了手机，“安院长刚才之所以打过来就是说这事——乐瑾瑜有一篇关于研究被害妄想症精神病人的论文，安院长看过。其中也提到了朴志刚。乐瑾瑜在那篇论文里说自己有幸与朴志刚进行过10多次单独的会面与交谈，并认为朴志刚是能够被自己软化，甚至驯服的。嗯！驯服，安院长说乐瑾瑜那篇论文里就是用到了‘驯服’这么两个字。”

“那又怎么样呢？”李昊很不屑，“沈非，现在，我答应你的要求，带你和邱凌去观音山那边。不过，拜托你们就不要帮我再分析这么一些有的没的东西了。路上，你帮我盯紧邱凌就可以了，不能有半点闪失。”

“好吧！”我冲他点了点头，但紧接着看到他身后那扇敞开的门后面，韩晓的身影出现了，她应该是在监控里听到我们的对话后连忙从会议室里跑出来的。

“沈……沈非，带上我。”她冲我喊道。

李昊瞪大了眼：“好笑，真当警事是儿戏了吗？谁都可以随便嚷嚷几句，就参与进来吗？”

“李大队，出外诊的心理咨询师，确实是需要带助理才方便的。”邱凌还是在努力扭着头望向身后，他的身体被固定在椅子上后，扭曲的形状像是被他自己虐杀后的那些受害人尸体一般，“如果你不同意，沈非医生可能不能有最佳的状态哦。再说，他的不好情绪影响到我，也可能会让我不会更好地配合你们警方的行动哦！”

“你敢！”李昊吼道。

我并没有介入他们的争论了，反而是突然想起了什么，连忙转身，朝着我办公桌后面的书柜走去。在那书柜里，有一件很普通的物件，而这物件，是我托朋友专程从风城带过来的。本来，它将要成为一个礼物，但世事无常，谁又能保证美好的东西就能够永远美好呢？

我从书柜里拿出了那个黑色的布袋，装入了我的手提包里。因为其中的物件，让我的手提包变得鼓囊囊的。也因为这布袋里的物件……我的心越发沉重起来。房间里的另外几个人，这一会也都将注意力转移到了我身上，没再吱声了。

“沈非，你鬼鬼祟祟装了个啥？”李昊问道。

“没什么？一个老旧的玩具，会让我心安一点的东西罢了。”我这么回答道。

10 分钟后，邱凌被带上了囚车。和他一起钻进那辆车的，是 4 名挎着枪的武警。武警们年纪都不大，满脸严肃。他们的世界里黑白还清晰分明，灰色尚不存在。所以，他们的严阵以待，绝不是矫揉造作。

韩晓作为我的助理，一起上了李昊开着的那辆警车。赵珂坐在副驾驶座位上，小声数落着丈夫：“沈非与韩晓都是给我们帮忙的，你非得弄得这么咋咋呼呼干吗？”

李昊“嗯”了一声，没再吱声。

“沈非，我可以说几句我的看法吗？”韩晓在我身旁小声嘀咕着，但车厢空间能有多大呢？她再如何小声，其实李昊和赵珂也都能听到的。她之所以选择这么怯生生，也算是对众人的一种尊重吧？

“嗯！”我应了一声，右手放在鼓囊囊的单肩包上，头却还是望着窗外。那不紧不慢的雨丝中，观察者心理咨询事务所的小楼正在缓缓消失在身后的暮色街道剪影里。但我再次归来的第一个工作日，却似乎并没有结束。

“邱凌不会让自己活着耗到明天清晨的刑场的。”韩晓声音依旧不大，但语气却斩钉截铁。

“为什么？”赵珂扭过头来望向韩晓。

韩晓看了她一眼，又看了我一眼。我点头，她才开始继续：“邱凌今天算非常配合我们了，但整个下午，他回避了沈非老师的一个问题，一个看起来无关紧要的问题。并且，他还紧接着快速岔开了话题，将对话引导到了黛西身上。”

“你是说沈非问的那个纯属浪费的‘你觉得自己会是怎么个死法’的问题？”李昊的双手紧握着方向盘问道。

“是的。”韩晓点头，“他随口说了句自己也不知道。”

赵珂：“没错，当时他打了个马虎眼后，就扯着沈非说了一些有点虚的话，露出了他想见黛西这么个话题入口上。接着，包括沈非在内的我们所有人，都一下子觉得这小子的七寸被我们逮住了，压根就没有抓着‘怎么个死法’的问题了。”

“那个问题本来也只是用来让他放松而已。”我还是望着窗外，有着雨丝的夜城市深邃而又幽暗，海阳市宛如空城。

“是让你们放松的时候吗？都什么节骨眼上了。”说到这话题，李昊便又有点生气。

“韩晓，别管他，继续说说你的想法。”赵珂白了李昊一眼。

“嗯！”韩晓点头，“这两年里，我因为接触过之前那一系列事件，所以对连环杀人犯这么个课题，产生了浓厚的兴趣。众所周知，这一课题，西方所积累的案例研究资料本就很多。而我身边有机会亲身接触到的连环杀人犯，却又只有梯田人魔这么一个非典型病例。所以，我在研究这一课题时，最为关注的，就是邱凌的卷宗。况且，你们也应该知道，如果我想要打听到梯田人魔案的更多信息，不会是太难。”

我回头，将视线从那片黑暗移到了这个近在咫尺的如花女人。

韩晓继续着：“绝大多数的成人暴力犯罪的根源，都是与其童年的灰暗经历有着关联的，邱凌也不例外。但是邱凌的智商明显高于常人，思考问题的方法方式，也因为他对于心理学的造诣，而理性规范。于是，我们可以说，他最终在成年后形成的对人生与世界的认知，都是积极向上的。而一切的导火线，是文戈的离世。尽管这一噩耗令他无比痛苦，但他还是告诉自己，每个人都有自己的独立意识世界，并强迫自己继续冷静。而陈黛西小姐，似乎就正是他在那段无比痛苦，却又压抑着偏执的时期，邱凌所主动收割回来的情感转移体而已。”

“韩晓，如果照你这么说，他压根就不会去犯罪了。”赵珂说这话的时候身体往回靠了一点，说明她对韩晓的这一番话逐渐没了太多兴趣。

“这个问题，一直也是我琢磨不明白的。但又确实如此……”韩晓顿了顿，似乎对自己缺少着自信。于是，她又看了我一眼，见我也正看着她，便吸了口气：“因为受害者都是女性，所以，我们依然可以把邱凌归纳为性连环杀手的范畴。该类凶手分为四类——第一种是力量自信型。这类凶手之所以将受害者杀死，是因为出现了无法控制受害者的情况。也就是说，谋杀不是他的本意，只是有预谋袭击的升级。第二种是力量满足型，他们和第一种凶手一样，谋杀并不是他们想要的。他们甚至会取悦受害者，期待受害者在过程中表现出愉悦以及对自己的肯定。而这一愉悦，并没有获得后，他们便会变得很愤怒，进而杀死受害者。”

“很明显，邱凌不属于这两种。”赵珂微笑了，但身体还是往回靠着。但这次是换成一种对于她来说相对比较舒服的坐姿。看来，她对韩晓的这番解说有了想要继续聆听下去的兴趣。

"嗯!"韩晓点头："第三种连环杀人犯，是愤怒报复型。他们既预谋强奸，也预谋了杀人，杀人的目的就是报复女性。邱凌，他一而再再而三想要让全世界人知道自己对文戈的爱，是他自己所理解的无私的大爱。那么，他又怎么可能存在报复这个说法呢？所以，之前我一直认为，邱凌应该是属于第四种杀手——愤怒激发型。况且，邱凌也具备着这类凶手的一些特征。首先，他的杀戮是早就预谋好了的。再者，他为了表现自己的控制力，还会很认真地设计谋杀，犯罪过程程序化，追求自认为的某种完美。该类凶手还会对受害者的尸体进行第二次侵犯，其中最为典型的一种手法，便是将尸体摆成奇怪的姿势。邱凌不正是这样吗?"

赵珂点头。而坐在她旁边开车的李昊一本正经地盯着前方，应该也在认真听韩晓说。

"愤怒激发型杀手，很多都过着两重生活。对外光鲜的一面，暗地里恶魔的一面。邱凌不正是如此吗?"韩晓语气越发坚定了。

"但是……"她的话被我打断了，"但是有一个因素你并没有考虑进去——那就是邱凌和我们一样，对这些知识包括性连环凶手的几种类型，都了如指掌。所以，他在最初想要将自己定义为哪一种类型杀手时，就会将自己完完全全地套入这个格式里去。所以，我们也应该尝试考虑这些表象下的真相究竟如何。"

韩晓笑了："今天有幸在监控中看到了邱凌的表演，收获还是挺大的。同样的，也是今天的这一次接触，让我开始意识到，对邱凌是愤怒激发型杀手的这一定义，可能仍然是错误的。他说自己是故意赴死，那么他为了赴死而犯下的每一场杀戮现场，尸体都被精心布置，指向到多年前他生命中自认为重要的一段经历，岂不是很多余？他完全可以单纯地谋杀然后被捕就可以了啊？于是，我们可以得到一个结论——潜意识里的他，其实还是想要遵循着某一种规则，某种他自己也并没有意识到的规则。而这一规则，可能就是刚才沈非你所说的，将自己往愤怒激发型凶手类型里面去放。”

赵珂插嘴了：“韩晓，你的意思是不是说邱凌其实有着他自己都没有察觉到的强迫症啊。”

“是的，这也就是我想要说的。”韩晓点头。

“和你们聊天是挺费劲的。”李昊笑着说，“邱凌有强迫症——嗯，我们知道了。”

“不仅仅如此，我们应该还可以得到另一个结论——邱凌也挺看重仪式感的。他将每一个受害者尸体细心处理后摆放的过程，如果不是为了满足自己的性幻想的话，那就是在给自己营造一种仪式，一种能够让他自己的某种信念得到满足的仪式。那么，一个有着这样思维方式的人，他对于自己如何死法，包括死的时间、地点、甚至到姿势，是不是也有着早就规划好的计划呢？况且，他的心思缜密，滴水不漏，最终又怎么会令自己像条狗一样狼狈地瘫倒在血泊里呢？”韩晓摊手，“这就是我想说的，也还不算啰唆吧？”

李昊又笑了，他没有回头：“不算，最起码比沈非好多了。”说完这话，他顿了顿，“那照你这么说，我们现在还是不能带邱凌去观音山才对。”

“必须带他去。”我在李昊身后说道。

“为什么？”李昊反问道。

“因为我们都拦不住邱凌。”我这么简单回答着。

“拦不住？”我看不到李昊的表情，但是清晰地听到了他冷笑的声响，“沈非，你觉得你今时今日表现出来的狼狈模样，又能够说服我们什么吗？我承认，我们只是刑警，没有你们心理医生这么能够察言观色。但是我们所学习的刑事侦查技巧里，也有审讯心理这种知识的。你——沈非，你总是先入为主地认为邱凌强大过自己，认为邱凌无法战胜。所以，你从一开始，就是哀兵必败的心理作祟……”

“李昊……”我打断了他的抱怨，声音低沉但又稳定。或许，也是因为这语气，让他如同宣泄一般的指责停了下来。

我继续说道：“与其说是我对他心存害怕，不如直接说我畏惧他更为恰当。”我本来环抱在胸口的双手放了下来，腿也微微挪动了一下，“但事实如此，我也无法反驳，只能迎难而上。我也始终希望自己能够终于站起，直视对方。李昊，我想，这也是你与一干朋友们最想看到的吧？”

李昊没出声了。

“邱凌如果真要给自己一个了断，没人拦得住。你还记得他当日是怎么逃过测谎仪的吗？那么，一个对自己能够如此残忍的人，他能够有多少种方法，保证自己不会在刑场上死得像是一条狗呢？但今晚，只要他还是和我在一起，那么，我就可以肯定，他不会选择在这一次外出中弄死自己。因为……”我咬了咬牙，“因为他之所以一直苟延残喘，不过是因为他觉得自己要做的事情并没有做完。而他那没有做完的事……”

我停顿了，几秒……

我又扭头望向车窗，那车窗玻璃上可以看到我自己那张写满狼狈的脸：“他想要帮文戈给予我彻底的解脱，令我完全地放下。因为只有那样，才能诠释他自以为的真正无私的大爱。”

我睹见，那玻璃上的狼狈人儿脸颊上，滑下了眼泪……

我，怎么可能为这么个禽兽而落泪呢？

我想，应该是车窗外雨丝落在玻璃上滑落了吧？

囚车后厢

越往观音山方向行进，周遭夜雨的世界就越黑暗。世界宛如在静候末日到来，颤抖着却又不敢谋逆。

我们前方那辆装着邱凌的警车停下时，是8点11分。李昊“咦”了一声，这时，他的手机便同时响起了。

“是最先赶到现场的当地派出所的同志。”李昊看了一眼手机屏幕扭头对我们说道。

“喂！我是市局李昊。”他沉声说道。

话筒另一头很吵，对方说话的声音也不小，车厢里面的我们都能清晰听到一个男声在那头着急地说着：“李大队，我是观音山派出所的邓志伟。我们在通往观音山的这一条唯一的两车道环山公路上，遭到不明身份的人在暗处袭击。对方持有枪支，具体的人数和身份目前都不能确定，但这鬼天气……敌暗我明，有点麻烦。”

“直接说接下来你们准备怎么办？”李昊打断了对方。

“嗯！我已经联系了特警队的同志们，他们应该很快就能到我们现在的位置。所以，我刚才让同事们打电话通知了押解邱凌的车，也给你打电话知会一下……嗯嗯！你们晚一点再上来，等我们电话，成不？”对方的说话声令李昊也终于忍不住将手机移开了，“李大队，你放心，不会很久的。对方应该是一个人而已，只是我们还不能确定罢了。”

“好的，没有同志受伤吧？”李昊语气缓和了一点。

“没有……”对方刚说到这，话筒那头就清晰地传来了“乓”的一声枪响声。

“一会再打给你。”这个叫邓志伟的大嗓门挂了电话。

李昊将手刹用力一拉，嘴里嘀咕了一句：“小兔崽子，还成了持械案件了。”说完这话，他拉开车门，钻出车朝前面那两辆警车走去。

“沈非，去塞根烟给他抽吧！”赵珂冷不丁地说道。

我一愣，望向她。她冲我摇了摇头：“去吧，我和韩晓不下车，装没看见。”

我“嗯”了一声，将单肩包放在座位上，并轻轻拍了几下。韩晓冲我微微笑笑，明白我的意思。况且，我也相信，她们就算好奇，也不可能打开我的包的。

我走下了车，这位于郊外的公路上，冰冷的雨凌乱得都无法成为丝丝缕缕，反倒像是粉末，随意飘舞着。

李昊快步跑到了最前面那辆车的位置，与那辆车上的人说了几句什么。接着又搓着手，跑向第二辆车，也就是我们这辆车前方的、装着邱凌的囚车走去。他敲了敲后车厢那扇小窗几下，做了个命令里面的武警开门的手势，接着站到了车厢后面，扭头对我喊道：“你怎么也下来了，坐车里面多暖和啊。”

我冲他笑了笑，寒意令人的脑子清晰很多，似乎也有了暂时的开朗一般：“怎么了？我就不能下车走动走动？”

“李昊，怎么回事了？”最后面那辆车里坐着的是邵波和古大力、八戒。探出头来喊话的是邵波，和他的头一起很急迫地冒出车厢的，是浓浓的烟雾。

“可怜了我们的古大力，这一路上被邵波和八戒两杆烟枪给熏迷糊了吧。”李昊嘀咕完后才大声冲着后面喊道：“休息一会，等会再上山。有同志会给你们拿点干粮先啃着，别闹，乖乖等着！”

“好！”邵波应了，脑袋快速缩了回去，往外冒着的烟雾戛然而止，应该是这家伙怕冷，将车窗玻璃快速地按了上去。

这时，李昊身后那扇车厢门“咔嚓”响了一声，一个武警战士探出头来看了一眼，接着才将门打开：“刑警同志，什么个情况？”

“没啥？”李昊冲车厢里和邱凌挤着坐在一起的那四个武警笑，“都下车动弹几下吧？前面那辆车里有面包和水，赶紧去啃一点，一会再出发。”

“中！”那个最先探头的武警战士憨笑应道。但这时，他身后一个嘴上有着一圈绒毛的战士很用力地咳了一下。于是，这憨笑着的战士本来就要站起的身子连忙又坐了回去。

“刑……刑……刑警同志。”有绒毛的战士似乎有点紧张，“我……我们几个下……下……下……”

“下车。”之前憨笑的那战士帮忙道。

“嗯！下车。”有绒毛的战士咬了咬嘴唇：“这邱……邱……邱……”

“邱凌。”憨笑的战士又帮手道。

“嗯!”绒毛战士点头，“邱凌身边不能没……没……没……”

“没人看。”憨笑的战士再次出手。

“你……”绒毛的战士有点生气，但这一生气，似乎结巴也缓和了不少，“你……你是班长，还……还是我是班长?”

憨笑的战士表情一下严肃起来，他猛地站起，但紧接着脑袋直接撞了下车厢顶棚：“你是班长!”

李昊哈哈大笑：“行了，你们下来吧，我和……”他扭头看了我一眼，眼睛还眨巴了几下，我明白他是想问我身上是不是带着烟，便冲他点了下头。

“嗯！我和沈医生给你们换10分钟班就是了。”说完这话，他率先跨上了车。

那4个战士也没多说什么了，陆续下车。这时，我才看到坐在车厢最里面的邱凌。灯光很暗，他佝偻着的身体缩成一团，侧脸望向我。只是那眼神中一度有过的光芒不再，甚至让人觉得有点灰蒙。

“关上门，有点冷。”李昊大声说道。

我应着，将车厢门带上。驾驶室那边的刑警扭头过来：“李大队又想抽烟了吧？嫂子就在后面，不害怕被逮个现行吗?”

“我想抽就抽，谁能管得着呢?”李昊笑着说道，“你小子敢跑去打小报告的话，我过几天组织个饭局喝死你。”

那刑警吐了下舌头，一翻身，也下了车。

于是，整个囚车里，就只有我和李昊、邱凌三个人了。李昊坐到了邱凌旁边："要不要抽根烟?"

邱凌的记忆

"行吧!"邱凌应着。

我在他俩对面坐下，掏出烟盒，拿出3支香烟。这时，我顿了一下，然后将3支香烟都叼上，就像邵波每次给我们递烟的时候一样，最后，才把点燃了的香烟递给面前的李昊和邱凌。

他俩都狠吸了一口，吐出的烟雾瞬间让这狭小的囚车车厢里烟雾缭绕。

"邱凌，我记得你以前是不抽烟的，后来怎么在东躲西藏的日子里，还学会了这坏毛病?"李昊冲邱凌问道。

他这如同朋友闲聊般的问话，似乎令邱凌有点意外。半晌，邱凌很勉强地挤出一丝笑："沈非以前也不抽烟的，还不是也就在这两年里学会了。"

"那倒也是。"李昊点头，又望向了我，"沈非，你是跟邵波这家伙学会抽烟的吧?"

"嗯!"我没反驳。

"好样不学。"李昊似乎在故意让这谈话的气氛更像是三个好友的闲聊，"连邵波递烟给别人的坏习惯也给学会了，每根都得自己叼着点燃。"

他的话让我之前就对邵波这一习惯的疑问再次浮上："对了，我还一直想问下他，为什么有这么个毛病？每次到了嘴边上了，又忘了问。"

"就算你开口问了，他也不一定会说的。"李昊又吐了一团烟雾，"我现在把这背后的故事告诉你，但你可别让他知道是我说的。"

我这时才意识到，李昊这一系列看似闲聊的话语，实际上都是要带出他即将说出的关于邵波的故事。而这故事，应该不止是要说给我听，还想要让这一刻坐在一旁的邱凌也听听。

“我不会让他知道的。”我很认真地应道。

这时，邱凌倒是冷不丁地笑了，还笑出了声。见我和李昊都扭头看他，他撇了撇嘴：“放心，我也不会说，因为我压根就和这么个人没有过接触。况且，十几个小时后，我不就没了吗？”

李昊“嗯”了一声，他用这么个应付的字节，回避了邱凌对于自己死期将至的问句。接着，他又狠吸了一口烟：“邵波是我和沈非的好朋友。”

邱凌：“我知道，你们这些人互相之间的关系，我基本上都有了解的。”

“功课做得倒是挺多。”李昊笑了笑，“那邵波和我是警校的同学你也应该知道吧？”

邱凌点头。

李昊继续：“后来毕业，他和我一样，进了他们老家的市公安局。因为他爸那人比较严厉，所以最开始把他这小子给放进了特警队。要知道特警队可是个苦差事，一群牛高马大的小伙，关在基地里面。每天除了特训还是特训，真正像电视里面那样雷霆出警的机会并不多。正常人在里面待段日子，都会变得二上很多。邵波这家伙本来就二，还进了特警队，自然是变得更二。”

“我记得这邵波的脑子好像在你们几个里面还算比较灵活的吧？”邱凌一本正经地说道。

“都只是些小聪明而已。”李昊笑了笑，“玩笑话吧，习惯了损他。当时，邵波在特警队待了有大半年，那段日子里，他和另外一个也是刚从警校里毕业的，好像外号是哑铃的家伙成了兄弟。据说刚认识的时候两人还打过架，后来惺惺相惜那种。在特警基地里封闭的日子里，两人住一个宿舍，聊完人生聊世界，聊完世界聊女人，好得能穿一条裤子。放假时，两个人也天天耗在一起，据说连哑铃爹妈给介绍对象，邵波这不要脸的也跟着去说是当验货员。”

接着，李昊正色下来：“当时轰动一时的蒙洞抓捕两陈的案子里，邵波所在的特警队，也被调到了蒙洞山区。第一轮上山扫荡的是武警，他们那几十个特警队的小伙，都在山底下待命，等候有突发危险情况了再上去。邵波和哑铃两个家伙便站在一块，有一句没一句地说着小话。等到快傍晚了，山上也还没信回来，这帮特警便没有之前那么紧张兮兮了。带队的让大家放松一下，也就是说想抽烟的抽根烟，想走几步的走几步，别跑远了就成。这邵波、哑铃站到了一旁，哑铃没带烟，找邵波要。邵波这孙子逗哑铃，磨蹭了好久，才递了支烟给对方。问题是哑铃又没带火，邵波拿着打火机嘚瑟，就是不借火给哑铃。还说借火会借了运气，一会没了运气，上去被两陈那种悍匪给打个对穿太不划算。”

说到这儿，李昊叹了口气：“邵波这孙子只是逗哑铃一逗，谁知道就在这一会，山上传来了枪响声。支队长连忙喊话集合，紧接着上面的武警战士们也有了消息下来，说发现了那两个悍匪躲藏的位置。哑铃那一支烟愣是没点上，就站回到了队伍里面，背着枪就朝着山林深处跑去。而也就是那一趟抓捕，哑铃中弹牺牲。听邵波说，悍匪的子弹是从哑铃的后脑勺打进去了，从脸上蹦了出去。也就是说，后脑勺只是一个冒着血的小窟窿，而整张脸却是被掀得没了。我听邵波说起这一幕时，他已经喝高了，那晚还嗷嗷地哭，说之后那些天他脑子里都是哑铃叼着那根没着的香烟时候的模样。所以，从那以后，他递烟给人，都直接给点上，算是对哑铃的一种赎罪。”

“哦。”我点了点头，“这样啊。”

“前面的伏笔埋得挺好的，成功地勾起了人的兴趣。可惜的是，故事并不出彩。有点像……”邱凌想了想，“有点像一个叫作钟宇的作者写的悬疑小说，头重脚轻。”邱凌这么说道。

“你也看他的书?”我问道。

“看的。毕竟……”邱凌冲我微微笑了笑，“毕竟你沈非书架上摆放着的书，我又有哪一本要放过呢?”

“得！我怎么觉得你俩像是一对小两口呢?”李昊连忙打断我们道，“我把故事讲完后，应该是你俩都沉默很久，琢磨我在这会说这个故事所要表达的是一层如何的深意才对。怎么又扯到这个什么叫钟宇的作家了呢?”

“那……你说这个故事，是有什么样的深意呢?”邱凌倒也配合，扭头问李昊。

李昊点头，摆出一副好像要煽情的表情。但正要开口，囚车的门就被人“啪啪啪”地拍响了:“李队，给你们面包。”

李昊那正要展现饱满情感的脸硬生生被拧回到他最初的模样。他吞了口唾沫，把手里的香烟狠狠吸了一口，再将烟头掐灭，才起身过去开门。外面站着的是他们刑警队的一个同事，递进面包和水的同时，还嘀咕了一句:“李队，这车厢里闷着抽烟不辛苦吗?”

“我又没抽，是他们俩在抽。”李昊答非所问地答了句，快速把门关上了。

他把吃的随便分了分，三个人也都饿了，各自抓着面包嚼了起来。我瞟了一眼邱凌，他似乎已经习惯了有着镣铐的生活，弯着腰，伸着头，一口一口地啃着无法抬高的双手上捏着的食物，让人觉得很可悲。

“李昊，继续说你的大道理吧!”我对李昊说道。

“嗯!”李昊喝了一口水，“被你们这么打乱并拉跑题后，我那一番关于生与死，并逐步引导到我想要表达的核心问题的话语，都乱了套。那好吧，我就还是用我的老办法，直接说我想要表达的话吧?”

“说吧!”邱凌也喝了一口水，他依旧弯着腰，因为有镣铐的缘故，所以他不能像我们一样仰头喝水。于是，他这一刻的模样，像是……像是一条卑微、舔着狗盆里液体的狗。

“邱凌，我们知道你不怕死，也在一步步赴死。我们也知道，你之所以在这一刻还坐在这，是因为你还有自认为没有完成的事情。就好像……就好像是那个叫哑铃的小伙没有抽到那根属于他的烟一样。但，每个人都有每个人应该有的死法。哑铃是警察，被歹徒枪杀，是死得其所。那么你呢？”李昊如此说道。

第十一章

颈动脉中枪

邱凌的爱

车厢里的空气再次凝重起来，之前几秒都大口咀嚼食物的声音戛然而止。

“那么李大队长，在你看来，我这么个罪孽深重的家伙，也应该死得其所咯？颤抖着面对你们的审判，脸色苍白地被枪子打倒在泥水里吗？”邱凌说到这里，那戴着镣铐的双手抬高了，并如同示威般十指张开，任由面包和没喝完的半瓶水往下掉。

水瓶与车厢碰撞的声音并不大，但紧接着那水往外“咕噜咕噜”流出的声音，却在这本安静的狭小空间里，显得特别刺耳。

“被你杀死的那些女孩们，她们那扭曲的尸体，难道就是她们应该有的死法吗？”李昊脸色变了。

“嘿！李大队长，既然那些可怜的家伙，可以有不属于她们的死法。那我为什么就不可以有呢？”邱凌再一次展开了他的锋芒，锐利的眼神直视李昊。

这时，我缓缓弯腰了，伸手将地上的面包和水捡了起来，放到了邱凌座位的旁边。

“邱凌，我能说说你最大的问题在哪里吗？”我小声说道。

“沈非，我也一直想听。毕竟这么久了，也该让我听听你对我这个病患的诊断结果了吧！”邱凌不能抬头，望向我的眼睛里都是眼白，让人觉得那鹰隼再临。

“你的问题在于太过偏执，偏执到了觉得整个世界都必须围绕你一个人转动。”我一边说着，一边将身体往后靠了靠，能贴到坚硬的车厢，会让我对接下来自己的表现更有自信。

“继续吧！”邱凌也很努力想要往后靠，但他已经无法完成这个动作，就如同他再也不可能昂首挺胸站在我面前一样。

“爱，是一个人的事。”我耸了耸肩，“嗯！挺好的词，显得你多么的伟大，也多么的无私。但同时，爱，又怎么可能是一个人的事呢？你爱着的是对方吗？抑或只不过是爱着你自己？于是，你所说的爱里面的那‘一个人的事’里的一个人，是文戈，还是你自己呢？”

邱凌没吱声。他选择了将脸往下，放到了膝盖上的手掌上。他头顶那青色的短短发楂，成了我看到的他的脸。

“你最爱的人，不过是你自己而已。你会用各种方法去说服自己，相信自己就是自以为的那个对爱无私的捍卫者。你做的任何事情，看似都是因为文戈，而实际上又都是为了让你自己情感上受到的挫折，有一个得以爆发的缺口而已。也就是说，你用了很多很多年的时间，将自己的自卑隐藏得严严实实，并戴上一个看上去很骄傲的强大面具。但，邱凌，你不要忘了，越是吼叫得厉害的狗，骨子里也越害怕这个世界。”我语气平和，缓缓说道。

“嘿！沈非，你总算吐了出来一些能够出乎我意料的话。很可惜，你的这番话看似逻辑清晰，实际上都是连篇鬼话。不过……”邱凌抬起了头来，笑了，“不过你可能是这几年里唯一一个说我内心深处充满了害怕的人。除了你以外，所有人都觉得我是彻头彻尾的恶魔，思想中除了屠戮就是屠戮。”

说到这，他故意耸了耸肩：“沈非，我很喜欢你给我制定的这个人物——一个努力装得勇敢的小可怜。我甚至在想，如果从我入狱第一天开始，就努力维持这个小可怜的一面，现在的我会不会可以继续当着一个可怜的精神病病人，待在精神病院里无忧无虑地生活着。”

我没理睬他的挑衅，继续着：“你想要证明的东西太多，想要告诉世人的也太多。你就像是那位即将走入地狱的大天使，努力张开自己的羽翼，用来证明自己一度是光的使者，堕落不过是因为有着不得已的缘由。”

“那什么是我真正的缘由呢？”他反问道。

“你是一个失败者，一个在竞争中始终落后的失败者。”我的语速在渐渐加快，言语被我削尖，进一步尝试刺入对手的软肋，“你永远忘不了自己曾经是个被母亲遗弃在乡下的孩子，也永远不敢尝试挑战自己的生活，挑战你舅舅的棍棒。你逆来顺受地走着自己的人生，你世界的一切都不是自己争取的，而是路途中迎面而来的。这其中，也包括文戈。”

“邱凌……”我开始勇敢地盯着他的眼睛，“你真正爱她吗？抑或她只是你空空双手里莫须有过的所有而已。又或者说，她不过是你这个失败者前行的一个理由。只是，纵只是理由，也是你自己给自己编织的理由。于是，你一定有过很多种解读，用来为文戈选择我，编织出令你自己舒坦一点点的理由。其中，就包括了你在学校教书的时候，对一位姓穆的老师编织过的一个故事。那个故事里，我与你甚至还是好朋友，文戈在你我之间两难。而你选择了无私的大爱，默默退后，成全了我与文戈。实际上呢？”

“实际上那不过是我很多种幻想中的一种罢了。”邱凌开始挺胸，但铁链的声音也快速响起。最终，他发现依旧无能为力，铁链令他无法与我平视。他只能苦笑，道：“好吧！我承认我有过很多种对于自己人生失意的解读，所有解读，目的都是想要让自己的挫败感少一点，自信心多一点。”

“我太平凡了。”他摇了摇头，并且开始避开了我的眼神，“平凡到如同一颗砂砾，平凡到如同一颗微尘。但是，我又是否应该平凡呢？沈非，我那来自生父的沸腾的血液，又怎么可能愿意我平凡呢？”

“所以你选择了一个用杀死别人来证明自己的方式，来彰显自己的不平凡？”李昊插嘴说道，“你觉得这样做，就能够让自己闪耀发光。”

“不，他想要闪耀出的光芒，屠戮不过只是方法而已，绝非他的目的。至于他的目的……”我说到这里顿了顿，“他的目的不过是成全一个他自己给自己构思出来的、有着光环的、关于爱的故事而已。”

我叹了口气，语速再次放缓：“邱凌，你不配，你真的不配拿文戈当你作恶的理由，也不配充当我的对手。因为你本可以用另一种方式来证明自己，而不是将自己毁灭，将自己点燃焚烧，来吸引众人。”

“是吗？”邱凌将身体往下缩去，“我有得选择吗？”

半晌，他如同自言自语一般：“或许有过吧？但……但是……”

他缓缓抬起头来：“沈非，你知道超忆症最可怕的地方在哪里吗？”

我摇头。我也不准备再开口了，因为我知道，现在我面前的这个对手需要宣泄出内心深处的淤泥了，尽管这淤泥会是无比的肮脏腥臭。

“痛苦的记忆，如同烙印般存活在我的世界里，而这些痛苦，自我出生开始，就满满充斥于我的天地，避无可避。”说到这，邱凌将手掌摊开，整张脸埋了进去。于是，他的声音变得越发小，但在封闭的车厢里，又能够直接穿透我与李昊的鼓膜。

“你们可能觉得，这痛苦只是叠加的。一点两点的痛苦，在那记忆中分布着。三点四点的痛苦，在那记忆中凌乱着。你们可能觉得，邱凌能有多少痛苦呢？不过是他自己将那么一些不如意，刻意放大了而已。你们甚至会觉得，我的恬不知耻与贪婪导致了我最终的变态。因为，我现在的生活，足以让很多人羡慕不已。但是呢？”

低着头的他深吸了一口气，他面对着我的，是他那有着很多白色发楂的头顶。

“知道文戈没了的第一个晚上，我辗转难眠，痛苦万分。过往的一切一切在脑海中放映，如同针刺般的揪心难受。熬吧，我闭上眼睛，任由撕裂般的痛占领整个夜晚，最终麻木且没有意识。我以为，这痛，会是递减的，会随着时间的游走，而逐渐有所收敛。我错了……”

他又一次深吸气，但这次能够隐约听见液体在他鼻腔中流动的声音：“第二个晚上，我又一次经历着之前一天所经历的一切，但比之前一天更为可怕的是，那回忆带来的巨大痛楚中，又要多添上一笔——之前一晚的心痛，也成为了回忆中的一部分。也就是说，第二天我所经历的难过，是在第一天的感受上，再叠加往上的。然而，我依旧存活着，这揪心刺痛，便不断叠加着，不断叠加着……”

邱凌抬起头来了，眼神又一次灰暗下来，如同流年都在身后的老者：“沈非，我羡慕过你。以前，我以为我羡慕你的，不过是你所行走着的人生，沿途都是阳光沐浴，人前人后那举手投足间，无不都是人群中的焦点。后来，我不断告诉自己，锁入与你的攀比中并无甚意义。每一个人都有每一个人的人生，那人生中，终究会有属于他自己的快乐与虚荣。很荣幸，我收获到了，尽管嚼之如蜡、索然无味。但终究是活成了完整的模样。文戈走后，你我在不同的世界里，开始了同样的难过。我相信，失去了她最初的痛，你我都一样的。但是……但是我又不得不羡慕你了。你只是个普通人，你会遗忘。文戈终会成为你记忆中最美好的一段过去，也只是一段过去。而我呢？”

“我的记忆是烙印。岁月会让你们的过去逐渐模糊，心碎与心醉都幻化为云烟散去。但记忆对于我呢？岁月，是烈焰，是铁锤，是雷霆万钧的猛烈重击，是漫不经意的滴水成渊。超忆症患者的世界里，没有遗忘。他的一切过往，都是他脑海中的永恒。”

“好吧！”邱凌摇了摇头，“你们的过去，只是脑海中不时放映的画像。而我的过去，是脑海中永不崩塌的雕像。”

他收声了，这囚车的车厢中，却开始只有沉默。我不知道李昊不吱声是在琢磨什么，但是我？

我脑海中，第一次见到的邱凌；第二次；第三次；第四次……每一个不同的他，开始成像，开始来回掠过。其中每一张画面中的他，又都是截然不同的，因为我所认知的世界里每一次来过的他，也是截然不同的。但相同的是，相同的是他那一度光芒不同的眼睛——瞳孔深处，又都是我用同样平和的微笑面对他的映像。

车厢门被人敲响了。

“刑……刑……刑警同志，我们吃……那个吃……吃完了。”武警班长在车厢外大声喊道。

燃着的香烟

我和李昊走下囚车，周遭的世界因为淋漓小雨的缘故，有点冷，而且是那种湿漉漉的冷，渗入骨子里的那种湿漉漉的冷。

见我俩下车，邵波他们三个也钻出了车厢。邵波和八戒两人嘴上叼着的香烟燃着的亮点，在夜色中很耀眼。

我和李昊朝他们走去。邵波最先出声：“这要等多久啊？十几个人在那几个疯子手上，时间可是很宝贵的啊。”

李昊看了一下手表：“等了有差不多半个小时了，特警队的也应该和邓所长他们汇合了吧？再过个 10 分钟吧，差不多了，我们直接上去就是。”

“哥，你不是以前也干过特警吗？”八戒冷不丁对着邵波憨憨地问道，“怎么你就没有人家电视里面特警的那种气质。”

邵波正要抢白，站在他们身后的古大力率先吱声了：“特警不是靠气质的，靠的是体能。不过……”古大力顿了顿，一本正经看了邵波一眼，“不过，看体能似乎也不像。”

邵波就要发飙，可刚张口，从山上位置，传来一声清脆的枪声。

大伙都闭嘴了，竖起了耳朵，希望捕捉到夜雨淅淅沥沥落下的声音中，有更多来自于山上的动静。

沉默了一会后，李昊朝着赵珂坐着的车看了一眼，然后将身体往对方看不到的视线范围拐角里挪了挪。他小声道：“等待是最费神的，再来根烟压压吧。”

我们几个都笑了，并很自觉地挪动身体，拦在李昊与赵珂乘坐的那辆警车之间。邵波掏出烟来，他犹豫了一下，然后将四根烟全部叼上，并按动了打火机。

也就是这一同时，李昊的手机响了。

“是上面打下来的。”李昊按下了接听键。这一次话筒另外一头没有了大喊声，李昊自顾自地“嗯”了几下，然后收了线。

“出发吧！派出所的和特警队的已经把拦路的拿家伙给堵上了，汪局也和特警队的一起到了现场。”他朝着另外几辆车大声喊道。接着，他又冲我们几个撇了撇嘴，“对方只有一个人，不过有枪。”

说完这话，他率先朝着我们坐的那辆警车大步迈去。

“李昊，等下。”邵波从他身后叫住了他。只见他嘴上叼着的那 4 支烟都已经燃了，烟雾缭绕。他拿下其中 3 根，递向李昊，也递向李昊身边的我和八戒。

李昊愣了下，他这一会站的位置，赵珂只要一扭头，就可以把他看得清清楚楚。

“邵波，你就把我往沟里面带吧。”李昊骂了句，但还是伸手接过了其中一根烟，狠狠地吸了一口。

邵波苦笑：“那年也是这么个情形，也是临要上山……”说到这，他顿了顿，“呸呸呸！大伙一会都……啊呸！没啥。”

他将烟分给了我和八戒，一扭头，钻进了自己那辆车。

我跟在李昊身后，我俩一人叼根烟，也快步走回到我们自己的车上。李昊拉开车门，但故意不看车里面，反倒是望向前方，好像自言自语一般说了一句：“唉！和这帮兔孙一起工作，要什么时候才能真正把烟给戒了啊？”说完这话，他狠狠吸了一口手里的烟，然后掐灭，上了车。

“把车窗打开一会吧，一股子烟味。”赵珂头扭向一边，小声说道。

“沈非，你身上这股烟味真难闻。”李昊边说边按下车窗，并发动了汽车。

我笑了笑："嗯，是挺难闻的。"

这时，赵珂扭头过来："韩晓，你今年多大了？"

"二十五了。"韩晓答道。

"嗯！我大你几岁，虽然没你到过的地方多，但是也成人妻了，给你个忠告吧。"赵珂微微笑着说道。

韩晓点头。

"千万别找干刑警的男人，他们都不是正常人。"赵珂认真地说道。

韩晓笑了："我看李大队就挺正常的啊。"

"他啊，以前确实是正常的，几年刑警干下来，就不正常了。"赵珂白了李昊一眼，"我听汪局说，李昊刚从警校毕业那会，连烟都不抽，乖宝宝一个。"

李昊也笑了："确实，汪局是我师父，手把手带着我上路的。也是他，让我进了刑警队才两月就成了个大烟包。"

"乖宝宝。"我小声嘀咕了一句，"邵波如果知道你有这么一个称号，一定会很高兴的。"

"唉！"赵珂将头又转向了车窗，"韩晓，我是学医的。我们医科生都或多或少有点小洁癖，不喜欢那种糙糙的男生。所以最开始，我是挺反感李昊的。当然，也不只是反感他，整个刑警队的刑警，我都不是很喜欢。"

说到这，她缓缓扭过身来，左臂抬起，伸到李昊后颈上，轻轻揉捏起来。她那眼神中，犀利与神气也都不再，替代的只是女人的妩媚。

"刚参加工作时，被安排跟着刑警队的同事执行过一次蹲守的任务。那天很冷，车停在暗处，我们五个人挤在车里，不敢开车灯，也不能开发动机吹暖气，免得被人察觉。他们另外四个人都是老烟枪，因为我的缘故，都没点烟。熬到半夜 2 点了，每一个人都很疲倦，但又不能离开车，也不能放松一点点。就是那一会，我突然意识到一点——自己选择了这个职业，就必须适应这个职业的种种。于是，我对那几位同事说，抽吧，没事。然后……”

赵珂说到这里，李昊“扑哧”一声笑了。赵珂捏拳锤他：“笑啥？有什么好笑的。”

李昊还是紧盯着前方，握着方向盘：“沈非，你刚才看到邵波和八戒那辆车吗？”

我“嗯”了一声。

“你去想想，四杆烟枪同时点燃，不开车窗，会是什么感受。”李昊笑着说道。

“啧啧！”我明白了。韩晓吐了下舌头：“赵珂姐，你那晚没被熏吐吧？”

“差不多了！”赵珂答道，她左手再次去捏她丈夫的脖子，眼神中荡漾着的是幻化为丝丝缕缕的爱意。

半晌，她幽幽地说道：“汪局说，为了这座城市的安宁，我们真的付出了太多太多。”

她顿了顿，又补了一句：“真的。”

车厢中安静下来，这对从警夫妻那浓浓的爱意，在狭小空间里弥漫开来。

“那……”李昊尝试性地问道，“那现在我再来一根烟提提神怎么样？”

赵珂脸色一变：“你试试。”

李昊被子弹击中的刹那，整个世界里似乎都只剩赵珂的叫喊声了。那漫天的夜雨，来自天际，它们在浮世中飘过，落在每个人身上。而每个人，也都在用各自不同的方式，诠释着彼此对爱不同的理解与演绎。

有另外这么一群人，他们是普通的，也是平凡的。但又不是普通，不是平凡。因为有他们，我们才得以经历我们的小小情爱，耕耘我们的小小生活。

而他们自己呢?

他们也想要小小的情爱，小小的幸福。尽管，他们的情爱与幸福，可能在下一分，下一秒就会戛然而止。

海阳市公安局刑警队，有45位刑警。其中满了30岁没有媳妇的，有13人。离异后单身的有19人。用汪局的话来说，刑警队就是市局里职业衍生症的重灾区。而实际上，这一情况在全国的公安部队里，也都是一个普遍问题。可是，如果这些刑警，为了自己小小的幸福都离开警队。那么，谁又来为广大人民群众的小小幸福保驾护航呢?

他们是伟大的。

早几年某地爆发的一次骇人听闻的群体暴乱事件中，有43位人民警察，面对着几百个红眼的暴徒。那一刻，他们不可能不会害怕。但也是那一刻，其中一位警察喊了一句:“国家和人民真正需要我们的时刻到了!”

那天，他们驱散了暴徒。

那天，他们中的7位，也永远地淹没在对方的人潮中。

没事的

我们和汪局他们汇合的时候，是晚上9点20分。老者那高大的背影，在夜色中如同神灵，自带光芒。

我们的车停在盘山公路上，前方早已拉起了警戒线。邵波指着一旁停着的2辆9座的黑色汽车对我小声嘀咕道:“那就是特警队的战友的车。”

他说出这话的时候，那言语间竟然还有着浓浓的自豪情愫在溢出。我扭头看他，眼中闪着光。是的，那一身警服是他这一辈子都放不下的债吧!

在我们前方的公路一边，有着一个已经废弃了的收费站。早几年，观音山是市里的重点开发区域，这个收费站虽然偏，但每天也还有着来来往往不少的车辆。到观音山项目被叫停后，这边也日益荒芜，收费站的工作人员在前年就撤走了，只剩下孤零零长满了草的岗亭，证明着这里曾经有过的繁华。

而这一刻，那位伏击者，就藏在废弃的收费岗亭内。他的身份据说已经基本被确定下来，正是那位有着被害妄想症，并且受过军事训练的朴志刚。因为这一刻的他携带着枪支，所以警队的车都停得很靠后。我们上来汇合的那一会，特警队的 6 个小伙，正穿戴整齐，准备冲过去一把拿下对手。而李昊和汪局不知道说了些什么，就只见他从一旁的同事手里接过了一件防弹衣和一个头盔，匆匆地穿戴上。

“不会吧？这个王八蛋也要跟着特警队一起冲上去？”邵波在我身后嘀咕道。

赵珂这一会正和刑警队的另外几个刑警在不远处说着话。李昊的作为，她也看到了。只见她的脚步不自觉地朝着李昊那边迈出了一步，但又停下了。

她没有继续她下意识想要做出的动作，也并没有阻止。

15 分钟后，催泪弹被扔进了收费站的岗亭，缩在岗亭外的李昊与那几位特警将手里的枪牢牢握紧，身体贴在收费站的墙壁上。

黑影终于从岗亭里窜了出来，也第一时间被旁边潜伏着的两个特警扑到了地上。这时，枪声也响了，伴随着枪声，是夜色中那一抹一闪而过的火光。

一个高大的、我们所熟悉的身影，在这一瞬间，也从之前躲着的暗处朝对手扑上去。但他前进的身体，却没能如愿，反倒是朝后飞了起来。隐隐约约中，似乎有液体伴随着他飞起的身体往外溅。

整个世界瞬间宁静，只有赵珂的喊叫声穿透而过。这位冷静沉稳的女法医，终于失态了。她朝前奔跑，却又第一时间一个踉跄摔向地面。

在她身旁的另外几个刑警也都嘶吼起来，朝着李昊中枪后摔向的位置冲了过去。慕容小雪没有上前，她弯腰，去拉扯地上的赵珂。

我和邵波、八戒、古大力三个人也疯魔了，但我们不可能掀开那黑白间隔的警戒线。于是，我们只能选择跑向赵珂身边。

“没事！没事！他穿了防弹衣。”邵波一边说着，一边帮着小雪将赵珂扶起。但这一刻的赵珂，脸上湿透了，满是地上的黑色泥水。

“李昊被打中了脖子……”赵珂的话语声发颤了，“动脉位置……动脉位置……”

她的声音越发微弱，身体如同被瞬间抽去了灵魂：“颈动脉……颈动脉中枪。”

“还不确定，嫂子！还不确定。”小雪的话语声也带着哭腔了。

就这短短的几句对话时间里，李昊那高大的身体，已经被发了狂一般扑上去的几位刑警搂住了。赵珂咬嘴唇了，紧接着她大口吸气，大口呼气。

她如同在刹那间重新拾回最初的模样，并双脚努力站起，并尝试挺胸。她开始甩开搀扶她的小雪和邵波，也尽可能用她平日里的语气说话。

“我要过去了。”她这么说道，“嗯，我是医生。”

说完这话，她朝着那边跑去。

十几分钟后，颈部中枪的李昊被抬上了一辆警车，小雪与另外两个刑警跟上了车，朝着山下开去。跟他们一起下去的另外一辆警车里，朴志刚被捆绑得非常严实。这个矮矮的中年人依旧沉默不语，他之前在精神病院的时日里，也一直如此。我们不知道苏勤和乐瑾瑜她们，是如何走入了这个自闭患者的世界的。但有一点可以肯定，三名如他们一般的精神科医生，在对付精神障碍的病患的问题上，似乎不会有什么是他们做不到的吧？

赵珂却并没有跟随她生死未卜的丈夫一起下山，反倒是迈步走向我和韩晓坐着的这辆警车，并拉开了驾驶室的车门。

“赵珂……”我不知道应该说什么，叫出她的名字后，卡壳了。

“算命的说他能活到九十岁。”赵珂努力挤出了笑，“他自己也说自己命大，只要没断气，就一定能挺过来的。”

“你为什么不跟着车一起去医院呢？”韩晓有点怯生生地小声说道。

赵珂没有第一时间回复她的问话，她发动了汽车。

“我来开吧。”我看了看前面那几辆已经启动的警车对她说道。

“不用。这是警车，我是警察。”赵珂说完这话停顿了一下，又补了一句，“再说，我也是法医，是这次出警的警队里面唯一的一个法医。所以，我不能离开工作岗位。不管是因为任何人，任何事，任何原因。”

“嗯！我明白了。”坐在我身旁的韩晓应道。

“他不会有事的。”赵珂又一次如此自我安慰一般地说道。警车跟上了车队，我们前面就是那辆囚禁着邱凌的囚车。相比较而言，邱凌现在所处的狭小空间，似乎比我们这一刻面对的狰狞世界更为宁静安全些。

很讽刺的，罪不可赦的他，这一刻或许正歪着头咀嚼着他那些充满罪恶的念头。而罪恶的对手——一度如同正义化身的人，这一刻反倒中枪并血流不止，生死未知。

想到这些，我不由得扭头又望向了窗外。什么是对，什么是错？对与错如何界定？正义与邪恶又究竟应该如何来分辨？如果对是对，那维护正义的人，最后为什么并不是好的结局呢？而如果错需要惩罚，那么为什么错的人，就微笑得那般洒脱坦然呢？

车窗外，天幕似乎比之前更加暗了，如同在有意为今晚正义与邪恶的最终竞赛渲染气氛一般。车在盘山公路上又绕了个弯，距离山顶那片烂尾的别墅区更近了。也就是说，距离我再一次看到乐瑾瑜的时间，也更加近了。几天前，她那冷冷看着我的眼神，竟然在天幕中成像了。她那满头银丝，正如这万千雨丝。

“沈非，你不欠我的。”天幕中的她微启嘴唇，缓缓说道，“我，也不要你还。”

我苦笑了，也明白自己真正看到的，依旧只是那黑暗苍穹。这时，我发现，我的手又不自觉地贴在了我的单肩包上。

“嗯！我不欠你的，你……你也不会要我还。”我这般自言自语道。

第十二章

心理大师

一个叫乐瑾瑜的女人

有这么一个寓言。

一位美丽的公主，在河东岸遇到了一头驴。驴是黑色的，但有着白嘴和白色蹄子。

公主想要过对岸去，她相信，英俊的王子在河西的城堡里等着娶自己。但，她穿着美丽的嫁衣。河水虽然不深，但她害怕河水弄脏了衣裙。

驴说："我愿意驮着你过河。"

公主问："你能保证不会弄湿我的衣裙吗？"

驴说："我不能保证。"

公主微笑着摇头："那就算了吧，我想，王子会来接我的。"

她等了很久，天就要黑了，王子并没有来接她，反倒是驴始终在旁边默默守着。公主暗自神伤，当她目光掠过驴的时候，驴笑了："现在，又想让我驮你过去了吧？"

"可是……"公主犹豫着，"可是我等的是我的王子啊。"

驴甩了甩脖子："或许，你在河对岸吻吻我，我就会变成王子了呢？"

公主被他逗笑了："你以为你是青蛙王子吗？"

驴往前凑了凑："来吧，其实你是希望我驮你过去的。因为你的人生不可能永远这么等下去，也不可能永远这么蹉跎下去。天会慢慢变黑，日子会一天一天逝去。到最后，你因为害怕美丽的裙子变脏的时光里，容颜却已经不再曼妙了。那时，你一定会后悔你今天的决定的。"

公主沉默了。

驴又笑了，他弯下了身子到公主跟前，公主只要一抬腿，就能跨上去。

驴又说："美丽的公主，你所理解的爱，只是你自以为的爱。我在这河边，见过几十个美丽的姑娘，听过几十个她们的关于爱的故事。或许，我可以给你三句爱的箴言，让你学会真正理解爱。”

“好吧!”公主点了点头，跨到了驴的身上。驴迈开步子，往河水里走去。

“现在，你可以给我讲你的第一句爱的箴言了吧?”公主趴在驴的身上，很舒服，也感觉很安全。

驴点着头：“王子是你情窦初开的第一个爱人。或许，你没见过他几次，与他的生命也没有太多交集。但是，你有没有想过，你对他的爱为什么会这么深沉，又为什么会愿意为了他走这么远的路，蹚过这么宽的河呢?”

“没想过。”公主小声答道。

驴缓缓道：“无论男人和女人，只有初恋的时候爱的是对方。在那以后，恋爱的都是自己。”

“这，也就是我送给你的第一句箴言。”驴这么说道。

我叫乐瑾瑜。

我是一个孤儿；一个女人；一名精神科医生；一位心理咨询师……我，是一个没有人疼爱过的人。

我的世界曾经繁花似锦，但是葬送在那个本温馨的夜晚。我所热爱的童话一般的美好世界，在一瞬间如同玻璃般破裂，碎渣四溅，去向我无法看到的角落。从此，我再也没有机会重新寻回过去，更别说将之拼凑还原。

我用力地搂着我那个很旧的洋娃娃，蜷缩在孤儿院的小床上。那里的夜晚很冷，盖得也很单薄。也是从那晚开始，我觉得整个世界都变得冷冰冰的了。而一度幼小的心灵里，同样冷冰冰的。显意识与潜意识一起，形成了一个广阔无边际的荒漠。整个荒漠里空无一人，冷风肆虐，暴雨侵袭。

孤儿院的老师说："瑾瑜啊！你要学会宽容，你要学会感恩。上天给予你苦难，是为了让你在品尝到欣喜时，能咀嚼出个中滋味的可贵与美妙。"

但是呢？

我是乐瑾瑜。一个几乎遗忘了得到与拥有是什么滋味的小女孩。我那个很旧很旧的洋娃娃破了，棉絮偷偷探出头来，但我反而将她抱得更紧了。9 岁的我，究竟应该如何理解感恩，又如何理解宽容呢？我只能继续狠狠地抱着我父母留给我的旧旧的洋娃娃，坐在孤儿院的台阶上，看晨曦来，看繁星逝。人世中跌宕起伏的来来去、去去来，本就是每一个人都要经历的。无论，你多么深爱的人，终于一天，都会要分别。而我，只不过比其他人早一点面对这一切罢了。

好的，老师。我在学会宽容，我在学会感恩。但谁又能告诉我，学会了宽容与感恩后，我又能得到什么呢？谁难道还会让一个 9 岁的孩子那破碎的世界再一次合拢不成？

想到这些，我摇了摇头。这一刻的车窗外，那些烂尾的别墅如同夜色中的鬼魅，形状狰狞。我所置身的车厢中，前后左右都是被疯癫的灵魂所控制的驱壳。其中，也包括在车厢前面站着小声说着话的苏勤与蒋泽汉。

我微笑了，扭头，朝着通往这片废弃别墅区的公路方向看了看。警察们应该要来了吧？之前听到的枪响声，应该是朴志刚和警察们已经遭遇上了。之所以在半路上放下这疯狂的被害妄想症患者，其实不过是让他充当一个门铃，为即将真正上映的正戏拉开帷幕而已。况且，苏勤与蒋泽汉也不应该一直被我这么蒙在鼓里。他们需要有心理准备，接受自己即将覆灭的事实。

只是，沈非啊！你也在赶来的车队里吗？那位被囚禁在看守所等着执行死刑的恶魔，不可能在今天这么个好机会来临的时候，放过与你的短暂也是最后一次对决的。不过，你来与不来，对于我来说，又有什么区别呢？本就不是一个世界里的人，不过是我一厢情愿罢了。

“瑾瑜，能问你一个问题吗?”站在最前面的蒋泽汉扭过了头来，“你确定刚才的枪响只是朴志刚在随意耍玩吗？我的印象中，他虽然有着妄想症，但并不是很疯癫。他并不会无缘无故地扣动扳机的。”

“是吗?”我扬起脸直视向他，“对他实施催眠的人好像并不是我吧?这一会应该是我问你这枪响的问题才对，而不是你问我。”

苏勤也扭过了头来。从昨天开始，他的眼神就开始变得异常的放肆。感觉他灵魂深处蛰伏着的恶魔已经苏醒，并控制了这具躯壳。车里的十几位精神病人中，还有几个没有被那大剂量的镇静剂折腾得昏睡过去。他们的身体虽然被护理带固定，嘴巴也被我们用胶布贴上了，但苏勤的这般眼神环视后，他们竟然急促地扭动起来，似乎预感着危险的即将到来。

“嗯！或许，确实是蒋泽汉对自己没有信心。”苏勤这么淡淡地说道。接着，他直愣愣地盯着最前排座位上被绑着的来自苏门市精神病院的三位医生和司机，并咬了咬嘴唇：“瑾瑜，你确定他们醒来后，不会记得几个小时之前发生的一切吗?”

“不会。”我回答道。但紧接着有一种不是很好的预感，“苏勤，之前我们可是说好了不会伤害局外人的。这一点，本也是我们合作做这一系列事情的大前提。”

苏勤点头，转身拉开了车门，朝着不远处之前就挑选好的那栋别墅看了一眼：“瑾瑜，那先推几个病人进去吧。我和蒋泽汉之前准备了 20 个铁笼在里面，而现在只有 18 个病人，多了俩。”说完这话，他朝着最早被注射镇静剂的前排的几个病人走去，将手指探向他们脖子。

“或许，那两个多出来的铁笼，是你为我和瑾瑜准备的吧?”蒋泽汉再次坐到驾驶位上，微微笑着，开着他自以为好笑的玩笑。

苏勤耸肩：“就怕最后是你和我被瑾瑜给锁了进去。”说完这话，他看了我一眼，那眼神意味深长。

我没有避开他的犀利眼神，因为以我对他的了解，可以说大过我对自己的了解。这么多年来，我与他不止是在学术领域里频繁沟通，生活、信仰、人生观、世界观等，其实也都有过深入的探讨。实际上，我和他也都不得不承认的一点是，我俩是同一种人，同一种先天就带着嗜血因子的人。但是，我们与邱凌又有不同。邱凌的父亲是一名疯狂的杀人者，而我和苏勤的父母、祖辈，都算得上是良民。也就是说，就算是我们上一辈甚至上几辈的人们那没有被仪器扫描过的脑部结构里，额叶与颞叶有着小小的缺陷，自控力与同理心异于常人。但他们始终没有逾越社会常理，也没有违背法律与道德的界限。

一直到我们……

“瑾瑜，我先来扛一个病人下车，你给推过去吧！”苏勤的话语声，将我从思绪中拉扯了回来。被他最先扛起的病患是个女性，镇静剂在女性身体里起效的速度，本也大于对男性精神病患。

我点头，将帽子摘下放进了背包里，拉扯着折叠的轮椅朝前走去。蒋泽汉双手搭到了方向盘上，朝着来时的公路方向望着，嘴里嘀咕道：“卸了货后，瑾瑜你就可以好好休息一会了，我和苏勤还得赶去陈教授的心理咨询室。本来说两三个小时就可以赶回去的，这一会都给折腾到晚上了。我觉得啊，这事不小了。”

“我反倒觉得这样才好。”我继续将折叠轮椅往车下拖，“之所以我们要弄死那独眼屠夫，目的就是一起纳个投名状。之前作的最坏的打算，不就是我们三个人能够收获个几天时间，将这几个典型的精神病标本给处理好研究透吗？就算都要被枪毙，起码在枪毙之前的监狱生活里，能够出几个震惊世界的论文。”说到这，我顿了顿，偷偷瞟了一眼苏勤，他依旧面无表情，“泽汉师兄，最危险的地方就是最安全的地方。一堆警察现在围在沈非的诊所外，死死盯着的是沈非的诊疗室。有谁会关心和学生聊八卦的老教授呢？一个多小时前，我们花 1 000 块钱收买的那个送外卖的小伙，应该已经送了丰盛的快餐到老教授的房间里了。他也没有回电话过来，说明一切正常。所以，你也不用太多担心。”

我说这些话的时候，苏勤却一直都没有吱声，他又一次朝着被药物控制后昏迷的司机与医生看了一眼，眼神中所散发出的光芒，越发异常。

我咬了咬牙，率先跳下了车，朝前走了几步，将轮椅拉开。紧接着，我扭头，看到苏勤将本来扛上了的那个病患放到了一旁，他探头到了蒋泽汉耳边，小声说着什么。于是，我假装无意地往前走了一步，想看到他嘴唇如何动弹。但苏勤好像背后有眼睛一般，身子也微微挪了一下。

他知道我精通唇语，这一秘密在这世上没几个人知晓，而他——苏勤，却正是知晓者之一。

这男人始终是可怕的，他天性冷漠，看待任何人都如同蝼蚁。以前，他没有跨过某一条底线，社会常理始终还是他会遵循的东西。而现在……

有点冷，我将拉链往上拉了一点，又一次望向来时的公路。我知道，我已经踏上了一条万劫不复的道路，当我亲手将独眼屠夫的头颅缓缓割下时，过去那个乐瑾瑜就永远不再了。以往，每一次我用解剖刀游走于早已死去的人们身体时，我都有着一种很奇妙的莫名兴奋。一度，我以为那是自己作为学者，作为医生对于更新领域探索的激动情愫。而最终我才明白并不是如此——我内心中有着洪水猛兽，这么多年来它都蠢蠢欲动。

现在，它挣脱了。那么……那么，苏勤究竟想要蒋泽汉将那几个医生如何处置，我又何必去狠狠计较呢？

正想到这，车上的苏勤和蒋泽汉差不多同时“咦”了一声。我循声望过去，只见他俩都一起朝前探了探身体。因为车停的时候有调头，所以，他们这一刻所望向的前方，正是盘山公路往上的方向，也就是我们来的方向。

我将拉链再次往上提了提，紧贴着我内衣的那一圈物件冰冷且沉甸甸的。它们积攒着一股力量，能够在我按动某个按钮后，将远处的某一栋别墅完全夷为平地。

我心跳加速了，应该是有车上来了……

我并没有扭头往公路后方望，反倒是继续盯着车上的苏勤和蒋泽汉。我承认自己有着心虚，即使接下来会要发生的一切是我所计划的，但此时此刻，来自苏勤与蒋泽汉的危险，却是迫在眉睫的。如果，他俩知道这一切都是我暗地里布置的话，那和我一样没有了退路的他们，会如何对待我呢？

不过，这一同时，我又还是有着自信，对自己这走向覆灭的计划的周密，有着自信。

苏勤扭头了，他朝我望了过来。

我冲他微微笑了笑："扛那个病人下来吧。"

他点头，但并没有去扛一旁那个昏睡着的病患，反倒是朝着车门走来。接着，他下车了。

"瑾瑜，能和你单独聊几句吗？"苏勤走到了我跟前小声说道。

我歪头看他："不应该选这么个时间吧？"

苏勤深吸了一口气，他应该也感觉到了车下面的寒冷，那么，他在这一刻深吸气，想要的是体验更多更刺骨的寒意吗？

"我怕，以后没有机会这么和你单独说话了。"苏勤这么说道。

"是吗？"我搓了搓手，将手插入外套的口袋里。我的右手触摸到了那一柄锋利的解剖刀，接着我用食指将皮套往下推，再用拇指在冰冷的刀刃上摩挲。

我如愿收获到了更多的安全感。

"为什么以后会没机会了呢？"我反问道。

"瑾瑜……"苏勤摇了摇头，"你变了。"

"是吗？"我苦笑，"难道，又有谁会永远都是最初的模样吗？"

苏勤："但你变得好像另外一个人了。之前你在监狱里和我们通信，以及之后我们去看你的时候，蒋泽汉就这么给我提过一嘴。但我当时并没有当回事，因为我从一开始就知道你是怎么样一个人，就好像你很早就知道我是怎么一个人一样。"

"我们本来就不是什么好人。"我又一次冲他笑，"书上将你我早就归纳好了。"

"难道你真相信先天注定了性格？"苏勤反问道。

"那我们又如何不相信呢？"我同样反问，并紧接着说道，"苏勤！尽管，我们都质疑着这一定义，但几年后的今天，我和你，以及邱凌又都变成了什么模样呢？也就是说，我们这些年想要击碎的天生犯罪人的谬论，最终的结果，却是把我们自己铸为了祭品，当成了铁钉，打到了这一理论的基石上了啊！"

苏勤摇了摇头，望向一边，他也并没有反驳我什么。半晌，他回过头来，望向我的目光中，那锐利光芒收敛了不少。

"你孤独吗？"他突然问出这么个奇怪的问题。

我的手抖动了一下，紧贴着解剖刀刀刃的拇指明显感觉到刺痛。

苏勤继续着："你不可能不孤独的，就和我一样。很多很多年以前，我就总觉得自己与身边人无法要好。他们说我这是学霸都会有的傲慢，但实际上，我的不合群完全是因为我对周遭一切的冷漠。刚开始接触心理学的时候，我用专业知识来诊断过自己。然后，我发现自己具备着那本厚厚的《变态心理学》里面的诸多种心理障碍的症状。我惶恐起来，努力伪装自己，让自己俨然是一位热爱心理学的学生而已。实际上，我不过是用自己的方法尝试自救。也是那段日子里，我认识了蒋泽汉，这么一个憨厚到没有太多自己的人。之后，我和他居然成了好朋友，只不过因为他的世界在我眼里如同透明。遇到一件事，他会如何思考，如何作为，都是我能够轻易洞悉到的。这，也就是我和他要好的原因——我不需要对他设防。反之，我对整个世界都设防。”

我没有出声，将拇指上流出的血在口袋里擦去。

“那段日子，我很高兴。我发现我有了朋友，发现自己并不是真那么的淡漠。接着，我开始尝试融入社团。但……”苏勤笑了笑，“但是我这种人又怎么可能加入别人的社团呢？于是，就有了我们的乌列社。也是因为乌列社，你、邱凌，在那些个学弟学妹中走了出来，最终我们四个聚到了一起。”

“磁场相同的人，总会在人海中被吸到一起。”我轻声说道，并望了一眼公路那头——依旧漆黑，没有动静。但我明白，也应该只是暂时没有动静而已。

“是吧？但那时候开始，我就对邱凌始终有着小小的担忧。你我算得上正常，而他不一样。总觉得，他埋藏了太多太多的心事，憋在心里，也不吐出来……”苏勤停顿了一下，又望向了我，“瑾瑜，又扯远了。”

我耸肩：“这一会也不是聊这些的时候。”说完我将那轮椅又晃了下，看看是否牢固，“苏勤师兄，带个病人下来我推进去……”

“瑾瑜，我还是想知道，你到底想做什么？”苏勤猛地打断了我的话，他上半身朝前倾，眼神再次锐利，死死盯上我的眼睛，“你是不是一早就知道市局的刑警突审邱凌后，邱凌会提出要见沈非，是不是？”

我心往下一沉，但依旧面无表情。

“你说沈非是市局李大队的同学，所以他的诊所是最好的掩护所。实际上，你的真实目的，不过是要把我和蒋泽汉都卷进来，和你一样没有退路对不对？”苏勤语速很快，“瑾瑜，你到底是想要做什么？回答我。”

我那在口袋里的手，再一次紧紧握住了解剖刀的刀柄。我的手掌很干燥，指关节也很有力。我在观察着苏勤的表情，揣摩着他这一刻真实的思想究竟是愤怒还是恐惧。因为，他的情绪，决定了接下来他会对我做什么举动。

很快，我就偷偷舒了一口气。因为我注意到他有一个非常细小的动作——他的脚尖并没有朝向我，而是朝向一旁越发荒芜的黑色雨夜。

他没有想要扑向我的冲动，相反的，他心里有着畏惧，希望逃跑，消失在人们的视线中。

“苏勤，你早就发现我有什么不对了，是吗？”我问道。

“嗯！”苏勤点头，“实际上从看守所外接到你那天开始，我就觉得你不对了。只是……”他咬了咬牙，“只是我高看了自己，以为自己的疯狂，会和你同一节奏。可计划一步步行进后，我的担忧也在不断膨胀了。”

“这不像你。”我笑了，“这应该是蒋泽汉师兄的所想所为才对。”

苏勤苦笑了：“他还会和以前一样思考问题吗？你我早就将他改变了，不是吗？他脑子里蜷缩着的弓形虫，咀嚼着他的脑汁，篡改着他的行为方式。于是，以前那不计后果的我，总有一个思前思后的他拉扯着。而今时今日，他不懂如何考虑后果了，我是不是就应该来考虑考虑后果呢？”

“哼！”我闷哼了一下，扭头了。

“也差不多了。”说完这话，我将地上的轮椅朝着苏勤踢了一脚，“现在看来，苏勤师兄，你终究也不过是个不敢实践的呆子学者罢了。”

我往后退着，身后却不是苏勤他们所布置好了的那个废弃别墅：“你能帮我推三个昏迷的病人进来吗？或许，我能够让你们全身而退。”

“不明白你的意思。”苏勤歪着头问道。

“苏勤，你担心的确实就是之后会发生的。很快，警察就会到这别墅区外了。他们会将这个区域都封闭起来，荷枪实弹……”我继续说着，并缓缓退着，“而你俩却并不会是无路可退，相反的，我给你们安排了两条后路可以走。每一条，都会让你们相安无事。”

“是什么？”苏勤问道。

“我想，你要加快速度，帮我送三个病人进来。”我朝着身后另外一栋在黑暗中如同鬼魅般张牙舞爪的别墅说道，“我在那栋堡垒的地下室等你。”

我努了努嘴：“时间不多了，师兄，你要快一点了。”

“你……你……”苏勤的嘴唇哆嗦了起来，“瑾瑜，你这么做是为什么？”

我的心往下一沉，似乎就这么瞬间变成了铅块。

我是为了什么呢？

我没有回答他的问话，朝着那栋别墅走去。

我穿过了那早已破败的一楼房间，通往地下室的水泥台阶坑坑洼洼，如同踩过小河畔的卵石小路。我踮起脚，在地下室的铁门上方摸索起来。接着，我笑了，因为我如愿摸到了那一片冰冷的钥匙。看来，邱凌并没有将我的最后世界摧毁。

我用钥匙拧开了锁，扑面而至的是那股子难闻的霉味。我皱了皱眉，伸手在旁边的木架上搜索着。

火柴、蜡烛，都在……

我点燃了几根蜡烛，插在这 50 平方米大小的地下室四面的木架上。接着，我又从其中一个木架上拿下了香薰炉和精油盒子。

鸡蛋花精油——名字很土的芬芳女神，被我滴入了熏炉。那淡淡的香味，迅速驱散着房间里的霉味。她产于南美洲，花开五瓣，呈乳白色，底部却是蛋黄色，白黄相间，故称为鸡蛋花。她的精油很难被提炼出来，化为香味后，能够快速净化空气。在这长久没有通风的世界，需要的自然是它的芬芳才对。

而它的花语是……

它的花语是孕育、新生。

“瑾瑜，你是在地下室吗？”楼上传来了苏勤的说话声。

“嗯！”我应着。

他的身影很快出现在楼梯位置，并扛下了一个昏迷着的病患。他看了我一眼，欲言又止，快步离开。他那紧皱的眉头，让我知道他对在这地下室里看到的一切都感觉厌恶，尤其是最角落那张靠背椅上的……

但，我不想再和他说话了，因为十几分钟后，三个病人都被放到地下室的地上横卧着之后，我与他的人生的交集，从此就不再有了。

我笑了，坐到了房间中间的手术台上。我探手到衣服里面，那硬邦邦的雷管还在，让我感觉踏实。接着，我又从外套的内口袋里，掏出了那个牛皮纸的信封。

这是给苏勤的信。十几分钟后，这封信一定会被他撕成碎片，甚至直接烧掉。因为上面的文字能拯救他们，也能够毁灭他们。

苏勤师兄：

对不起了！

一度，我和你一样，以为这个你们所熟悉的瑾瑜，是能够成就一番事业的女人。但经年累月后，我发现这一想法是错的，瑾瑜只是个女人，一个很普通的女人。

我们天性淡漠吗？这个问题其实一直困扰着我。如果是，那么邱凌为什么会如同飞蛾一般扑入烈火呢？如果不是，那成年后的我们又为什么始终无法被人感动，忘却最初的迷恋呢？

一直到那一天晚上，一个叫尚午的奇怪男人，走进了苏门大学的心理障碍救助中心。值班的我本来想将他拒之门外，因为我们不需要对学生以外的任何人提供咨询服务。但……但他那细长的眼睛深处，有着特殊的魔力。也是在那一晚，这个叫作尚午的来访者描述的故事里，文戈姐的名字出现在其中。我，开始有了小小的、有点邪恶的心思。而这小小的邪恶的心思，令我变成了那位叫潘多拉的少女。

是的，我所开启的盒子，便是用庞大的诡计去重置沈非的世界。

很顺利的，我将尚午心中对他所深爱女人的爱意，转换成了对可能的谋杀者——文戈的恨。人本主义作为心理学中的第三思潮，临床使用到尚午身上，确实很有效。只不过，人本是挖掘受访者内心深处积极的东西，而我尝试唤起的，是恶意罢了。也可以理解成为，在尚午的情感需求这一板块里面，他需要的本就是仇恨，而我稍加引导，就能唤出烈火，须臾燎原。

是的，是我让尚午去尝试再次找到文戈的。狡猾的他如同幽灵，默不作声地潜伏在了文戈的身后。他用着他独特的方法，一步步的、一步步的，拉扯着文戈走到她人生的尽头。而他的反证法理论也还真的说得过去——文戈心虚，就会走向毁灭。相反的，她心里敞亮，又怎么会害怕黑夜呢？想到了这些后，我心安，并为文戈曾经或许有过的罪恶而咬牙切齿。

文戈死了，沈非重新单身了。我如同躲藏在暗处的女巫，沾沾自喜，静候他伤痕抚平后，再走入他的世界。但意想不到的事情出现了——沈非居然……他居然启动了一种心理防御机制，将妻子离世的事否定了。一个如他一般优秀的心理咨询师，怎么能够这样自欺欺人呢？

我很愤怒，但找不到能够发泄的对象。这时，邱凌又给我发邮件了，字里行间依旧是那文绉绉的语句，孔雀开屏般展示自己所标榜着的伟大无私的爱。可，爱又岂是他所理解的那样呢？又怎么可能只是一个人的事呢？爱一个人，想要和他永远在一起，难道有问题吗？

是的，爱就是占有。这点绝对不会是错。我这难熬的人生旅程，尝够了太多太多的辛苦，走过了太久太久的孑然。我胸怀宽容，胸怀感恩，不曾与人争夺，也不懂嫉恨，换回的又是什么呢？苏勤师兄，我换回的是什么呢？

爱，就是占有，只是邱凌这种人永远不会明白罢了。因为他空有洪水猛兽，却又隐忍始终。我不想成为他，不想在自己深爱的人已经永远消失后，再去追悔莫及。

要唤醒邱凌心中的魔有点难，尽管他思想世界里阴暗无光。他似乎习惯了压抑，再如何痛苦，也将自己完全深锁。可惜的是，他唯一愿意倾诉的人——这个我，早已心怀魔障。最终，我的轻声细语，令他以为释放潜意识里的自己就是再生。他站在苏门大学档案馆楼下，望着那团并不熊熊的火焰告诉我，从那一刻开始，他沦为了魔王。我微笑着看他，憧憬着他将要用何种方式令沈非走出自我欺骗的堡垒。一些日子后，当我知道邱凌竟然就是在那之后出现的梯田人魔时，我深深惶恐。因为那一瞬间，我突然知晓了自己，竟然成为了那一系列命案的始作俑者。而我的出发点，我的本意，不过只是想要我所无法忘怀的男人，开始直面人生，忘记过往而已。

也就是我知晓自己犯下如此大的罪恶的那些时日里，我争取调到海阳市精神病院的名额也下来了。在那些个日子里，沈非，这个令我始终无法放下的男人，就那么很直接地重新走回到了我的世界。

我好想自己真的可以幻化成他身旁陪他查邱凌的单纯小师妹啊，站他左右，如同拥有一切，再没有什么是能够让我满足感最大化的事了。很遗憾，我并不单纯，甚至必须为邱凌犯下的杀戮承担责任，尽管没有人知晓，但我自己明了。

如果说尚午的事，令我以为自己能够成为翻云覆雨手，躲在暗处左右人世。那么，到邱凌被捕后，我开始明白精通心理学的自己并不是那么万能，人心也并不是那么可控。心魔被放纵后的邱凌是可怕的，他如愿进入了精神病院，并成为了尚午的病友。我知道，这只是他的起点，也隐隐窥探出他的终点。

他想要尚午死，也想要彻底毁掉沈非。

前者，我可以纵容。后者……

苏勤师兄，经历了很多很多事情后，我也终于释怀了。在世人看来，我的犯错不过如此。但我自己却是明白，我必须为惨死在邱凌手下的那些人们负责。在海阳市精神病院的某一个下午，我亲耳听到沈非说他永远不可能爱我。

也就是那一刻开始，我的信仰崩塌，我为这一信仰所犯下的错也都成为沉甸甸的十字架，将我钉入地狱。经历了太多太多了，心累，到满头白发。身也只想安息，回到多年前那个夜晚，随我父母一起死去，那多好呢？永远活成那个无忧无虑的小公主，画下句点，诠释永恒。

我只想亲手将自己释放出来的恶魔了结掉，这就是我现在唯一想做的事情。而师兄，你们只需要将一切一切都推到我身上就够了。因为当你们面对审讯的时候，我的身已冰凉，心亦停顿。又或者，你们可以找条小路尝试离开，这里的一切，本就需要我一个人面对。利用了你们，我心有愧疚。但……但除了你们，又还有谁能够帮我一程呢？

罪人：乐瑾瑜

我笑了，将那柄解剖刀从口袋里拿了出来，伸到一旁的蜡烛的火苗上，来回晃动。苏勤再次走进了地下室，放下了一名昏迷着的病患。

“两个了，我再给你扛一个下来。”他这么说到，并转身离开。

一个叫邱凌的男人

有一头驮着美丽公主过河的驴，继续缓步朝前行走着。

“我不太明白你送我的这句爱的箴言的含义。或许，我还太过年轻吧？”公主这么说道。

驴笑了笑：“是的，很多感受，都只有走过了很长的路以后才能最终明了。接下来，我美丽的小公主，你睡一会吧。这条河还很宽，沿途也并没有美好的风景。”

“好吧！”公主应道，将脸贴到了驴的背上，很温暖，她心里满满的安全感。

“不过……”驴突然小声说道，“不过你在我背上不能流泪哦，因为你一旦流泪，便会是我承受不起的重负。”

“嗯!”公主的长发在驴的背上磨蹭着。

驴说：“你喜欢我这么背着你吗?”

“我喜欢。”公主说。

“我也喜欢。”驴顿了顿，“好想永远这么背着你走下去啊。”

风与驴的温柔话语轻抚着公主，她微笑着入眠。梦中，她吻了驴，然后驴变成了王子，从此他们幸福地生活在了一起……

公主醒了，她看到驴依然缓步轻行，自己的衣裙分毫不湿。她芳心窃喜，于是，她偷偷吻了驴。

驴没有变成王子。原来，童话就只是童话。而她的未来丈夫，也只会是河对岸城堡里的那位王子。想到这些，她的眼角滑下了一滴眼泪。

“你醒了吗?”驴问道。而这一刻，那一滴泪正在公主的脸上往下游走。

“嗯!”公主回答道。

“爱是唯一的，爱人却不是唯一的。”驴这么说道，“这是我送给你的第二句爱的箴言。”

“知道了。”公主一边说着一边用双手环抱着驴的脖子。这时，那一滴泪终于离开了公主的脸颊，滴落到了驴的身上。

驴如同被灼伤一般，猛地扬蹄子嘶鸣，激起了浪花千丈。

公主摔下了驴背，衣裙湿了。

“爱是唯一的，爱人却不是唯一的。我想，我开始慢慢明白了。”公主看了驴一眼，对方在这短短瞬间变得陌生了。公主明白，是自己没有做到驴要求的事，她叹了口气，转身，蹚着水朝河对岸走去，任由那百褶裙跟着流淌的河水荡漾。

我叫邱凌。

我是一个杀人犯；一个恶魔；一个痴汉；一个偷窥者……我是一个没有得到过爱的可怜虫。

囚车的门再一次被打开了，车外的寒风瞬间侵入。但那几个武警的身子并没有往回缩，反倒是挺胸了一下。

"就我和沈非上车吧。"说这话的是女声。因为外面有白炽灯的缘故，所以暗处的我看她只是黑影，一个陌生的黑影。但，她身旁的另外一个人影，却是我所熟悉的。

是沈非。

我阴了阴眼睛，身子依旧只能蜷缩着。这么些个日子里，我一度以为的坦然面对生死，含笑而过，最终斗不过细细的镣铐，斯文扫地。

"邱凌，我们需要你陪沈非出一趟现场。"说话的女人跨上了车厢，她冲那几个武警挥手，示意他们下去。武警们站起，往下走去。这时，我看清楚了她，是刑警队的那个法医赵珂。

我冷笑了："嗯，我不想动了，外面有点冷。"

"邱凌，乐瑾瑜挟持了三名人质，在一栋废弃别墅的地下室里。"沈非也上车了，他再一次坐到了我的对面。

我看了他一眼："具体是哪一栋，或许我还记得的。毕竟……毕竟我是一个超忆症患者，你知道的。"

"你记得？"沈非皱了下眉，"你来过这里。"

"没有。"我这么回答道，头朝车厢外看了看。那远处的夜雨中，耸立的别墅如同张牙舞爪的恶魔。它们想要吞噬谁，谁都无法逃避。我笑了……我怎么会不知道这里呢？那年正是我领着乐瑾瑜来到这个废园中，找到了其中与她老家房子差不多的一栋，以及一个差不多的地下室。乐瑾瑜是一个很缺乏安全感的人，她迷恋着缩在地下室里的感觉。苏门大学心理咨询中心就是在那栋教学楼的地下室里，所以，她经常整夜在那里待着，静候天明。她告诉我，她始终是要来到海阳市的，因为海阳市有海，能让她思想放飞。到后来我被带入精神病院后我才慢慢发现，她想要的，并不是海阳市的海，而是海阳市的一个男人。

那个男人就是沈非。

“警队的人围住那辆装着精神病人的车后，苏勤和蒋泽汉就举着手走下车了。他们说他们什么都不知道，都是乐瑾瑜布置的，目的只是要对这些精神病人进行一次病例采集而已。对于独眼屠夫的死，他们也推得一干二净，声称之前他们只是帮助乐瑾瑜从医院带走了张金伟，之后的事他们就都不知道了。”叫赵珂的法医一本正经地说着话，眉头皱得很紧，眼神中透着某种悲伤的情愫，似乎有着什么巨大的悲痛，被强行压制着。

她继续着：“他俩的供词漏洞百出，但我们这会也确实拿他们没有太多办法，因为乐瑾瑜现在并没有归案，无法对照他们口供中的真假虚实。”

我打断了她，因为我了解乐瑾瑜，也大概能猜到她现在是想要什么：“是乐瑾瑜提出要我和沈非进去的吗？”

“是！”回答我的是沈非，他的腮帮动了一下——他咬了咬牙，“乐瑾瑜身上绑着一圈雷管，窝在一个只有一扇门的地下室里。有三个被药物控制着的病人在她手里。”

“哦！”我点了点头，“她拒绝与任何人谈判，声称警方的人一旦靠近，她就会拉响炸药。接着，表现得歇斯底里的她问你们，外面是否有她认识的人。然后有人说了沈非也在。这时，那看上去状态很不稳定的她便又提出要求，要求将看守所里的我也带来这里，并要我和沈非一起进去，她才肯放人。”

我得意起来，恶狠狠地盯着沈非：“是这样吧？所以，你们这些可怜虫又来求我了。”

沈非却摇头了，这一刻的他面无表情，让我看不出他心里在想着什么。他沉默了几秒，应该是在思考吗？又好像不是。或者，他只是故意停顿几秒，让自己接下来说的话显得重要。

“瑾瑜并没有像你，在面对博弈时，始终不敢表现真实自己，而选择不断扮演各种自以为很应景的模样。”沈非缓缓说道，“她不过只是让苏勤他们带出了话，要你和我进去和她聊聊。她说她知道你和我都在外面，有很多事，想和你我解释清楚。一旦释怀，她就会无条件释放人质，并接受投降。”

我将头低下，装作很无意地晃动了几下铁链，这样，铁链的清脆声响，似乎就能够掩盖我内心的情绪波动。

“沈非医生，我很奇怪，一向谨慎的警察们，为什么会答应她提出的要求，让你来说服我并领着我这么个待处决的重刑犯，去见另一个危险人物呢？”我抬头，对沈非问道。

他耸了耸肩，这一动作是他时不时要展现出来的。以前，我将之破译为他假装的轻松。后来，我发现他的这一动作真正的目的，不过是掩盖惶恐罢了。意识到这一点，我再次有了一丝丝得意的感觉，如同自己又一次开始驾驭他的情绪与思考路向了。

他话语依旧平和：“我和汪局聊了一会，也成功说服了他。”

“我很好奇你是用什么理由说服了他的。”我打断他，问道。

“很容易。”沈非回答道，“我就是告诉他，邱凌会在今晚自杀，选择的方法是憋住呼吸，让自己窒息身亡。汪局旁边的一个刑警说我这是危言耸听，但汪局却不是这么认为的。对于你是如何极端，他心里清楚。所以，我承诺，我能够令你乖乖地接受死刑的执行。也承诺，会救出那三个病患。”

“你们都很天真。”我摇着头，“又或者，是他们都太高估了沈非医生您对于别人的掌控。实际上……”我也做了个耸肩的动作，让自己显得很轻松，“实际上，沈非，你连如何说服我，都没有把握。”

“是的，我说服不了你的。”沈非笑了，“刚才坐在车上，望着远处那有着乐瑾瑜蜷缩着的房子时候，我觉得自己似乎想明白了什么。”

“哦，你想明白了什么？说来听听。”我问道。

沈非扭头了，去看远处如鬼魅般舞爪的建筑：“实际上，没有谁，能真正说服谁。我们心理咨询师每天做的，本也是聆听与引导。真正能够战胜心理疾病的，始终是每一个来访者自己心中的那一抹阳光而已。所以……”

沈非回头了，望向我的眼神越发平和了。

“所以，邱凌，我不想要说服你了，而只是想给你光。”他这么说道。

我没接话，因为我知道他之所以在这节骨眼上停顿下来，是等我问上一句“如何给光”。这样，我内心中激起的好奇心会让我对他之后的话语更加重视。

我冷冷地看着他而已。

他却越发平和：“邱凌，我必须承认，你对文戈的爱之深刻，早已超越了我。”

一瞬间，我的泪腺如同脆弱的堤坝，被冲垮了。我深吸气，将腿往上抬起，这样，我的手就能得以往上，我的头就能得以仰起。但热泪，终于放肆溢出，快速滑向两鬓，渗入发丝。

“你终于承认了。”我轻声说道。

“其实，我心里早就明了，但不愿承认罢了。”沈非继续着，“邱凌，你不是希望自己的骨灰被埋到学校后山那棵树下面吗？我会的。而且，那骨灰盒里，还会有着下午我给你的那一缕曾经属于鲜活的文戈的发丝。实际上，今天下午我之所以将那一缕发丝给到你，原因是我早就明白，你对文戈的执着多于我。而公平，却未曾眷顾你。你所爱的人的世界里的永恒，是我。”

“够了，沈非。”我打断了他。

我将手脚放低，头再次往下，在裤子上擦着。半晌，我抬头，我笑了："沈非，其实，我对很多人吹过牛，说自己与你在大学时候就是相识。我说你我同时爱上了同一个姑娘，而我成全了你，让给了你罢了。"

"我知道。"沈非又一次耸肩了。

"沈非……"一旁的那位女警小声说道，"要进去了。"

"邱凌，陪我进去一趟。"沈非却没有应这个叫赵珂的女警的话，"你不是说想要我最终的解脱吗？那么，帮我解开我的病灶吧。这一刻的我心里只有一个结了，她叫乐瑾瑜。我害怕辜负她，想拯救她。而对这位叫作乐瑾瑜的心理疾病病患，我这一个心理医生可能不够。邱凌，我需要你的帮助。"

我笑了："沈非，你终于学会了如何示弱，也学会了如何真正的引导。"

我转身望向赵珂："警官，可以解开我镣铐吗？"

她愣了一下，我笑了："放心，我的意思只是松开我手铐与脚镣中间的细细铁链罢了。毕竟……"我扭头看沈非，笑着，"毕竟我这一辈子唯一一次作为一名心理医生走向我的来访者、我的病患的短暂时间里，也还是希望能够挺着胸，显得稍微体面一点。而我回报的……我回报的……"

我耸了耸肩："我会睁着眼，被你们拉扯到刑场，接受死刑的。"

"哦！"赵珂点了下头，然后看了沈非一眼，"我做不了主，得听汪局的。"

说完这话，她单手伸进发丝，似乎是在拨弄耳朵上戴着的什么东西。

很快，她耳朵上戴着的那某样小东西里，传来了她的领导的回复。

"好吧！不过，我们希望你对自己的话能够完全负责。"她这么说道。

外面的雨已经大了，刑警们都没打伞，在雨中忙着他们各自要忙的事情，好像这场雨压根就不存在似的。武警们依旧跟在我和沈非身后，他们在这走向别墅的最后几百米也不甚放心，双手握着枪，仿佛我随时的轻举妄动，就会换回他们的开枪击杀一般。

我并不在乎的，就如同我这么些年里，没有在乎过任何人了一样。

不在乎吗？

陈黛西的脸在我脑海中成像了。她努力地微笑着，用头发拦住自己那另一半的狰狞。于是乎，我与她的所有记忆，又如同我回忆文戈的那些过往一样，在我的世界里开始来回放映了。一些，一些，又一些的；小小的，小小的，那般小小的甜蜜。

我不爱她，这点是肯定的。但……

但我是她这一生中唯一的一个爱人，这点，我坚信。于是，用沈非的那套话来诠释的话，我便成为了她——一个叫陈黛西的女人生命中的永恒。

我想，我不应该这么伤她的。

我将背挺了挺，脚步加快。其实，我并不比沈非矮，腿也不比他短。但我有脚镣，无法如同他一样大步迈开步子。沈非似乎也意识到了这一点，他放缓了，却没看我，直直地望向了那栋有着乐瑾瑜蛰伏的房子。

他不可能对乐瑾瑜有爱意的，就好像他这一辈子都不可能成为乐瑾瑜的爱人一样。

爱人……

这个词让我又有点莫名伤感起来。

文戈是沈非的爱人，我是陈黛西的爱人。一度，我想要成为文戈的爱人，因为我爱她，但是……

我和沈非继续朝前走着，废园地上的草都齐膝了，冰冷的雨水穿过我本就单薄的囚衣，令我的躯体与这冰冷世界的温度大同……

爱人……那么，我算是乐瑾瑜的爱人吗？毕竟，毕竟……

是的，我是乐瑾瑜唯一有过的一个男人。这个秘密，不可能有第三个人知道，永远不可能有人知道。

两年前，离开了精神病院的那个夜晚，我们的目的地并不是她老家的宅子，而是兜上了小路，拐上了这通往观音山的盘山公路。

她如同拖麻袋一般，将无法动弹的我，拉进了这个最初就是我指引她来到的地下室。她也并没有点上蜡烛，尽管我知道这地下室里是有蜡烛的。

她开始说话，说自己与沈非的一切。但很可悲的是，那一切，只用了很短的时间就说完了。因为，她生命中真正与沈非有过的交集，本就不多。或许，以往她并不会如此觉得，到那个夜晚，她第一次想要拿出来完完全全与人诉说的时候，才突然发现，自以为跌宕起伏的关于自己爱情的故事，竟然多么的短暂，又空洞得令她自己觉得寒酸。

意识到这一点，她叹了口气。

她开始抽泣，黑暗中，我能依稀分辨出她端坐的方向，但是抽泣声却似乎无处不在，充斥在整个地下室。我知道，她和我一样，是孤独的。没有人说话，也没有人倾诉。有过的酸楚，她会在深夜自己默默消化，有过的快乐，又似乎远远及不上正常人的快乐。

最后，黑暗中传来细细碎碎的声响，她的抽泣声渐渐停顿了。

“邱凌，能帮我一下吗？”乐瑾瑜突然这么说道。

我愣了，因为她这么个永远没人能够看懂的女人，又有什么事，是她会选择垂首恳求人的呢？

“你不是想要弄死我吗？”我这么回答到。实际上从我被她带出来的那一刻开始，我就知道她想要什么，我也准备好了迎接死亡。

“我从来没有过爱人。”黑暗中的她轻声说道。

“然后呢？”我不知道如何接话。

“我，我还是个处女。”她说出这句话语的时候，声音依旧平淡，仿佛这话也本就平淡无奇。

我想摇头，但身体还依旧无法摆脱药物的控制：“你可以留给沈非。”

我这么回答道。

“我不想自己为了一个不可能的人，永远这么不完整。”说完这话，她的呼吸声近了。接着，她的手伸到了平躺在地上的我的腿上。她有颤抖，动作笨拙地解着我的纽扣。我惶恐了，因为她不应该如此笨拙的。她曾经解剖过很多尸体，对人体的结构是非常了解的才对。接着，我又意识到，她那之前触碰过的，都是冰凉的躯壳，没有生命的胴体罢了。

我叹了口气，没有说话。因为这时，她已经贴到了我身体上了。她的皮肤冰凉，宛如这地下室的湿气聚集而成的一个精灵。而我身体里的药物也在逐渐失效，某些最原始的部位，更是率先复活。

“你是我的第一个男人。”事后，她这么说到。然后，她趴在我的胸膛上，长发贴着我裸露的身体。她依旧冰凉，但温温的液体，从她脸颊上往下滑落，在我的肌肤上汇聚成溪，又汇聚成江、成河，汇聚成一个女人在爱恋中无法挣脱的海洋。

终于，我能动弹了，我努力爬起，将如同已经死去的她移开，并挪动身体，去推开了那扇地下室的门。天已经亮了，阳光照入这地下室。我揉了揉眼，扭头。

我看到了地上那具美好的女人身体，以及……以及她在这一夜变白的发丝。

我没忍住，轻轻地“啊”了一声。我的视线继续往前，望向那地下室更前方的位置。我双腿发软，坐到了地上。

因为那地下室前方的位置，竟然有着……竟然有着……

“邱凌，希望你答应我们的话都能做到。”身后的那个叫赵珂的女警将我的思绪打断了。

我扭头，冲她笑了笑。这时，我发现沈非还是没有看我，他依旧望向着我们前方的那栋如同恶魔一般张牙舞爪的废弃别墅。

他也有了鱼尾，蔓延在他的眼角。

他应该昨天理了发，或许真如他自己所说的——他总是需要用某些仪式，来为今天自以为的新篇章拉开帷幕。接着，我看到了不少白色的发楂。

我悲伤起来，并不是为自己，而是为他。原来，这个如同男神一般，在我心中耸立了这么多年的家伙，也会有铅华尽逝的一天。他一度闪耀着的、令文戈心醉的光芒，经年累月后，竟然也会泯灭。

我笑了，仰脸，看黑色天际，以及早已与天际成为一色的黑色大地。文戈，你在那注视着我吗？如果那黑暗中有你，那么，这一会的你是欣喜的，还是悲伤的呢？

我爱过一个女人。然后，我成为了另外两个女人有过的爱人。这，就是我的故事。

我挺了挺胸，脊椎很痛，它早已无法习惯挺拔了。

"走吧，沈医生，开始见见我们的病人吧。"我耸了耸肩，对沈非说道。而我和他即将走入的地下室里，有着一个叫作乐瑾瑜的女人，以及一个，一个沈非怎么样也不可能想到的；一个曾经让我在那个清晨第一眼看到后跌倒的；端坐在那地下室角落里面的……一个端坐在角落里面的，叫作文戈的……

一个叫沈非的男人

那条有着齐膝河水的小河里，公主和驴朝着属于各自的，完全相反的方向行进了。

驴走得很快，似乎害怕公主要叫住它一般。但公主不会，因为她的美丽长裙早已湿透了，便也没必要再需要驴的帮助。只是，她泪流不止，河水冷彻心扉。

“嘿！有着白嘴白色蹄子的驴啊！你能够载着我去到河对岸吗?”

这时，公主听到身后，有着女孩的说话声。

于是，她扭头，发现在自己来时的那对岸，又有着一位微笑着穿着美丽衣裙的女孩，正在冲那头驴喊话。

驴愣住了，紧接着，驴回过头来看了看公主。公主对它摊开了手，示意自己并不介意。毕竟自己与驴，本也没有什么，不过是各自有过一二鬼胎罢了。

驴答应了那女孩，并让女孩坐到了自己的背上。

“嘿！美丽的公主，有什么是我能够帮助你的。”一个好听的声音在公主身后响起。

公主扭头，发现一头高大的熊正笑着看着自己。

“能抱抱我吗?”公主并没有等熊的答复，而是直接搂上了对方。熊身上浓密的毛，令她觉得温暖了，也很舒服。

“对了!”公主朝着河中间的驴喊道，“你不是要给我说三句爱的箴言吗？好像还有一句没说。”

驴却并没有抬头，它依旧扛着那位姑娘朝前走着。

“不管是谁，也不管他如何诠释自己的爱，真正爱着的人，永远只是自己。”驴低着头，缓缓说道，“这，就是我给你的第三句爱的箴言。”

我是沈非。

我是一个心理咨询师；一个鳏夫；一个私营业主……我是一个每每在爱面前，只懂往后缩的男人。

“瑾瑜，我是沈非，我和邱凌就在门口了。现在，我们可以进来吗?”我站在那栋别墅的门口，冲着前方那开着的地下室的门喊道。

“等我准备一下吧。”瑾瑜的声音从那闪着烛光的阴暗世界里传来，声音一反常态的清脆，宛如单纯，又宛如无暇，“一会我喊你们。”她又补上了这么一句。

“哦！”我应了，紧接着，发现汪局所说的那红色光点果然出现了，在我前方不远处的墙壁上闪烁了一下。如果不是他们之前给我提醒过，我还真的不可能注意到。

“沈非，我只能给你20分钟。”这是汪局在我要走向邱凌囚车之前对我说的一段话，“对方已经杀死了一名受害者了。在她看来，再多杀一个、两个都无所谓了。所以，我同意你领着邱凌进去，这是一次有极大风险的赌博。”

“汪局，我能够说服她的。”那一刻的我这么回答道。

“沈非……”汪局摇了摇头，“以前，或许我会相信你。但现在的你……”他顿了顿，似乎在考虑接下来的话是不是有必要说。

半晌，他再次看我，表情凝重。

“沈非，之前的开发商已经把图纸发了过来，特警队的狙击手现在也找到了一个比较好的角度，能透过地下室另一边的一块小小玻璃，尽可能地瞄进地下室更多的区域。如果……”这位老警察顿了顿，“如果你觉得搞不定的话，那么，退一步的目的，就只是让嫌犯的身体能够出来一点点，让我们的狙击手有机会将她一枪击毙。”

在他身旁的另外一位身材高大，穿着特警制服的汉子补上了一句：“从你走入别墅开始，你就会看到一个红色光点偶尔闪一下。之后你进入地下室以后，那光点闪到的最深处的位置，便是我们的狙击手能够射杀嫌犯的射程极限。”

我那搭着单肩包的手紧了一下，包里面，有着我想要送给某个人的小小礼物。它是否珍贵我不得而知，但它应该是沉重的。接着，我没有反对，冲他俩点头。因为，我必须要接受的事实是，对罪恶的一丝丝放纵，换回的便是更为可怕的后果。这是连李昊这种代表着正义存在着的人，都无法幸免的。而瑾瑜，她又是否便是罪恶呢？

我必须承认，答案是。

“好了，你们进来吧。不过，我不希望看到你们的时候，还有其他人也出现在我视线中。那样，我会不开心的。”乐瑾瑜的声音从地下室中传来，与最初我所认识的她的声音大同，如同初入世，清脆，响亮。

“沈非，看来你说的是对的。”邱凌笑了，“不是每个恶魔都和我一样，要装成一个神神秘秘的模样。”

说完这话，他身子向我倾了倾，在我耳边小声嘀咕了一句：“如果一会地下室里出现了你不可能想到的场景，希望你能够保持镇定。”

我“嗯”了一声，对身后的赵珂以及那几个严阵以待的武警们看了一眼。赵珂冲我点头，往后退了一步。

“瑾瑜，我们进来了。”我将之前放入口袋里的那瓶依兰花精油的瓶盖拧开了，洒到了自己衣袖上。我不知道自己为什么要这么做，但……或许，或许瑾瑜会喜欢吧。接着，我朝前迈步了。邱凌没落下，铁链声响起，他脚步依旧细碎，那“哗啦啦”的声响也越发细碎。

“哗啦啦！哗啦啦！”几年前的那个下午，我端坐在看守所的审讯室里，邱凌一步步走向我的世界……而那会的文戈，生活在我那间紧锁着的房间的小小盒子里。而那会的乐瑾瑜，刚拿到即将调到海阳市精神病院的调令，满心欢喜。

世界，或许在那天就已经做好了预设。看起来本毫无交集的三个人，因为爱与恨而萦绕到了一起。之后，这三个人生，纠缠，纠缠……

邱凌最先踏上那往下的阶梯，铁链也变换了节奏。我跟在他身后往下行进，感觉如同从人世，逐步在走入地下。而地下，又会有着什么呢？死去的人们，与变成了魔鬼的天使吗？

“又见面了。”走入地下室的邱凌语调轻松地说到。

“是的，又见面了。”回话的瑾瑜，坐在地下室最深处的一把深红色靠背椅上。而她的身边，还摆着另外一把一模一样的靠背椅，在那张靠背椅上……

我大口吸气，大口吐出。我不知道这一刻我衣领上别着的摄像头的另一端，刑警们看到这一刻我眼前一幕时，是否会不寒而栗？

应该不会，因为……因为他们并不认识一个……一个叫作文戈的女人。

“瑾瑜，你疯了。”我明显感觉到自己说出这句话的时候，声音颤抖得很厉害。但我没有断断续续，也没有抓狂流泪，“瑾瑜，你真的是疯了吗？你怎么做出了这……”

“有什么问题吗？”这一刻的乐瑾瑜，穿着素色有着花边的长裙，银色发丝上，还别着一个闪着光的夹子。她笑着，宛如纯真，宛如无邪：“我觉得做得挺好的，是请工艺美大的一个老教授做的。”

说到这，她抬起手，伸向旁边靠背椅上的“她”：“不像吗？沈非，这难道不是你魂牵梦系的文戈姐吗？”

我不懂如何接话了。我眼前所见的画面，在这一刻又怎么应该是如此诡异？又怎么会如此令人毛骨悚然呢？

那张乐瑾瑜身旁的椅子上，坐着一个穿着蓝色牛仔裤与红色格子衬衣的真人蜡像。而这蜡像所临摹的人，是文戈。

是的，和乐瑾瑜一起端坐在地下室角落靠背椅上的是一个蜡像，一个文戈的蜡像。

邱凌的笑声，在这有着烛火闪烁的诡异环境中，显得越发令人恐惧：“嘿嘿！沈非，之前你不是说乐瑾瑜不会像我一般变态吗？目前看来，我远不如她才对。”说到这，他望向了乐瑾瑜：“假如我没猜错，在你心里，这蜡像一度是有生命的吧？也一度是你倾诉自己对沈非爱意的对象吧？”

瑾瑜在笑，笑如花，如画。但银丝与红色椅子交辉，又令这有花的画面分外异样。

“难道，就允许你们捧着她的骨灰哭泣，就不允许我对着她的蜡像说话吗？况且……”瑾瑜的手在文戈的蜡像上掠过，“况且，你又怎么知道文戈的灵魂不会偶尔停留到这里来，来听我的话呢？”

“所以……”她语气猛地变了，“所以今晚这地下室里，可能并不只是有着我们三个人，而应该理解成为有着四个人。这第四个人，便是你们这两个臭男人此生的最爱——文戈。至于她们吧？”她朝着一旁地上横躺着的三名紧闭着眼睛的女精神病人，以及一捆灰色的雷管，“放心吧，她们听不到任何一个字，也不会发出任何声响的。”

“瑾瑜，放人可以吗？然后，我领着你出去自首。我会给你请律师，也会领着你去做精神鉴定。我依旧相信，你堕落的程度不深，美好的未来，还是有着机会眷顾你的。”我咬了咬牙，张口说道。

“听起来似乎挺好的。”她笑了，依旧如花，如画。接着，她的鼻头抽动了几下，“嘿！看来，沈医生您还为了说服我陪你走出去，特意喷上了能够迷惑情窦初开少女的香味。很可惜的是，我如果依旧选择了不归呢？”

我再次咬牙，吸气：“瑾瑜，我可以等你，也愿意候你。我没有给予到文戈的一生一世，或许可以给予到你。”

“滚！”她厉声喝止，“我不在乎，沈非，我压根就不在乎。你不要以为自己真的那么伟大，也不要以为自己就是无私与代表着光的使者，想要用你的悲悯与恩泽抚慰别人。你以前不是想用你自以为是的光芒拯救邱凌吗？结果呢？而此时此刻，你又想要来拯救我吗？”

“沈非，一般这个时候，心理医生都应该说上这么一句——乐小姐，我们能谈谈你的童年吗？”邱凌冷不丁地这么穿插上了一句。

“是吗？”乐瑾瑜冲他扭头，“我的童年如何呢？我的童年如何呢？”

她抬起手，拨弄了一下头发：“邱凌，你不是总觉得自己悲惨吗？但实际上呢？所以，你之前每一次跑到我面前，如同一只可悲的老鼠一般，说着你那些自以为悲惨的过去的时刻，在我看来，不过都只是如同某位哀伤着的怨妇为赋新词的强说愁罢了。是的，是我一步步引诱出了你心底的恶魔，指引着你走向沈非的世界，最终，放出了梯田人魔这么个猛兽。但真实的你，从小有着家人疼爱，有着家人管教。之所以你会一步步走到现在这个样子，最大的问题还是你咎由自取，你心中有洪水猛兽，才会有最终的放肆暴虐。”

“但……但是我呢？”她那在文戈蜡像上摩挲着的手收回了，并捏成了拳头，紧紧地，紧紧地将真实的她深锁了，“我并没有选择成为罪恶的化身，也只是想要有着别人能够有着的普通生活。我努力地学习，学习包容，学习感恩。我敞开心扉，让阳光走入我的世界，以为能够驱散那深处的负面情愫。沈非……”她开始扭头向我，眼眶中有了晶莹的闪烁，“沈非，你不是接待过很多很多个来访者吗？你不是弗洛伊德的虔诚信徒，坚信创伤都能够被抚平的吗？那么，为什么我这么这么努力了，也这么这么感恩了，包容了。到最后，我依旧一无所有，也依旧蜕变成今夜这个模样了呢？”

我摇了摇头，将视线缓缓移动，望向了那在烛光中诡异无比的文戈蜡像的双眼。我再次吸气，也再次深深呼气。这一次，我并没有思考应该如何用专业知识与技巧，来对眼前人儿进行开导了。

“你心中有光，哪儿都是天堂。”我小声说道，“这句话，相信我们都陌生吗？”

“有点土。”邱凌点头。

也就是在这一刻，在距离乐瑾瑜座椅往外大概 4 米远的位置的地上，红色光点出现了，并转瞬消失。

我的心如同被揪了一下，话语继续：“这是心理咨询师们都最喜欢说道的一句话，也一度是陈蓦然老师在每一个新生的第一堂心理学大课上，都会大声说出来的句子。但实际上，我们又有谁能够真正明白这句话呢？”

“我觉得我一直能够明白这句话。”邱凌一边说着，一边朝前迈步了。在他的前方，有着一个小小的不锈钢架子，架子上，有着一个黑色皮袋。

解剖刀的银色长柄，在那皮袋外闪烁。

“但你，我，包括她，又有谁能够真正做到呢?”邱凌抬手了，将那铁架朝着乐瑾瑜那边推了推。他没推很远，却似乎正好推到了之前那个红色光点出现过的位置。也就是说，如果乐瑾瑜走到这不锈钢架的位置，那红色光点就能够正好瞄到她的头部。

邱凌弯腰了，进而蹲到了地上，将自己那布满花白发楂的头颅，朝向乐瑾瑜的方向：“瑾瑜，你不是想要我的命吗？你可以开始了。很多东西，我们都做不到的。有很多很多的心理咨询师，为什么选择这个行业的最初，都不过是自己心理上出现了诸多问题，而选择学习心理学来进行自我治疗罢了。那么，我们是不是可以理解，诸多学习心理学的人们，他们其实都不过是不敢对外人真正打开心扉，自闭入了心理学的世界呢?”

“或许是吧?”乐瑾瑜应道，她将臀部微微挪了挪，并从椅子后面，掏出了一个像是遥控器一样的黑色盒子，自顾自耍玩着。

“我深爱文戈，无法自拔。我也深锁这一秘密，独自耗着。而你——乐瑾瑜，你我一样，天性淡漠，不懂移情。于是，你深陷于你对于沈非的暗恋中，无力挣脱。至于沈非……”蹲着的邱凌扭头看我，眼神中却闪出了那久违的狡黠。那一刻，我瞬间意识到，他肯定也看到了那红色光点，并猜到了那是什么。

他继续着：“至于你沈非，你其实比我和瑾瑜更为严重。你不敢面对，选择自欺欺人地逃避。那么，这在外人看来，我们是不是都是偏执，都是傻瓜呢?”

他笑了笑：“瑾瑜，我知道你想要什么，一直都知道。你自责于我犯下的所有罪恶，觉得只有亲手将我屠戮，才是你的最终解脱。这几天所发生的一切，我也大概知道了个清楚，更能够猜到你想要一种自以为的救赎。此刻，我就在这里了，你伸手可及了。”

他望向了那具文戈的蜡像，依旧微笑：“瑾瑜，动手吧！我早就想要死去，一度也想要以自杀来死去，不愿意被人清算我的罪孽。可今晚开始，我改变决定了。我已然愿意，接受外界惩罚而死去。像牲畜也好，草木也好，都无所谓了。”

说完这些，他往外挪了挪，那颗头颅，继续朝向着乐瑾瑜。

“不！你不应该改变决定。你也绝对不会愿意以接受惩罚而死当成自己的落幕方式。所以，我才会要在这个夜晚做出这所有所有一切，目的只是令你为自己的作恶付出代价，接受惩罚而死才对。”乐瑾瑜厉声喝道。

“瑾瑜，人都会变的。况且，这在我而言，行到末路，以如何一种方式迎接，又还要计较干吗呢？”邱凌摇着头，“就当我明白了什么是忏悔吧！”

“那好吧！让我来行刑，与让警察来行刑，区别似乎也并不大了吧？”乐瑾瑜苦笑了，她身子向前，似乎就要站起，就要上前。是的，她会握起那柄解剖刀吗？但……但是在她握起那柄解剖刀的同时，她的身体也会正好置身于那红色光点能够瞄准的位置，而枪声，也将在那一刻响起。

“瑾瑜！”我朝前走出一步，大声说道，“瑾瑜，你爱我吗？”

她愣住了，紧接着，她表情一度仿佛惊讶，望向我。

半晌，她仰脸，笑了，但眼眶中闪烁晶莹光芒，热泪滑落。

“我爱你吗？沈非，你在问我，我爱你吗？”她直视向我，“你觉得呢？你觉得我爱你吗？这个问题，同样我也自己反复问自己，无数次。我爱你吗？”

“你爱我吗？如果你爱我，那么，爱人的陪伴，难道不能成为拯救你心底恶魔的唯一法器吗？”我又一次大声冲她说道。

“我爱你吗？嘿！我爱你吗？”乐瑾瑜来回重复了几遍这句话。

“我想，我并不爱你。”她眼神终于回归到犀利，望向我的眼神如同射入我的思想深处，“不单单是我不爱你，同样的，邱凌也并不爱文戈，你也没有你自己所认为的那样，深爱着你的亡妻。”

“哼！”邱凌冷笑了。

“可以别打岔吗?”乐瑾瑜很不客气地瞪了地上的邱凌一眼,“事实如此,邱凌,你不要反驳。同样的,也包括你——沈非。”

“情感是什么呢?马斯洛那五层需求中的一种而已。在情感以下,是低级的动物需求——生理以及安全。在情感之上,尊重需求与自我实现,也都显得那么大气。那么,情感到底是什么呢?亲情,友情,爱情,甚至包括性亲密,又都算什么呢?况且,在你我他三个人各自的世界里,爱与归属的需求又真的那么重要吗?”

她声音越发大了,近乎嘶吼,声嘶力竭一般。那眉目似乎即将爆裂,眼神中燃起了某些令人觉得不可理喻的激动。我想打断她,但又不敢打断。因为我明白,这是真实的一个乐瑾瑜,正在开始释放。也是她最为真实的思想,正在宣泄出来。

“我们爱谁呢?爱别人吗?并不是吧?那我们到底爱谁呢?”她继续叫嚷,“到最后,我们又是否思考过这个问题呢?”

“你——邱凌。”她抬手,指向地上那蹲着仰视她的人儿,“你有资格说自己的是爱吗?你不断地欺骗自己,用各种各样的理由,来为你自以为的大爱做华丽外衣。实际上呢,你最爱的人,难道不是你自己吗?文戈的生与死与你何干呢?你关心的,只是你要用自己的方式来诠释你那句‘爱是我邱凌一个人的事,与世界,与众生无关。’去你的,邱凌,去你的这些谬论吧!你只爱你自己,只关心自己的感受,关心自己是否会难过,是否会伤心。邱凌,你什么都不是,你真的什么都不是,更别说有什么资格来说出爱这一个字。”

她深吸气,呼出了,扭头望向我:“沈非,嗯,这个令我一度心碎心伤的沈非,你又懂爱吗?你所对于文戈姐诠释着的爱,为什么始终让人觉得是那么的自私,又那么的悲催呢?刚才,你不是说,爱人的陪伴,才是驱走人们内心阴暗的唯一方法吗?但为什么文戈姐会选择自杀呢?为什么我在那太平间所捧起的她的头颅上,有着咸咸的液体呢?沈非,只可能是你有什么地方没有做好，没有想到。不过你不用自责，那不怪你。当时的你，风华正茂，年岁也还正好。你的人生顺风顺水，又怎么可能留意得到身边人内心深处深藏的淤泥呢？最终，文戈走了，你哭泣难受。但接着呢？接下来的你又做了什么呢？”

我垂首，不知道如何应答。

“你选择了否定，用否定来让自己的心不会那么疼痛。那么，这一刻的我如此大声辱骂你，说你真正关心与爱着的人，不过是你自己，这话又是否有错呢？”她再次深吸气，顿了顿，摇了摇头：“沈非，你只爱过你自己。真的。包括你在这一刻自以为如同天使般走入这地下室里，来尝试拯救我，也不是因为你内心中有爱意。或许，只是你不想让自己的后半生中，我成为你心中的一道疤，一个不能被谅解的辜负。”

“最后，也似乎应该开始说说我自己了吧？”她抬手，用衣袖去擦泪眼，这一动作如同一个无助的孩子，让人心更怜悯。

“我懂爱吗？我又有爱过谁吗？”她摇头，“我和你们一样，只爱自己，也只愿意接受自己给自己设置好的爱。”

“瑾瑜，或许，我们都太偏执了。”邱凌叹气了，将头越发往下，似乎不愿意面对这个世界。

“偏执并不是错。”乐瑾瑜摇头，“弗洛伊德，一位毒瘾者，一位厌女症的大男子主义者。他的偏执，难道不是超越了我们这些人之上的吗？他为什么能够成为真正的心理大师呢？那么，我们这几个人的偏执，又算得了什么呢？”

“瑾瑜。”我终于打断了她，因为我耳朵边挂着的那个有着与外面警方联系的耳机里，有了汪局催促的话语声了。

“瑾瑜，我能够送你一个东西吗？”我边说着，边将一直挎着的那个单肩包上的扣子解开。

“不能。”乐瑾瑜近乎于决绝地打断了我的话，“我不想接受你任何方式的治疗，也不想再接受你任何方式的好了。因为你不欠我的，我也不要你还，也因为……”

她笑了，泪眼婆娑的她笑了：“也因为我和你们俩一样，是心理学学者，也精通于各种肢体语言的解读。”

“很不幸的。”她的笑开始变得狰狞起来，“很不幸的是，从你们走入这地下室的一刻开始，我就留意到了你们俩的目光同时聚焦过一个位置，而那个位置，有过一个红点。那么，我是不是可以解读为——你，沈非，已经成为了这地下室外想要将我一枪击毙的警察们的帮凶呢？”

“既然是你想要的，我想……”她就那么没有预兆地猛地朝前冲去，“我想那就是我最后要去向的地方。”

她朝前冲去……

我声嘶力竭……

枪声，响起了……

“瑾瑜！”我眼前的她依旧如花，依旧如画，血水，从她后脑勺喷出，洒向了角落里端坐着的没有生命的文戈蜡像上。

她的目光，在最后一刻却并不是锁定在我身上，并不是锁定在这个所有人都以为的她唯一留恋的这个我身上。而是……

而是我在这一刻手里，已经扯出了背包里的那个，那个布满了缝补痕迹的，来自风城市孤儿院的布娃娃。

那火车的轰鸣声又一次响起了，面前的银发女人微笑，如花，如画。她对我摇头，喃喃细语：“你不欠我的，我，我也不要你还。”

白光袭来，她幻化，漫天瓣飞舞起来。

我不想辜负。

但我始终在辜负。

尾　声

今天是邵波结婚的日子。很凑巧，去年的今天，正是邱凌被执行枪决的日子。那天下着暴雨，让他的死变得很冷清，没有人围观，也没有人喝彩。他的尸体，和他自己预期的一样，如同牲畜，摔向泥水中，溅起的脏水，令武警战士裤腿上都是点点与滴滴。

于是，去年的昨天，便是一个叫作乐瑾瑜的女人，用她自己的方式，来结束自己生命的日子。她的生命匆匆，浮萍般过了。到最终，她的银丝上，被血色蔓延。曾经美丽过的容颜，也被撕裂。她那冰冷的躯壳，安躺在尸袋里。我陪了一整夜，也给她说了一整夜的话。而那晚，她的尸体上始终有着血腥味也无法盖住的鸡蛋花精油香味。花语是新生，但，又不是她自己的新生。

始终，没有一个人，会是另一个人的永恒。也没有一个人，是另一个人的所有。我们在尘世中来回蹉跎，笑过哭过，都只是年轮中的一圈一圈罢了。过去了的，最终成为记忆中的图片，被锁入了潜意识深处，不再被轻易记得。

“沈非，以后，你我还是兄弟相称。”邵波穿着那套笔挺的新郎西装，把我拉扯到角落里，小声嘀咕道。

我笑了，扭头去看不远处正同样微笑着看我的韩晓。她眸子里有着一种无法言喻的浓厚，是我曾经拥有过的，也最终失去了的。

我耸了耸肩，将手里高脚杯里的红酒抿了抿：“不像话吧！今天是你和韩雪结婚的日子，之后我和她的女儿也走到一起的话……嗯，这辈分……不管怎么样都不能乱，我还是得叫你一声叔叔吧。”

邵波翻白眼了，正要吱声，一旁那歪着脖子的李昊冷不丁地出现了：“你们两个小白脸在这说啥呢?”

“谁小白脸了。”我和邵波差不多同时冲他瞪眼。

“哦！我这臭嘴。”李昊边说边裂开他的臭嘴直乐。几个月前他出院后，脖子就一直有点歪，据说还要持续好几个月，这让他看起来有点点滑稽。

“沈非，我们出去走走吧。”这时韩晓也走到了我身边，冲我小声说道。

“嗯!”我点头，并一本正经对着邵波道：“叔，我和韩晓先走了。”

“滚蛋。”邵波很愤怒，“沈非，今天老子生日……啊呸，老子结婚，你是不是也得给我说上一句什么祝福的话呢?”

我笑了，他身后，教堂的落地窗外，世界明亮整洁。

“你心中有光，哪儿都是天堂。”我扔下这句，与韩晓转身。

是的，你心中有光，哪儿都是天堂。

后　记

这条街上有三个面包店。

三年前，我开始构思沈非与邱凌的故事的时候，在旁边大楼上班。从家走到公司要 15 分钟，我想着每天清晨走走可以很惬意，后来发现城市里轰鸣车流的尾气让人心烦。

那之前，我在这三家面包店吃了两年的早餐，这比我的上一份工作好，因为在另一个三年里，我在同一个店里吃同样的蛋挞，同样牌子的牛奶，吃了三年。

其实，我很依赖一成不变的生活，将自己绑进一个狭小的盒子里。我会顾忌这盒子里一切的感受：比如陪伴了我 5 年的 T 恤在怀缅与我一起快乐的时光，期待再次被临幸；比如用来写了五六本小说的笔记本无法启动了，但他依然想告诉我尚能饭焉。我明白自己为什么会这么念念不忘，也明白自己为什么与过去了的，总是难舍与难分。因为，那时候的我伸出手来，掌心空空荡荡，对所有的陪伴，都心存感激。

于是，我写完了《心理大师：深渊》。属于我的沈非、邱凌、乐瑾瑜……都微笑着和我道别了。然后今晨，我又来到了这条街上，一样的面包，一样的黑咖啡。

这套餐便宜，尽管我低血糖。我没等对方告诉我多少钱，就准备好了零钱。似乎，我不用仔细回忆这价格，一切都是习惯而已。那么，接下来的日子里，我要对某几个习惯挥挥手了，而这些习惯，都是关乎于这个三年里，所构画的人儿的……

世界，每天都在变。谁又能说自己始终初心，始终如一呢?

说笑看风云，物欲横流都是身外，可能吗? 在一个台阶与另一个台阶间艰难跋涉，沿途的欢喜艰辛，在自己看来是传奇。那么，那所谓的故事所掩盖下的，最初的模样呢?

我又坐在这条街上的这个面包店门口，喝着苦涩的黑咖啡，耳边是陌生的音乐，周遭是陌生的人。

我们在固定的地方流浪，收获着小小的快乐，小小的悲伤。我们依旧没有翅膀，望向的远方其实那么的肤浅。身边会越来越冷清，说话的人都不见了。每天胸腔里憋着一团黏糊糊的东西，憋得很难受，随时都好像要爆炸。人前，却又积极乐观，如同自己就是自己那翻云覆雨手，命运尽在掌握。

其实呢?

始终是微尘，等着风。

热爱飞翔罢了。

嗯! 你心中有光，哪儿都是天堂。

钟宇完稿于 2017 年 3 月 9 号

图书在版编目(CIP)数据

心理大师.深渊/钟宇著.—上海:上海社会科学院出版社,2017
ISBN 978-7-5520-1981-0

Ⅰ.①心… Ⅱ.①钟… Ⅲ.①长篇小说-中国-当代 Ⅳ.①I247.5

中国版本图书馆CIP数据核字(2017)第097561号

心理大师:深渊

著　　者:钟　宇
策划编辑:王晨曦
责任编辑:冯亚男　陈如江
封面设计:小徐书装
出版发行:上海社会科学院出版社
上海顺昌路622号　邮编200025
电话总机021-63315900　销售热线021-53063735
http://www.sassp.org.cn　E-mail:sassp@sass.org.cn
照　　排:南京理工出版信息技术有限公司
印　　刷:上海万卷印刷股份有限公司
开　　本:710×1010毫米　1/16开
印　　张:15.75
插　　页:2
字　　数:198千字
版　　次:2017年7月第1版　2018年5月第2次印刷

ISBN 978-7-5520-1981-0/I·252　定价:38.00元